中山道板橋宿つばくろ屋

五十鈴りく　Riku Isuzu

アルファポリス文庫

http://www.alphapolis.co.jp/

1

時は天保《てんぽう》十四年（一八四三年）――

江戸日本橋《えどにほんばし》と京都三条大橋《きょうとさんじょうおおはし》を結ぶ街道、中山道《なかせんどう》。

日本橋を出ておよそ二里半（約九・八キロメートル）のところに、中山道六十九次《ろくじゅうきゅうつぎ》と呼ばれた宿場のひとつがあった。当然のことだが旅籠《はたご》、茶屋が多く軒《のき》を連ねている。

これは、江戸日本橋に最も近い宿駅、板橋宿《いたばししゅく》の風景である。

暦《こよみ》は季春《きしゅん》の、桜の蕾《つぼみ》が開き始めた頃。

ほんのりとまだ寒さを感じる早暁《そうぎょう》に、佐久《さく》は目を覚ました。僅《わず》かにゆるんだ浴衣の襟を寄せつつ身を起こすと、うぅんと大きく伸びをする。隣で眠る父の伊平《いへい》を起こさぬように床《とこ》を抜けて静かに布団を畳んだ。

ここは街道を挟む形で造られた宿場町の、最も栄えた中央の仲宿《なかしゅく》にある旅籠屋《はたごや》である。佐久はこの旅籠屋《はたごや》『つばくろ屋』の一人娘。物心ついた頃には宿先で客を迎えていた。

隣の部屋で佐久は浴衣を脱ぎ、格子柄をした刈安色《かりやすいろ》の玉紬《たまつむぎ》に着替える。そして幅広の前垂《まえだれ》をきりりと締め、襟に屋号を染め抜いた紺の印半纏《しるしばんてん》を羽織った。

まだ薄暗い中、鏡台に佐久は自らの姿を映し込む。銀杏返《いちょうがえ》しに髪を結った、年若い娘の顔がそこに映った。佐久は鏡を見ながら摘まみ簪《かんざし》を挿し、母屋《おもや》の座敷を後にする。

房楊枝《ふさようじ》と薄荷味《はっかあじ》の歯磨き粉を持って裏手の井戸へ急いだ。歯を磨いて顔を洗い、一日の始まりだ。

今日はどんな人との出会いがあるのか、佐久は期待に胸を膨らませながら表へと向かった。

佐久が黒光りする板敷の帳場の辺りに来ると、そこには手代《てだい》の藤七《とうしち》がいた。年は佐久よりも五つ年上の二十一。丁稚《でっち》から始まり、手代《てだい》になった今もこのつばくろ屋に奉公してくれている。佐久にとっては兄のように頼れる相手である。髷《まげ》は刷毛先《はけさき》が細めの銀杏髷《ぎんなんまげ》、縞《しま》のお仕着せに紺の前掛け。細い目は鋭く切れ長で、背筋はピンと伸び、姿勢はいつ何時《なんどき》も正しい。

土間に立つ藤七の手には、丸で囲まれた『つ』のひとつ文字を白で染め抜いた紺地の暖簾《のれん》がある。

「おはようございます、お嬢さん」

「おはよう、藤七。利助《りすけ》はまだなのかしら」

藤七は細い眉を少し上げて笑った。頭の切れる男なのだが、客商売にしては目つきが鋭い。丁稚《でっち》の頃からそれを注意されていたものの、そうそう直るものでもないらしい。けれど、こまごまとした手配は行き届き、そつはない。

「利助さんは先ほど後架《こうか》（厠《かわや》）へ行かれましたよ」

「あら、そうなの」

利助は旅籠《はたご》の帳場を仕切る番頭である。三十路半ばを過ぎた所帯持ちで、表長屋からの通い番頭をしてくれている。女房は十五も年下で、まだ三つの息子は目に入れても痛くないらしい。

その時、表でバシャン、と水をぶちまけたような音がした。藤七は大事な暖簾《のれん》をひとまず板敷に下ろし、素早く表に出た。佐久も慌ててそれに続く。

すると、薄明るい空の下、水打ちの桶をひっくり返し、しかも自分が作った水溜まりの上に転んで泥だらけになった小僧がいた。

「留吉《とめきち》、大丈夫っ」

「あ、あいぃ」

留吉はつばくろ屋の丁稚《でっち》である。まだ肩上げの取れない幼さながら、なんとか日々の仕事をこなしているのだが、愛嬌《あいきょう》がある代わりに、おっちょこちょいな一面もある。よく粗相をするので驚きは少ないものの、朝から店先と留吉自身が水浸しとは頂けない。

藤七はすぅっと顔から表情を消し、無言で店の中へ入ったかと思うと、手ぬぐいを手にすぐさま戻ってきた。留吉の襟を猫の子のようにして引っ張り上げると、そのお仕着せについた泥を手ぬぐいで叩くように拭き始める。けれどその顔があまりにも怖いので、留吉は今にも泣き出しそうである。

ただその涙をこらえる顔は、小鼻が広がり、佐久から見たら思わず噴き出してしまいそうなくらい面白い。本人にそのつもりはないのだろうけれど、留吉の顔は黄表紙《きびょうし》（娯楽本）に載りそうなほど可笑《おか》しい時があるのだった。

「お客様がお通りになる大切な道だ。水溜まりの水は手ぬぐいで吸い取っておけ。わかったな」

ピシャリと叱られた留吉は、顔を梅干しのようにしてうなずいた。佐久は幼い留吉が可哀想で、暖簾《のれん》をかけ終えて藤七が去ると、留吉を手伝ってやろうとした。その時、佐久の背に、のんびりとした声がかかる。

「お嬢さん、手を貸してはいけませんよ」

佐久は思わず、ひゃあ、と軽く悲鳴を上げてしまった。いつの間にか背後に番頭の利助が立っていたのだ。いつからそこにいたのか、まるで気づかなかった。眉が濃いけれど髷《まげ》は細っている。目も鼻も口も大きめで、一度見たら忘れがたい顔であるが、いつも気づいたらおらず、忘れた頃にいることが多い。大体は用を足しに行っているようだ。驚かせるつもりはないのだろうけれど、知らぬ間に戻っているのでつい驚いてしまう。

「藤七は意地悪で厳しくしているわけじゃあないんですからね。優しさがないと人は生きていけませんが、優しさばかりでは人は強くなれません。同じように丁稚《でっ ち》から入った藤七だからこそ、それをよくわかっているんですよ」

誰かが手を貸してくれるのを待つ癖がつくと、留吉のためにはならない。失敗を自ら補えるような大人になれるよう厳しくすることも、藤七の優しさなのだ。それは佐久が踏み込んではならない奉公人同士のことである。

その時、ふとあることに気づく。表でせっせと始末をしている留吉を、藤七が客の草鞋《わらじ》を並べながらこっそり見守っていた。その目つきは、佐久などよりもよほど心配そうである。仕事が終わってから、留吉に読み書き算盤《そろばん》を教えていたり、もともと藤七は面倒見がよいのだ。

「そうね。わたしはわたしの仕事をしなくちゃね」

藤七が育てる留吉の将来が佐久も楽しみである。フフ、と笑い、佐久は暖簾《のれん》を潜《くぐ》って中へと戻った。

佐久はそれから板場へと向かう。

障子を隔てても煮物の優しい香りを嗅ぎ分けられた。今日の朝餉《あさげ》はなんだろうかと胸が弾む。

カラリと障子を開けると、畳の広がる板場にはいつものごとく二人の料理人がいた。土間の部分には漆喰《しっくい》の竈《かまど》がふたつ。竈《かまど》の上の神棚には荒神様《こうじんさま》をお祀《まつ》りしている。

本来、旅籠《はたご》で料理人を雇うことは稀《まれ》だ。女中や妻女が料理を担当するところがほとんどである。けれど、つばくろ屋の主《あるじ》、伊平は若い頃に旅をした際、上方《かみがた》の食に対するあり方に感銘を受け、それを取り入れる試みを始めた。客に台所まで足を運ばせるのではなく、部屋まで配膳するのもこの界隈では珍しい。

食に力を入れるためにはちゃんとした料理人が必要だ。そうして伊平が雇ったのが、文吾《ぶんご》である。板前の文吾は還暦を過ぎた熟練の板前で、十三年前に江戸神田《かんだ》で煮売屋《にうりや》（惣菜屋）でも開こうとしていたところを、伊平が頼み込んで板橋宿まで引き込んだのだ。

けれど、時が経ち、忙しすぎる板場に文吾の老体が悲鳴を上げた。それで伊平が口入屋《くちいれや》（職業斡旋《あっせん》業者）に頼んでつけた助手が弥多《やた》だった。

この齢《よわい》十八になる弥多、脇板《わきいた》という、客前に出ることのない裏方仕事ながらに、千両役者も目を見張るような容姿を持つ。ここへ来たのは十《とお》の頃。作り物めいた美貌の、無口な子供であった。話をしてくれるようになったのはいつの頃からだったろうか。

弥多には、どんなに文吾にきつく叱られても泣かない辛抱強さがあった。今でも口数は決して多くないが、日々、文吾の技を吸収し続けている。

「おはよう、文吾、弥多。今日の献立は何かしら」

へい、と弥多は輝くような微笑を佐久に向けた。

「おはようございます、お嬢さん。やはり旬のものを入れた方がよろしいかと思いまして、浅蜊《あさり》の味噌汁、目刺《めざ》し鰯《いわし》、ひじきの白和え、筍《たけのこ》の煮つけ、塩辛ですよ」

料理が楽しくて仕方がない。それが弥多の言葉から十分に伝わる。

つばくろ屋に、宿代が跳ね上がるような珍味は必要ない。皆が親しんだ、ありふれた食材を丁寧に料理する二人に職人らしさを感じる。食べ物のありがたみをよく知るからこそだ。

——寛永《かんえい》、享保《きょうほう》、天明《てんめい》、と来て天保。

長引いた大雨や冷害による凶作が続き、江戸四大飢饉《ききん》と呼ばれる大規模な飢饉《ききん》が発生し、収束を迎えてまだ傷跡も生々しい。飢饉《ききん》も四度目とあらば救荒策《きゅうこう》も練られており、餓死者の数はやや少なくは収まったものの、米価急騰により百姓一揆《いっき》や打ち壊しなど、上方《かみがた》の方でも物騒な話題には事欠かなかった。

そんな苦しい時期を数年で忘れてはならない。

「わたし、筍《たけのこ》のあの歯ごたえがとても好きなの。楽しみだわ」

「お客第一とはいえ、旦那さんとお嬢さんにはちゃんとお出し致しやす」

文吾も皺《しわ》の深い目元をゆるめた。気難しい文吾だが、佐久には昔からとても優しい。

「ありがとう。でも、お客様の余りで十分よ。とっても美味しそうだから、もちろん食べたいけれど」

旺盛《おうせい》な食欲をこらえる佐久に、祖父と孫ほども年の離れた師弟は顔を見合わせて笑った。文吾はその笑いが収まると、口をへの字に曲げてから言い放つ。

「後はヤキだけだな。――弥多、七輪の用意はできてんだろうな」

「もちろんです、オヤジさん」

打てば響く弟子の様子に満足しつつ、文吾はあれこれ指示をした。佐久は邪魔にならないようにするりとその場を抜け出す。

佐久が帳場の辺りに戻ると、利助が帳場格子の中に収まり、涼しい顔で帳面をめくっていた。そのすぐそばに、通いの女中の日出《ひで》が立っている。四十路過ぎで、丸髷《まるまげ》に親しみを感じる丸い顔。縞《しま》の着物の袖をまくり、練馬大根《ねりまだいこん》のような腕を露出させながら、朝の気だるさも吹き飛ばしてくれるような笑みを見せた。

「おはようございます、お嬢さん。今、旦那さんにご挨拶をしてきたところです」

「おはよう、お日出。――あら、どうしたの。腕のところ、痣《あざ》になっているわよ」

袖をまくった日出の白い二の腕に、ほんのりと痣《あざ》があるのだ。それをチラリと横目で見ると、日出は頬を餅のように膨らませた。

「嫌ですよ、お嬢さんったら目ざといんですから。これは昨日、うちの宿六《やどろく》と喧嘩をした時についた痣《あざ》です」

「あら、また喧嘩をしたの」

またというのは余計だと日出の目が尖った。けれど、またと言いたくなるほどよく夫婦喧嘩をしているのだ。大抵は亭主の方が悪いような気がしないでもない。案の定、今回もそれであった。

「また賭場《とば》へ行こうとしたんですよ。これが怒らずにいられますかっ」

日出がつばくろ屋へ奉公に来て随分《ずいぶん》と長くなるが、そもそもつばくろ屋で働くようになったきっかけは、亭主が博打《ばくち》でこしらえた借金である。子を三人抱えつつの銘々稼《めいめいかせ》ぎ（共働き）なのだ。こうして来てくれてとても助かるけれど、返済目前で借金を増やされては我慢ならないだろう。

「それは仕方がないわね」

「そうでしょうとも」

喧嘩は日出に軍配が上がったそうだ。なんとも頼もしい限りである。よく喧嘩をするけれど、それもまた夫婦仲がよい証でもあるのだろう。

早くに母を亡くした佐久にとって、日出は母親のような存在だった。日出がいないつばくろ屋など、もう佐久には考えられない。借金を返し終えた後も、末永く勤めてほしいと思っている。

日出とそんな話をしているうちに、弥多が板場から顔を覗かせた。

「支度が整いました。よろしくお願い致します」

佐久と日出は顔を見合わせてうなずいた。

客は皆、これから旅立つ。旅に耐える力をつけるための朝餉《あさげ》であり、それを運ぶことは大切な役割だ。

「お嬢さんは一階をお願いします。あたしは二階の奥から行きますから」

「わかったわ」

目覚めた客の笑い声が聞こえ、佐久は顔を綻《ほころ》ばせながら膳を手に廊下を行く。炊き立ての飯がほこほこと香る膳を運んだ先は、一階の『鴛鴦《おしどり》の間』。

焼き立ての鰯《いわし》はもちろんのこと、汁物の味噌の匂い、筍《たけのこ》の艶やかさは絶品である。自分たちの朝餉《あさげ》は客を送り出した後だ。佐久は空腹に唾を呑み込みつつ、障子の手前に膳を置くと声をかけた。

「遠藤《えんどう》様、失礼致します。朝餉《あさげ》の膳をお持ち致しました」

利助のつけている帳面によると、この『鴛鴦《おしどり》の間』の客は信濃国岩村田《しなののくにいわむらだ》藩《はん》の御《お》徒士組《かちぐみ》遠藤という侍である。佐久は両手で恭《うやうや》しく部屋の腰高障子《こしだかしょうじ》を開けた。本来は夫婦者のための六畳間だ。そこにぽつりと座す侍。まだ年若く、それ故に頼りなさも漂う。

この時季は武家の客が多い。それというのも、参勤交代のおかげである。供侍《ともざむらい》三百余りもつけた大名が、江戸を目指して街道を行くのだ。

参勤交代の一行が各宿場に到着すると、問屋場《といやば》と呼ばれる継立《つぎたて》役所で人馬《じんば》、物資の数を確認する。人ばかりでなく、馬や牛までもが入り乱れ、宿場は慌ただしくごった返す。それが済むと、大名や側近は本陣と呼ばれる名主の屋敷へ、遠藤のような供侍《ともざむらい》は手荷物だけを持って旅籠《はたご》を探す。ただし、そうした供侍《ともざむらい》は常に旅籠《はたご》側から狙われているのである。

板橋の旅籠《はたご》の数はこの頃、総計五十四軒ともされていた。それだけの数ともなれば、客は奪い合いなのだ。

そこでどのようにして客を自らの旅籠《はたご》へと連れ込むか。その役割を担《にな》うのが留女《とめおんな》と呼ばれる者であった。昼八つから夕七つ頃（午後二時から四時）になると街道へ出て客引きをする女中がそれである。旅人の荷物をかっぱらい、宿へ放り込むという強引さも名物となるほどだ。

参勤交代の供侍《ともざむらい》はどこへ泊まるも自分次第。ふらふらとしていたら留女の餌《え》食《じき》になる。この遠藤は気弱で、遊女である飯盛女《めしもりおんな》を置く飯盛旅籠《めしもりはたご》の留女に囲まれ難儀していたという。日出がそこから遠藤を引き剥《は》がし、つばくろ屋へ連れてきてくれたのだ。

遠藤は武士とは思えないような柔和さで佐久を迎え入れる。

「うむ。この辺りでは珍しく、この宿はわざわざ膳を部屋まで運んでくれるのだな。おかげで待つだけで食える。なんとも嬉しいことだ」

「お客様にくつろいでお膳を召し上がって頂きたいという、うちのこだわりでございます」

額を床につくほど下げて、佐久は料理の説明を済ませると、膳を遠藤の前へ滑らせるように押し出した。

遠藤は若々しい目を輝かせる。待ちきれない様子で箸に手を伸ばすと、飯の椀を抱えて筍《たけのこ》の煮つけに箸をつけた。シャキシャキとした歯ごたえが佐久にもよく聞こえる。遠藤は無言で朝餉《あさげ》を貪《むさぼ》った。

昨日の夕餉《ゆうげ》の時もそうであった。ひと言もなく、ただひたすらに食べるのみ。それぞれにお国の味があり、馴染《なじ》めぬ菜《さい》があったとしても仕方がない。しかし、つばくろ屋の料理に自信を持つ佐久としては切ないことである。次の客のところへ行かねばと思うのに、遠藤の反応が気になって仕方がなかった。

やがて、すべてを食べ終えた遠藤が箸を置いて大きくうなずいた。

「美味《うま》いな。昨日も思ったが、旅籠《はたご》の飯とは思えぬ」

椀の中には米のひと粒もない。まあ、と声を漏らして佐久は遠藤の言葉を噛み締めた。

「嬉しいお言葉を頂戴《ちょうだい》致しました。料理人に伝えさせて頂きますとも」

佐久はほくほくとあたたかな気持ちになりながら膳を下げる。その時、遠藤が不意に部屋を見回してつぶやいた。

「――ところで、『つばくろ屋』に『鴛鴦《おしどり》の間』。すべて鳥にちなんだ名だな」

「ええ。燕《つばくろ》は、それは甲斐甲斐しく雛《ひな》を育てて旅立たせるでございましょう。わたし共も燕《つばくろ》の親鳥のようにお客様にお尽くししたいという気持ちを込めております。そのため、部屋の名前も鳥の名にそろえたのでございます」

それを聞くと、遠藤は楽しげに笑ったのだった。

「そうか、それでつばくろ屋か。燕《つばくろ》が巣を作る場所は安全である故に、商売繁盛の印ともされる鳥だ。それから、鴛鴦《おしどり》は夫婦仲のよい鳥。国許《くにもと》に帰ったら祝言《しゅうげん》を挙げる予定の俺にとっては嬉しいものだ」

意識して選んだわけではなく、本当にそれは偶然だった。むしろ独り身の武士には不釣り合いかと危惧したのだが、他との兼ね合いでここにしてもらったのだ。だから、佐久は心底驚いた。

「まあ、それはよいご縁でわたしも嬉しゅうございます」

こうした人と人との繋がりが、佐久にとっての喜びである。今日もまた素晴らしい、特別な日になったと出会いに感謝した。

「帰路は、江戸を出てすぐのこの旅籠《はたご》に泊まることは難しい。けれど、いつかまたここの飯を食いたいと思う。つばくろ屋の名、忘れずにこの胸に留めておこう」

佐久はじんわりと胸に喜びを滲《にじ》ませながら低頭した。

「ありがたいお言葉を胸に、わたし共も精進致します。どうか遠藤様も恙《つつが》なくお過ごしくださいませ」

「うむ」

一期一会《いちごいちえ》。茶の心だというけれど、旅籠《はたご》もまた出会いと別れの繰り返しである。その後、佐久たちは遠藤を含む客を送り出し、江戸と京坂《けいはん》、双方に向けて散った客を頭を低《こうべ》くして見送った。

疲れた旅人の憩《いこ》いの場として、つばくろ屋はここにある。商《あきな》いと言われればそうなのだけれど、佐久にとってはそればかりではない。生まれてからずっとこの旅籠《はたご》が我が家、奉公人たちは家族である。

佐久は旅籠《はたご》の忙しさに仕合《しあわ》せを感じ、つばくろ屋を繁盛させることを生き甲斐としている。客のくつろいだ様子や去り際の爽快な笑顔を見られれば、佐久の疲れも吹き飛ぶのだ。


客を送り出すと、次の客を迎える支度をせねばならない。けれどその前にまずは腹ごしらえだ。奉公人たちはそろって板場で朝餉《あさげ》を食べる。しかし佐久は母屋《おもや》で父であるつばくろ屋の主《あるじ》、伊平と共に食べることにしている。二人分の膳を重ねて持ち、それを横に置くと、佐久は伊平のいる寝間の格子を開いた。

「おとっつぁん、遅くなってごめんなさい」

座敷に敷いた布団の上に、伊平が座っている。寝間着姿で無精髭《ぶしょうひげ》が目立ち、月代《さかやき》も少し伸びた。器用な藤七に頼み、あたってもらおうかと佐久はぼんやり思う。痩せて小柄な伊平は娘に向かって嬉しそうに笑った。

「繁盛している証だね。嬉しいじゃないか」

一昨年の秋口に倒れ、中風《ちゅうぶう》（脳卒中の後遺症）で思うように右半身が動かなくなった。ようやく口が回るようになり、今でこそこうして気持ちを落ち着けて接してくれるけれど、当時は切れ切れに、本当にすまないねと涙を浮かべて謝るばかり。そんな父の姿は見ていてつらかった。だから、父の分まで旅籠《はたご》の仕事に精を出そう、誠心誠意お客をもてなそうと決めたのである。

自分の分まで店を背負おうとする娘に、伊平は嘆くのをやめた。食事の際には佐久の話をよく聞き、助言をしてくれるようになったのだ。

「今日は浅蜊《あさり》のお味噌汁よ。それに筍《たけのこ》」

「ああ、どちらも旬のものだ。嬉しいねぇ」

布団のそばに膳を置き、佐久は父と向かい合って食べる。病の痕の残る伊平の手では箸も握りにくい。けれど、伊平はそこまで世話にはならないと言って、本来利き手ではない左で箸を操る。今ではもう、零《こぼ》すことも少ない。

「うん、美味《うま》い。鰹《かつお》の出汁《だし》が染みていて、筍《たけのこ》の味を十分に引き立てているね」

「本当だ、美味しいわ。文吾は弥多に厳しいけれど、おかげでこんなにも美味しいものを作れるようになったのよね」

「そうだねぇ。教え甲斐のある弟子で文吾も満足だろうよ」

鰯《いわし》も火を入れすぎない、程よい焼き加減で、身は柔らかく、それでいて骨まで邪魔にならない。ひじきの白和えも丁寧に裏漉《うらご》ししたのが舌触りでわかる。どれも白飯によく合う。この界隈でこんなに美味しいものを出せる宿は他にない、と佐久は誇らしく思いながら朝餉《あさげ》を噛み締めたのだった。


参勤交代の一行を送り出した後の宿場町というのも、それはそれで大変である。何故かというと、宿場町には常に予備の人馬《じんば》を用意する義務があったからだ。参勤交代の道中、供が病に侵されたり遁走《とんそう》したり、あるいは馬が潰れてしまったりした場合、人馬《じんば》を貸し出さねばならない。

宿場だけで人馬《じんば》の予備を用意できない場合は、定められた近隣の村々から人馬《じんば》を借り受ける。これを助郷《すけごう》制度といい、人馬《じんば》を貸し出せない村は金納するという厄介な決まりもある。その助郷村《すけごうむら》の人々にとっては、これがかなりの負担なのだそうだ。助郷務《すけごうづと》めで参勤交代に加わると、次の宿駅まで二、三里につき合わされるのだから。

板橋宿は江戸の手前。その助郷《すけごう》も他の宿駅に比べれば随分《ずいぶん》と楽な方だとは思う。峠越《とうげご》えの必要がある区間など、それは壮絶なものだ。とはいえ人足《にんそく》は農民であることが多く、農村の男手が足りなくなるのは厳しい。

佐久は一段落着くと目抜き通りに向かった。豆腐がほしかったのである。つばくろ屋の店先で待っていれば、豆腐屋の主《あるじ》が天秤棒《てんびんぼう》を担《かつ》いで振り売りに来てくれるけれど、それでは売り切れるかもしれない。

だから佐久は時折、朝のうちから豆腐屋に足を向けるのだ。買出しは嫌いではないから苦にはならない。

どんぶりひとつでは間に合わないため、岡持桶《おかもちおけ》を持って出る。街道でわいわいきゃあきゃあ騒ぎ、飛び交うべらんめぇの六方詞《ろっぽうことば》。その勢いある喋りに佐久も元気をもらうのだ。

騒がしく、土埃が舞う街道も、佐久がぽっくりを鳴らしながら歩けば華やいだ。道行く佐久に、顔見知りの人々が陽気に声をかけてくれる。

「つばくろ屋のお佐久ちゃん、今日も別嬪《べっぴん》さんだねぇ」

「ありがとうございます。ご隠居さんもお元気で何よりです」

笑顔で答えつつ、佐久は酒屋を越えた先にある豆腐屋に辿り着いた。

「まんじ屋さん、お豆腐くださいな」

豆腐屋まんじ。

先代の店主万次《まんじ》が興《おこ》した豆腐屋である。今は息子で二代目の万蔵《まんぞう》が継いでいる。

「あら、つばくろ屋のお嬢さん。いつもありがとうございます。もう少ししたらお持ちしましたのに」

この中年増《ちゅうどしま》の女将《おかみ》は落ち着いた物腰で評判もいい。

「すぐそこだもの。大丈夫です。ええと、お豆腐一丁半ください」

「はいはい。あんた、つばくろ屋のお嬢さんに豆腐一丁半だよ」

岡持桶《おかもちおけ》を受け取ると、まんじ屋の女将《おかみ》は暖簾《のれん》の奥にそれを突き出す。おお、と野太い声がして、岡持桶《おかもちおけ》を受け取った万蔵が大きな体を覗かせた。

「ありがとうな。いつも通り、奴《やっこ》でいいんだろう」

「はい」

頼めば好きな大きさに切ってくれるけれど、佐久はいつも奴《やっこ》——そのままの形で買う。

万蔵は桶に水を張り、そこに浸るように豆腐を入れてくれた。白米、大根に次ぐ三白《さんぱく》の名に恥じない、見事な白い豆腐である。しっかりと腰があって崩れにくい。京豆腐は柔らかくて一丁がこの四分の一ほどしかないと聞くけれど、佐久にはとても信じられない。そんなに小さな一丁では、精々が一家分だ。

ありがとうと礼を言って、ずしりと重たくなった岡持桶《おかもちおけ》を大事に提げた。豆腐が土埃に塗《まみ》れぬように蓋をして道を引き返す。

するとその時、とある女の姿が目に入った。佐久が目を留めたのは、農民のような女である。目抜き通りには似た格好の飯盛女《めしもりおんな》が多く、本来ならば珍しくない。ただ、その女が飯盛女《めしもりおんな》ではないとすぐに知れたのは、背に幼子を背負っていたからだ。

継ぎのある浴衣、素足に草鞋《わらじ》、髪も崩れているけれど直す手間が惜しいのだろうか。子育てに疲れたのか、悲愴に面《おも》やつれしていた。大年増《おおどしま》とまでは行かずとも、そう若くもない。

日々の暮らしに疲れ果てた様子が窺《うかが》えた。それが佐久には気になったのだ。しょんぼりとした様子の女は佐久の横を通り過ぎる時、ハッとして顔を上げた。

佐久は驚きつつも愛想よく振る舞う。

「おはようございます」

女は困り果てた眉のない顔を向け、ぽつりと零《こぼ》した。

「あ、あの」

唇から覗く歯にお歯黒《はぐろ》は塗られていなかった。それが意味することを佐久はぼんやり考える。

「あの、前野村《まえのむら》の喜一《きいち》って男を知りゃしませんか。年は三十路で浅黒くって、背は低いけれど逞《たくま》しい方《ほう》と思います」

珍しい名ではない上、板橋宿の外、前野村となれば佐久も詳しくはない。

「尋ね人でございますか。うぅん、心当たりはありませんけれど、わたしも気に留めておきますね。あなたのご亭主ですか」

うなずいた女はみねと名乗った。

「はい、助郷《すけごうづと》務めで一年前に隣の蕨宿《わらびしゅく》まで。あたしも産後すぐには動けませんでしたし、今か今かと待ちわびておったんですが、あすこは近くに川がありますでしょう。一旦悪いふうに考え出すとどうにもならなくて、捜し始めたんです」

蕨宿までの道中、そばには戸田川《とだがわ》があり、蕨宿ができる前は渡し場で船に乗って渡河《とか》していた。けれど川とは厄介なもので、大雨で戸田川の水が溢《あふ》れてしまえば、時刻にかかわらず川留めされてしまう。その先には進めぬのだ。

中山道は過去、板橋宿の次は浦和宿《うらわしゅく》であった。ただ、距離が遠すぎることと、増水の際の渡河《とか》に難儀することから、その間の堤防上に蕨宿を設けたのである。堀を廻《めぐ》らせた十町（約一キロメートル）の珍しい宿場町ではあるものの、それなりに栄えてはいる。

ここから蕨宿までの距離は二里十町（約八・九キロメートル）ほどしかなく、平素の状態で帰りがそんなにも遅いというのはおかしなことだ。

「それは心配ですね」

佐久がつぶやくと、みねは節《ふし》に土汚れの染みついた手を握り締めた。

「この子の他にも三人の子がいます。もう、どうしていいやら」

うっすら涙ぐむみねに、佐久の方が困り果てた。どう言って慰《なぐさ》めればよいのか、思いつくのは月並みな言葉ばかりである。

「きっと今に戻られますよ。お気を落とされずに」

あまり思い詰めると乳の出が悪くなる。佐久は気休めになることを、と思ってもそれしか言えなかった。その代わり、喜一とやらを捜す助けとなれたらいい。

「番屋《ばんや》には行かれましたか」

その問いに、みねはかぶりを振る。

「あたしみたいな貧乏人、相手にされやしません」

卑屈なことを言うけれど、事実、この忙しい時期に消えた農民一人を役人が躍《やっ》起《き》になって探してくれるはずもない。それでも、訊《たず》ねるくらいなら佐久にも手伝える。よし、と心を決めて佐久はみねの手を取った。

「試しに一度行ってみましょう。わたしもお供しますから。でもその前に、この豆腐を置いてきますね」

にこりと笑う佐久に、みねは戸惑いながら礼を述べた。そのまま二人で歩き、みねをつばくろ屋の軒先《のきさき》に待たせ、佐久は板敷に豆腐を置いた。そこには丁度、帳場に座った利助と藤七がいた。

「ねえ、この豆腐を板場までお願い。わたし、少し出てくるわ。半刻（約一時間）くらいで戻るから」

すると、利助と藤七が顔を見合わせた。

「どちらまでですか。お嬢さんになんぞあってはいけません。藤七をお連れください」

利助が太い眉を下げて言った。藤七は佐久が断る前に、素早く土間へ下りてくる。

「御用向きはなんでしょうか」

藤七が目をすぅっと細めた。何か訝《いぶか》っている時の仕草だ。

「いえ、実は――」

と説明しかけたけれど、みねに会ってもらった方が手っ取り早い。佐久は藤七を伴って暖簾《のれん》を潜《くぐ》り、外へ出た。

「おみねさん、お待たせしました」

佐久の後ろに立つ、背が高くて目つきの鋭い男。みねが目に見えて怯《おび》えたので、佐久はやんわりと言った。

「うちの手代《てだい》の藤七です。頼りになるので連れてきました。藤七、おみねさんよ」

「どうも」

「あ、ああ、すみません、お世話様です」

怯《おび》えながらもみねは藤七に挨拶し、佐久の助けを借りて事情を話す。藤七は顎《あご》を摩《さす》りながらつぶやいた。

「なるほど。事情はわかりました。しかし、それだけ時が経っても戻らぬということなら、手がかりもほとんどないでしょうね」

口調だけが丁寧な、藤七の歯《は》に衣着《きぬき》せぬ物言いに、みねが縮こまった。佐久が目で咎《とが》めても、藤七は気づかぬ振りをする。みねは呻《うめ》くように答えた。

「それでも、おっとうはまだかと待ち続ける子供たちが憐《あわ》れでなりません」

「ほら、困っている女の人には親切にするものよ」

佐久はいまひとつ乗り気でない藤七の背を押した。藤七は、はいはい、と切れの悪い返事をする。

「さあ、番屋《ばんや》へ行きましょう」

にこやかに言うと、みねの背中で眠っていた幼子がふあ、と愛らしい声を上げた。

「あら、起こしてしまったみたい。堪忍してね」

佐久がみねの背中に回りこむと、大きく澄んだ眼《まなこ》がじいっと佐久を見上げた。

白木綿《しらゆう》の産着《うぶぎ》に、髪は剃《そ》られて眉も薄く、あどけない表情が大層可愛らしかった。

赤子は、起きても大人しくしている。

「すえ、といいます」

みねの声が柔らかくなった。名前からして女子《おなご》のようだ。

「おすえちゃんね。賢い子。きっといい娘さんに育つわね」

「ありがとうございます」

フフ、とみねが声を立てて笑うのを、佐久は初めて聞いた。いつもそうして笑っていられるといいのに、苦労というのは絶えないものだ。

佐久はみねと並んで、村に残してきたという子供たちの話を聞きながら歩いた。

藤七はその後をついてくる。

上二人は男、下二人が女なのだと、みねは子供たちのことを語った。その様子はやはり母親のあたたかさがあり、佐久は亡き母を偲《しの》びながらみねの話を聞いていた。

やがて番屋《ばんや》に辿り着くと、佐久は開け放たれた戸から中を覗き見る。そこにいるのは一人だけだった。ひりひりと張り詰めた気が漂っている。今は参勤交代の時期。宿場に滞在する人が増えれば、その数だけ揉め事もあるのだ。

「私が行きましょう」

藤七がそう言ってくれてほっとする。安請け合いをしてしまったのは佐久だけれど、女子供が訴えるよりは藤七が話してくれた方がおざなりにされにくい気がした。

番屋《ばんや》の戸を潜《くぐ》り、中で話をする藤七を、佐久とみねはハラハラと待つ。やっと中から出てきた藤七は、無言でかぶりを振った。

「ここ最近でそういう男の話は聞かないそうです」

そこでやめればよかったのだ。それなのに、藤七は無遠慮につけ加えた。

「こんな話はよくあるのですよ。怪我や病気ならいざ知らず、本人の意思で去ったのなら捜しようが――」

「藤七っ」

思わず声を高くして佐久は藤七の言葉を遮《さえぎ》った。けれど、みねの顔は幽霊のように青白い。あれほど大人しかった背中のすえも甲高《かんだか》い声で泣き出した。我に返ったみねは慌ててすえをあやす。

居たたまれなくなって、佐久はそっと言った。

「おみねさん、この後どうされますか」

「まだ戻れません。もう一日だけここに留まります」

乾いた唇をキュッと結ぶみねに、藤七は抜け目なく商売っ気を出した。

「宿をお探しでしたら、ぜひつばくろ屋へ」

みねはトントンと後ろ手に背中のすえを宥《なだ》めつつ、悄然《しょうぜん》と視線を下げる。

「お世話になっておいて申し訳ないんですが、あたしには立派過ぎます。木賃宿《きちんやど》の方に泊まりますんで」

木賃宿《きちんやど》は、この板橋宿では仲宿《なかしゅく》を抜けた先の上宿《かみしゅく》に多くある。自炊できる素泊まり宿で、旅籠《はたご》一日分の宿代があれば五日は泊まることができる安価な宿だ。ただ、それ故に流れ者や荒っぽい雲助《くもすけ》（駕籠《かご》や荷物運びの人足《にんそく》）のたまり場であり、子連れの女が泊まるには物騒である。

「木賃宿《きちんやど》なんて徒者《いたずらもの》が多いところ、危ないわ。とりあえず、うちに来てくださいな」

銭《ぜに》が払えなくとも、みねとすえくらいならばどうにでもなる。佐久はみねの手を引いた。冷たいと感じる手だ。

この時、藤七が深く嘆息した理由《わけ》を、佐久はまだよくわかっていなかった。


みねを空き部屋へ通した日出は、にこにこと笑顔を貼りつけて戻ってきた。

「むつき（おしめ）は濡れていたし、乳もあげなくちゃいけないから助かったってさ。可愛い子だねぇ」

佐久がパッと笑みを向けると、日出は急に笑顔を消した。

「でも、それとこれとは話が別ですよ」

「えっ」

戸惑う佐久に、利助までもが厳しい目をした。

「そうですよ、お嬢さん。人情あっての商売とはいえ、宿代をまけたりしては、つばくろ屋の看板に傷がつきますからね。それをしてはなりませんよ」

大人たちのいつにない様子に、留吉がおろおろと動き回る。すると、板場から仏頂面《ぶっちょうづら》の文吾と弥多までもがやってきた。濡れた手を前掛けで拭いているところを見ると、仕事を中断させてしまったようだ。

「なんでぇ騒がしい」

「お嬢さん、どうされたんですか」

心配そうに佐久を見つめる弥多に、佐久は事情を説明した。優しい弥多ならばわかってくれるのではないかと期待を込めて。

「それはいけません。お嬢さんは優しすぎます」

けれど、その優しい弥多が案じたのはみねではなく、佐久と宿のことである。

「けれど――」

しょんぼりと縮こまる佐久に、文吾は腕を組んでふんぞり返りながら言った。

「ひと晩くらいなら、あっしの家へ泊めましょう。手狭な長屋ですがね、うちのカカァはちぃせえ子供が好きなんで、まあ喜ぶと思いやす」

文吾のところは、孫ももう小さいというほどではない。すえのような子なら可愛がってもらえるだろう。文吾の申し出は正直なところ、ありがたかった。

「甘えてもいいのかしら」

佐久がおずおずと言うと、文吾はカカッと笑い飛ばした。場の湿っぽさが吹き飛ぶ明朗な声だ。

「今更何を言うんですかぃ。まったく、お嬢さんもお人がよすぎると弥多の気が散っていけねぇ」

「オヤジさ――っ」

いつになく大きな声を出しかけた弥多は、自分の口元を押さえてその先を止めた。そうして、ひとつ咳払いをすると黙り込む。心なし顔が赤かった。

「ええと、とりあえず宿の商《あきな》いが終わるまでおみねさんには待っていてもらうわ」

「ああ、そうしておくんなせぇ」

そう、宿が忙しいのはこれからなのである。佐久がみねのもとへ行って事情を説明すると、みねは畳に額を擦りつけて何度も礼を言った。けれど、日の高いうちにもう少し聞き込みをしたいのだという。日が暮れたらここへ戻ってくると約束して、みねはすえを伴って街道へ出た。

気がかりではあるものの、今は宿に来てくれた客をもてなすことを第一に考えなければならない。佐久はつばくろ屋の印半纏《しるしばんてん》を羽織ると、気を取り直した。

三つ指を突いて、笑顔で客を迎え入れる。

「ようこそ、つばくろ屋へおいでくださいました」


今日の献立は菜っ葉の味噌汁、浅蜊《あさり》のむき身切干し、三つ葉のおひたし、八杯豆腐《はちはいどうふ》、沢庵漬《たくあんづ》けである。佐久はひと仕事終えると、膳を重ねて父のもとへ向かった。

「お待たせ、おとっつぁん」

佐久が顔を見せると、ここからほとんど動いていないはずの伊平は何故か訳知り顔であった。

「今日は何かあったようだね」

ギクリとしつつも佐久は小さくうなずく。

「ええ、少《すこ》ぅし」

膳を伊平に差し出し、二人で手をそろえる。伊平が箸をつけるのを待って、佐久も食べ始めた。くたりと煮た、醤油《しょうゆ》と酒が香る八杯豆腐《はちはいどうふ》。短冊に切られた豆腐は今朝、佐久が買い求めたものである。

佐久はもみ海苔《のり》のかかった豆腐を呑み込むと、みねのことを話した。食べやすいよう、特別に薄く切られた伊平の沢庵漬《たくあんづ》けに目が行く。文吾と弥多の心遣いが感じられて胸にあたたかさが染みた。

話し終えた後の伊平の返しは、佐久が思ったよりも厳しいものであった。

「深入りはやめなさい。今日のことは約束してしまったのだから仕方ないにしても、皆忙しい身だ。そうそう手伝えるわけじゃあない」

自分だけでも手伝いたい、とは言えなかった。佐久が抜ければ皆の負担も増えるのだ。自分で片《かた》をつけられないことを背負い込むのは、身の程知らずである。

「お佐久」

「――はい」

一度箸を置き、身をすくめて佐久は返事をした。伊平はそんな娘に困ったようにささやく。

「あたしがこんな体になったから、お前に宿のことを頼まなくちゃいけなくなった。それはすまないと思っている。けれど、あたしが深入りするなと言う理由《わけ》は、何も宿のことばかりじゃあないんだよ」

体のことで一番つらい思いをしているのは伊平だ。そんな父に、自ら体のことを言わせたくはなかったと心が痛む。伊平は言葉を続けた。

「現《うつつ》はね、そう優しいばかりじゃあない。年若いお前にはまだ受け入れられねこともあるだろう」

父の言葉がぼんやりと佐久に届く。

ただ、佐久が関わらなかったとして、それでもみねが傷つき苦しむことに変わりはない。そこから目を背《そむ》けることは正しいのだろうか。佐久には判断がつかなかった。

食べ終えた膳を下げに行くと、帳場に利助がいた。いつもならばすでに帰っている時刻だ。利助はすまし顔で帳面を眺めては算盤《そろばん》を弾いている。佐久はその軽快な音を聞きながら、なんとなく訊《たず》ねた。

「おみねさんは戻ったかしら」

「いいえ。まだでございますよ」

パチン、と算盤《そろばん》の音がひと際響いた。

「もうとっぷり日が暮れてるのに、遅いわね」

「そうですねぇ」

あまり気のない返事である。佐久は板場の方に膳を返しに行った。

「ごちそうさま。今日も美味しかったわ」

カラリと障子を開けると、藁縄《わらなわ》で食器を洗っていた弥多が腰を浮かせた。前掛けで手を拭きつつ、佐久から膳を受け取る。椀がかすかに擦れ合う音が鳴った。

「旦那さんが今日もしっかりと召し上がってくだすってよかったです」

弥多はそう言って笑う。女形《おやま》にでもなっていたら結構な人気を博したのではないか、と思うほど美しい微笑だ。

「うん、おとっつぁんも美味しいって喜んでいたわ。――ねえ、仕事はもう終えそうかしら」

佐久が訊《たず》ねると、弥多は穏やかにうなずいた。

「そうですね、後は片づけだけですから」

片づけは弥多の仕事である。ということは、文吾は仕事を終えたのだろう。どこかで一服しているのか、姿が見えない。

「わかったわ。ありがとう」

文吾の家にみねを泊めてもらうのだ。早く戻ってきてもらわないと文吾も帰れない。ただでさえ遅い時間まで働いてくれている文吾に申し訳なかった。

佐久は裏手から外へ出た。回り込むと、通りには店の行灯《あんどん》が続き、ほの明るく道を照らしている。佐久は通りに立ってみねを捜した。けれど、それらしい姿は見えない。

どうしたものかと平尾宿《ひらおしゅく》（下宿《しもしゅく》）に向けて少しだけ歩いてみた。時刻が時刻なので道行く人は少ない。

すると、通りかかった細い横道の脇で座り込んでいるみねを見つけた。その様子は暗く、疫病神《やくびょうがみ》にでも取り憑《つ》かれたかのようだ。佐久は声をかけることをためらった。触れれば壊れるような危うさが、みねにはあったのだ。

そうしていると、立ち尽くす佐久の近くに人の気配がした。ハッとして振り向けば、女が立っている。

細身でやや上背のある若い女。少しほつれたつぶし島田《しまだ》、湯屋帰りなのか化粧っ気はなく浴衣姿だ。着飾れば美しく映《は》える顔立ちだろうに、何か気力というものが見受けられない。狐《きつね》が化けている、そう言われても佐久は信じてしまったかもしれない。

女はふぅと息をつくと、佐久に気だるげな目を向けてつぶやく。

「あんた、喜一の女房の知り合いかい」

「え、ああ――はい」

どくり、と胸が鳴った。この女はみねの亭主を知っているのだ。

そうかい、と女は言った。

「世の中には知らない方がいいこともあるんだよ。知りたいと欲を出した途端、魂を食いちぎられるような目に遭《あ》うのさ」

「ど、どういうことですか」

佐久が襟元で手を握り締めると、女はぼそりと零《こぼ》す。

「亭主の喜一を知らないかって訊《たず》ねて回ってたけれど、喜一はね、女と手を取り合って逃げたのさ。助郷務《すけごうづと》めに宿場へ来て身持ちを崩すなんざ、よくある話だからね。まあ、女を掻《か》っ攫《さら》って逃げたんだ、楼主《ろうしゅ》はおかんむりさ。そこへのこのこ女房がやってきたんだ。足抜けした遊女の年季分《ねんきぶん》の銭《ぜに》を払えって、店先で男衆《おとこしゅ》にがなり倒されてあの始末さ」

「そんな――。何かの間違いではないのですか」

子供が四人もいる一家の大黒柱が遊女と手に手を取り合って、などという話は、佐久には鵜《う》呑《の》みにできるものではなかった。女はもう一度ため息をつく。

「あの女房も同じことを考えているだろうね」

間違いであってほしい。何かの間違いでなければ、みねはこの先子供たちを抱えてどうしたらいいというのか。

女は感情の読みにくい目をみねに向け、佐久に訊《たず》ねた。

「背中の子、女の子かい」

「ええ」

「これから可哀想なことになるね」

女はそんなことを言った。みねの一家がズタズタになる、そう予見するのか。易者《えきしゃ》ではなく、ただの農民のような若い女だ。そこであぁ、と佐久は思い至った。

この女はきっと飯盛女《めしもりおんな》、宿場の妓楼《ぎろう》が抱える遊女なのだろう。だから、すえもいずれは食い詰めた挙句に妓楼《ぎろう》へ売られてしまうと思ったようだ。すえに自分を重ねたのかもしれない。

佐久はどうしていいかわからず、足に根が生えたかのように立ち尽くす。風がヒュウと吹いて、それにすら体が揺らぐようだった。すると女は佐久に背を向け、去り際にひと言だけ残した。

「七つ前は神のうち――ってね。育ちの良さそうなあんたにはわからないだろうけど」

女の背中は深まる闇の中へ消えた。ぽつりと残された佐久は、みねをどうにかして励まさなければならないと感じた。覚悟を決めてみねに声をかける。

「おみねさん、こんなところにいらして。ほら、おすえちゃんが風邪をひいてしまいます。戻りましょう」

「お嬢さん――」

春とはいえ寒さの残る中、冷えきったみねの手をただ引いて歩く。佐久は、みねが啜《すす》り泣く声を聞かなかったことにした。下手な慰《なぐさ》めなど言えやしない。

心が掻《か》き毟《むし》られながらも、戻って早々、佐久は日出に怒られた。

「嫁入り前の娘さんが黙って出歩く時刻ですかっ」

日出が怒ると雷様よりも怖い。佐久が縮こまって項垂《うなだ》れていると、日出のその剣幕にみねが詫びた。

「あたしがいつまでも戻らなかったから悪いんです。お世話をかけてあいすみません」

客人のみねまで叱ることはできず、日出の怒りは行き場を失う。すみませんと繰り返すみねに、文吾は苦笑しながら言った。

「ほれ、行くぞ」

「あい」

うなずき、みねは文吾の後に続く。赤くなっているであろうみねの目元を、外の暗さが隠してくれている。

みねは大丈夫だろうか。すえを背負った背中を見送りながら佐久は案じた。

藤七が暖簾《のれん》を取り込み、弥多と留吉が一緒に雨戸を閉め始める。表の行灯《あんどん》の火をふぅと消すと、藤七は留吉を手招きした。

「おい、留《とめ》。昨日の浚《さら》いだ。来い」

留吉はすでに眠たいようで、目を擦りながらあい、とつぶやいた。

「お嬢さん、おやすみなさい」

「お嬢ひゃん、おやすみなひゃい」

留吉も藤七に続いて頭を下げた。今から読み書き算盤《そろばん》を習うのだ。留吉が少し可哀想になるけれど、将来のためと思えば仕方がない。

そうして二人が去ると、土間には佐久と弥多だけが取り残された。暗がりの中、弥多はいつもの優しい微笑を浮かべてはいなかった。

「ひと声かけてくだされば、私が行きましたものを」

「ごめんなさい」

素直に謝ると、弥多はそっと気遣うように声を絞り出した。

「お嬢さん、無茶はいけません」

佐久はこくりとうなずいた。

みねはこれからどうするのか。考えると佐久まで恐ろしくなって指先が震えた。

みねの心細さはいつまで続くのだろう——

翌朝、文吾はみねたちを連れずにつばくろ屋へ出てきた。

「いえね、おすえちゃんがまだ寝てたんで置いてきやした。起きたらこっちに来るようにおみねさんには言ってありますんで」

そこで文吾はフフ、と珍しい笑い方をした。

「まあ大人しい子で、少しも邪魔にならなかったですぜ。むしろうちのが名残惜《なごりお》しくて、ごねてるくらいでさ」

「そうなの。よかった」

佐久はそれを聞いてほっとした。

「ほらほら皆、お客様をお送りしないと。急いだ急いだ」

奥から利助の声がした。文吾も佐久に軽く頭を下げて板場へと向かう。

そこから慌ただしく、けれど心を込めて接待し、板場にいる文吾と弥多以外の皆で街道を行く客を見送った。

空は白み出し、ようやく朝というところだ。そんな中をみねが頼りなげに歩いてきた。

みねは何か、すっきりとした顔をしていた。心の整理がついたのだと、佐久はその落ち着いた様子に少しだけ安堵する。みねは体をふたつに折って深く頭を下げた。

「あたしはこれから村へ戻ります。ご親切にしてもらって、このご恩は忘れやしません」

「力になれなくてごめんなさい。またおすえちゃんを連れて遊びに来てくださいね」

すると、みねは力が抜けたように微笑み、もう一度会釈をしてつばくろ屋の面々に背を向けた。すえはむずかっていたものの、やがて二人は遠ざかる。

袖振り合うも多生の縁とはいうけれど、もう、そうそう会うこともないだろう。それでも健やかに過ごしてくれるのなら、それでいい。

「ああ、また埃が立ってますね」

朝一番に清めたけれど、客の出立《しゅったつ》や荷駄《にだ》の行き来で砂埃が舞っている。留吉が箒《ほうき》を取りに中へ入った。みねの背中を見送りながら皆が中へと戻る。その時ふと、昨日の女の言葉が思い起こされた。

暖簾《のれん》を潜《くぐ》ろうとした藤七の背に、佐久は問いを投げかける。

「ねえ、『七つ前は神のうち』ってどういうことなのかしら。七つを超えるまでは病にもなりやすくて儚《はかな》い命だから、大切にしなくちゃってことじゃあないの」

すると、藤七はぴたりと動きを止めた。振り返った顔つきが何故か怖い。

「どうしたんですか、お嬢さん」

「どうって——」

藤七はひとつ鋭く息をついた。

「子供は神様からの授かりものですが、七つ前の子供は神様に返してもいい——つまり、罪とも思わずに子を間引きする連中がいると聞きます」

「そんな——」

「貧しい農村では育てられぬ子供をそうして殺《あや》めるそうですが」

この時、佐久の顔はひどく青ざめていたのだろう。藤七の顔も強張《こわば》った。

まさかと思う。けれど、絶対にないとは言いきれない。

佐久はぽっくりを履いた足で駆け出した。着物の裾が割れないように手を添えていたけれど、次第にそれどころではないという気になった。佐久の剣幕に街道を行く人々が振り返る。

「お嬢さんっ」

後ろから藤七と、藤七が頼んだのか弥多が追いついてきた。佐久は思わず叫ぶ。

「おみねさんを追って。お願いっ」

弥多は唇を引き結ぶと、佐久を追い越して走り出した。藤七は佐久に合わせながら先を急ぐ。

道の先から幼子の、すえの泣き声がした。走ったせいで着物の前をはだけさせた弥多が、みねに何かを言っていた。その姿を見て、佐久はほっと胸を撫で下ろす。息を整えるとみねに近づいた。

「お嬢さん、何かあたしに御用でしたか」

と、みねは小首をかしげた。佐久はまず、なんと言うべきか慎重に言葉を選んだ。

「あの、これからどうされますか」

すると、みねの顔が怪訝《けげん》そうに動いた。

「村に帰ると言いませんでしたか」

「お聞きしましたけれど、村に帰ってからどうされるのかと」

佐久のまどろっこしい言い方に、藤七が痺《しび》れを切らした。

「村に帰って、ちゃんと子供四人、女手ひとつで育てられるのかと言うのです。娘を妓楼《ぎろう》に売ったり、その背中の子を間引いたりせずに」

佐久がハラハラと見守る中、みねは言った。容易《たやす》く口にするには恐ろしい内容であるのに。

「そ、そんなの、無理に決まっているじゃあないですか。上の二人は十《とお》と九つです。今も畑仕事を手伝っていますし、しっかりとした働き手です。でも、このすえは、うちには過ぎた授かりものだったんです」

間引けば親も子も地獄へ落ちるとして、幕府は間引きを禁止している。けれど、それを完全に食い止めるには至らないのが現状である。

大人しかったすえは、火がついたように泣き叫んでいた。すえは生きたいと願っている。少なくとも佐久にはそう感じられた。みねの心中を思うと、佐久も胃の腑《ふ》がキュッと縮み上がる。

「じゃあどうしろって言うんですか。あの人が育てようって言ったから、あたしは苦しくても耐えたのに――」

みねが涙を溜めた目で佐久を睨《にら》んだ。その険しさよりも、零《こぼ》れる涙に佐久は言葉を失う。

すえが憐《あわ》れだから、と容易には言えない。すえを育てるために一家が共倒れにならないとは限らないのだ。そうして間引かれた子供たちはどれほどの数にのぼるのだろう。

うわあんうわあん、と泣くすえの声が街道の他の音を掻《か》き消していた。通りすがりの人々も何事かと不審がった。みねは嘆息すると、踵《きびす》を返す。

「それじゃあ、あたしは帰ります」

みねが佐久に背を向けた。涙を拭くみねの、その背中に手が伸びる。

弥多だった。弥多は整った顔を少しも動かさず、みねの横からすえの体を引き抜いたのだ。

「弥多っ」

佐久は驚いて口元を両手で押さえた。藤七は眉間に深く皺《しわ》を刻み、様子を窺《うかが》っている。みねの大人しそうな顔が般若《はんにゃ》の形相に変わるのを、佐久は目《ま》の当《あ》たりにした。

「何すんですか、あたしの子ですよっ」

「間引くのなら要らないのでしょう」

背筋がスッと寒くなるような声だった。弥多にいつも優しい。けれど、こうして表情を消した時、整った顔には凄《すご》みが増す。みねは大きく震え出した。

「そ、それでも、あたしはすえに責《せき》があるんです。あたしの子なんです」

殺《あや》めることを責《せき》と言う。生きてほしいと願うことは責《せき》ではないのだろうか。甘いことを言うなと怒られるかもしれない。それでも、佐久はただ悲しくなって涙が溢《あふ》れる。

藤七はそんな佐久を見遣ると、嘆息した。そうして、落ち着いた声音でみねに告げる。

「十日間おすえちゃんを預かりましょう。十日経ったら迎えに来てください。それからおみねさんの気持ちを伺《うかが》います。今のあなたは少し頭を冷やした方がいい」

「あたしは――」

「鏡を見てご覧なさい。それが母親の顔ですか」

その鋭い藤七のひと言に、みねは顔を隠すように両手で覆った。そのまま、一度も振り向かずに駆け去る。浴衣も着崩れたその背中に、すえの泣き声はどう響いたのだろうか。

佐久の涙がぽたりと地面に落ち、土の上に濃い染みを作る。自分の情けはみねにとって、傷口に塗りたくられた塩なのではないかという気になった。

「ご亭主のことで傷ついたおみねさんに、わたしはひどい仕打ちをしてしまったのかしら」

ぽつりとそんな言葉を零《こぼ》すと、泣き喚《わめ》くすえを抱いた弥多がそばで言った。

「物心もつかない幼子を親の勝手で殺《あや》める、そんなことは私にも我慢ならないのです。どんなことをしても子を生かそうとする親だっているのですから」

すえを抱く弥多の手に力がこもる。弥多の心の奥には、もしかすると佐久の知らない傷があるのかもしれない。なんとなくそんなことを思った。

この場で一番落ち着いていたのは藤七だ。

「ほら、戻りましょう。商《あきな》い中、おすえちゃんを誰に預けるのか、もらい乳《ぢち》ができるところも探さなくてはなりません。これから少なくとも十日は忙しいですよ」

「う、うん」

佐久はようやく涙を拭いた。泣き顔で客を迎えることなどできない。無理にでも笑っていなければ。

帰り道、すえの涙も止まっていた。泣き疲れたのか、弥多の腕の中でうとうととしている。すえを抱えてつばくろ屋に戻ると、日出と利助は目を丸くした。

「えっと、しばらく預かることになったの」

「本気ですか、お嬢さんっ」

日出の大声に首をすくめた佐久を庇《かば》うようにして、すえを抱いた弥多が前に出る。

「私がしたことです。お嬢さんのせいでは――」

そんな弥多のことを、日出はぴしゃりと黙らせた。

「誰のせいでもおんなじだよ。その年の子が母親と離れて生きていくのがどんなに大変なことだと思っているんだい。猫の子じゃあないんだ、食わせていけるつもりかい」

日出も三人の子供の母である。その日出に、独り者でその上住み込みの弥多が言い返せるはずもなかった。

ただ、これは弥多を通して佐久にも言いたいことなのだと感じて、佐久は項垂《うなだ》れた。利助もため息をつく。

「藤七、お前がついていていてなんてことだ」

「あいすみません」

藤七に頭を下げさせたことも佐久には心苦しい。

「とりあえず十日、様子を見て、その後のことはそれから考えるわ」

佐久がそう言うと、日出は厳しい目を更に険しくした。

「十日経てば、おみねさんは迎えに来ると言ったのですか」

「それは――」

「捨てたんですね。この子を」

「っ――」

「あの白い歯を見たらおわかりでしょうに。おみねさんは、歯を黒く染めるための道具さえそろえられない貧しい人ですよ。亭主がいないなら子供も育ててはいかれないのでしょう。かといって、みんな日々の生活で精一杯。人様の子を育てるゆとりはありゃしません」

しょんぼりと肩を落とす佐久と弥多だった。すると、板場から文吾が前掛けを締め直しながらやってくる。

「なんでぇ、騒がしい。おい、弥多、いつまで油売って――」

喧嘩口調で言いかけたものの、その弥多の腕の中に眠ったすえがいたものだから声を落とした。

「帰《けえ》ったんじゃなかったのかよ」

「オヤジさん、実は少しわけありで、預かることになってしまいました」

預かるぅ、と素《す》っ頓狂《とんきょう》な声を出してしまい、慌てて口を押さえた文吾だが、すえを見る目つきは優しかった。

「そうか。うちの長屋には赤ん坊抱えた若ぇ母親《わけ》がいるから、もらい乳《ぢち》できるか頼んでみてやらぁ。まあ、おすえちゃんはもうそろそろ乳以外のものも食っていけると思うんだがなぁ」

「それはありがたいわ」

佐久が喜ぶも、日出は深々と息をついた。

「まあ、今更何を言っても仕方ありゃしません。さあ、仕事仕事」

佐久は慌てて弥多からすえを預かる。

「とりあえず寝かせておくわ。『鶴《つる》の間』でいいかしら」

「そうですね、座布団を出しましょう」

藤七がそう答え、共に来てくれた。

「弥多、さっさと手と足洗ってきな」

「へい」

皆、遅れを取り戻すべく慌ただしく働いた。遅くなった朝餉《あさげ》の膳を伊平に届けてから、佐久も一緒に食事を取る。その間も皆が交代ですえの様子を気にしてくれていた。

伊平に事情を説明すると、伊平はそうかとだけ零《こぼ》した。昨日は厳しいことを言ったけれど、そうした事情ならば、もううるさくは言わないという心が見える。

「こうなったからには仕方がないね。そのすえという子がどうにもならないのなら、うちの養女にするかい。苦労するのはお前だけれど、お前にその覚悟があるのならあたしは構わないよ。後で連れてきなさい」

「おとっつぁん、ありがとうございます」

佐久は膳をどけて三つ指を突くと、父に向けて深々と頭を下げた。

●

すえを預かって十日が過ぎた。けれど、みねは現れなかった。

結局のところ、すえはみねにとって間引くつもりだった子だ。迎えになど来るはずがない。そう言ってしまえばそれまでなのだけれど、いざこの時が来てみると、佐久はその事実を受け止められなかった。きっと来てくれると、心のどこかでは思っていたのだ。母親がそう簡単に子を捨てられるはずがないと。

だから佐久はその心に、みねが来ない理由《わけ》を与えたかったのかもしれない。みねはここへ来ようとしたけれど、何か理由《わけ》があって来られなくなってしまったのではないかと。きっとそうに違いない。それならば、こちらから一度様子を見に行くべきではないだろうか。

佐久はその考えを伊平に告げた。優しい父ならば、そうだね、とうなずいてくれると思っていた。けれど、伊平はいつになく厳しい顔を佐久に見せたのだ。

「お佐久、いい加減にしなさい」

「え――」

「だから、現《うつつ》は優しいばかりじゃあないと言っただろう。会いに行って、それで、おみねさんの口から要らないと言わせるつもりかい。どんなに自分が育てたくともそれができない、そうしたお人の口からそれを言わせたいのかい」

そんなつもりはない。ないけれど、結果としてそうなることもある。佐久の頭からは都合の悪いことはすべて抜け落ち、ただ自分が思い描いた先だけを望んでいた。その甘さを伊平が突いたのだ。優しい父がこんなにもはっきりと怒ったことが今までにあっただろうか。それほどまでに自分が浅はかであったのだ。

「ごめんなさい、わたし――」

すえは不憫《ふびん》だ。だからと言って、みねが不憫《ふびん》でないわけではない。

はらりと涙を零《こぼ》した佐久に、伊平の小さなため息が聞こえた。

「それでもいつか、時が経ったらまたあの二人が出会えることもあるかもしれないよ。今はそっとしておいてあげなさい。わかったね」

「はい――」

みねは自分がすえを迎えに行ったら、すえを間引くしかない。すえを迎えに行かないことで生きていてほしいと願いを託したのではないだろうか。そんな甘い考えは、莫迦《ばか》だと言われてしまうかもしれない。けれど、佐久はせめてそう思いたかった。


それから、すえのことは文吾の長屋の人々がよく面倒を見てくれた。けれど、ずっと世話になるのも悪いので、一日おきにつばくろ屋に連れてきてもらい、佐久はすえを背負って仕事をした。すえは弥多が仕事の合間に作ってくれたものをよく食べた。弥多は味噌漉《みそこ》しを通した芋《いも》に出汁《だし》を加えて食べやすくしてみたりと、甲斐甲斐しいものである。

それでも、母を恋しがって泣くすえの姿に、皆は心を痛めるばかりであった。

そのうちに月が巡《めぐ》った。暦《こよみ》は四月。先月は慌ただしく過ぎ、ゆっくりと花見をすることもなかった。すでに街道に散った桜の花びらさえ見えなくなった葉桜の頃。

佐久たちが客を見送り終えて中に入った途端、サッと暖簾《のれん》がはねのけられた。客かと思って振り返ると、そこにいたのは、平尾宿の旅籠《はたご》『盛元《せいげん》』の跡取り松太《まった》郎《ろう》であった。飯盛旅籠《めしもりはたご》、つまりは妓楼《ぎろう》の息子であるせいか、常に脂粉《しふん》の臭いをさせている気がする。黒尽くめの引きずるような長い裾、合わせる小物は唐渡《からわた》りか。

松太郎は、顔がだらしないとか、脂下《やにさ》がっていて癪《しゃく》に障《さわ》るとか、とにかく日出から嫌われていた。女郎屋の息子という部分も大きいのだろう。帳場に座る利助も軽く挨拶したのみである。

「あら、松太郎さん」

佐久が笑顔を向けると、松太郎は小脇に抱えた油紙を佐久に差し出す。

「ほらよ」

とっさに受け取ると、少し重みを感じた。松太郎の得意満面の笑みに佐久は小首をかしげる。

「なあに、これ」

「さくだ――、更に首をかしげた佐久を見て、松太郎はケタケタと腹を抱えて笑い出す。

「初鰹《はつがつお》のさくだ。うちの親父が買ってきたんだ、食いてぇだろうと思って持ってきてやったんでぇ」

「ええ――っ」

さく、つまり短冊状の身の塊《かたまり》である。

江戸といえば初鰹《はつがつお》。風俗事典『嬉遊笑覧《きゆうしょうらん》』によると――

江戸にて初もののもつとも勝《すぐ》れて賞せらるるは鰹《かつお》なり。

――とされ、女房を質に置いてでも食べたいとまで言わしめた。

五日もすれば値崩れを起こすというのに、その高直《こうじき》な時に買い求め、人に振舞うことを粋《いき》としていたのだ。

ただし――

この時、天保十四年。

庶民の羨望《せんぼう》の的であった初鰹《はつがつお》も、天保期には漁獲量が増え、以前のような熱狂振りは見られなくなって久しい。とはいえ、なんと言っても初物である。鰹《かつお》に限らず、初物には相応の価値がある。時季にもならぬのに初物といって値を釣り上げるなと、度々町触《まちぶ》れが出されるほどだった。

佐久が喜びに打ち震えていると、松太郎の笑い声が気になったのか、土間の方に弥多が顔を覗かせた。何度かつばくろ屋を訪れている松太郎だが、弥多と顔を合わせたのは多分初めてのことだ。大抵の人は弥多の整った顔に気後《きおく》れする。勝気に思える松太郎も、弥多の視線には言葉が出ない様子だった。

「うちの料理人で、脇板《わきいた》の弥多よ」

弥多が頭を下げても松太郎はそっぽを向いた。それが松太郎らしいとも思う。

佐久は弥多に輝く笑顔を向けて、初鰹《はつがつお》を差し出した。

「これ、松太郎さんがおとっつぁんにって」

「え――」

松太郎から鈍《にぶ》い声が漏れたけれど、欣喜雀躍《きんきじゃくやく》せんばかりの佐久は気づかない。

「初物は寿命を七十五日延ばすって言うもの。ありがたいわねぇ」

帳場格子から抜け出してきた利助も満面の笑みだった。

「おやおや、それはありがたい。松太郎さん、旦那さんのためにありがとうございます」

と、利助が頭を下げると、どこからともなく現れた日出と藤七までもがにこにこと笑顔で言った。

「まあ、旦那さんのためにわざわざ」

「さすが松太郎さん。旦那さんもきっと喜んでくださいます」

礼を言っているはずが、どこか畳みかけるようでもある。弥多も少《すこ》うし笑みを浮かべ、ありがとうございます、と再び頭を下げた。

「ありがとう、松太郎さん」

佐久も頬を染めて礼を言った。

松太郎は何かを言いたいような複雑な顔をしたが、結局、

「おうよ」

とだけ言い捨てて去っていった。

その直後、つばくろ屋の奉公人たちは、こらえきれぬように噴き出した。もちろん、佐久はそんな皆に訝《いぶか》しげな顔をしていたが。

思わぬ形で手に入った初鰹《はつがつお》は、せっかくだから皆で食べようと伊平が言ってくれた。今日は無礼講だと、居間に皆を集めた。文吾が切ってくれた初鰹《はつがつお》が大皿に見栄えよく盛られている。芥子味噌《からしみそ》、芥子酢《からしず》、芥子醤油《からしじょうゆ》、弥多がすりこ木《ぎ》ですって用意してくれた薬味で皆が食した。すえにはまだ無理なのが気の毒だ。

魚河岸《うおがし》で水揚げされて間もないものをくれたようで、透き通った赤味に臭みはない。縞《しま》模様の粋《いき》な魚は、つばくろ屋の皆の寿命を延ばしてくれるだろうか。

●

それからも慌ただしい日が続いていた。街道を行き交う人は、参勤交代の侍たち以外にも多いのである。

表で佐久が柄杓《ひしゃく》で打ち水をしていると、留吉がおろおろとし始めた。

「そいつはおいらの仕事ですよぅ」

「いいじゃないの、たまには」

「じゃあ、じゃあ、おいらは何をしたらいいんでございますか」

「そうねぇ、思いつかないわねぇ」

「そんなぁ」

からかってみても可愛い留吉ではあるけれど、真剣に困っているふうだった。後で藤七に怒られても可哀想なので、佐久は諦めて留吉に柄杓《ひしゃく》と桶を返そうとする。その時、街道を慌ただしく走る二人組の飛脚《ひきゃく》がつばくろ屋の前で足を止めた。この初夏の時季、てらてらと汗で光る日に焼けた肌を惜しげもなくさらしている。

「板橋仲宿《なかしゅく》つばくろ屋ってぇのはここだな」

「ええ」

「ほら、文吾ってお人に文《ふみ》だよ。渡してくんな」

「文吾にね。ありがとう」

文吾の子供たちからたまにこうして文《ふみ》が来る。子供とはいっても、利助くらいの年頃なのだが、息子二人と娘は江戸の神田と深川《ふかがわ》にいる。

「さっそく渡してくるわ」

「あい」

留吉はこれで仕事を取られなくなったと、ほっとしているに違いない。

板場へ向かうと、すえの泣き声がした。何事かと思って戸を開ければ、醤油《しょうゆ》の甘辛い匂いと熱気がして、すえを背負った弥多が煮しめの味を見ているところだった。背中でああも泣かれて味などわかるのだろうか、と佐久は可笑《おか》しくなる。

「文吾、十七屋《じゅうしちや》（町飛脚《まちびきゃく》）さんが来てくれたわよ」

佐久は俎板《まないた》の前の文吾に向き直った。泣き喚《わめ》くすえに負けないように声を飛ばし、畳の上に文を置く。それから竈《かまど》の前の弥多の背中からすえを取り上げた。佐久が抱いてやると、すえはぴたりと泣くのをやめる。

「あ――」

弥多は申し訳なさそうに首をすくめた。

そんな二人を見て、文吾はカカッと笑う。

「ガキのことに関しちゃ、ヤローが女に勝てるわきゃねぇんだよ」

「よしよし、おすえちゃんはいい子ねぇ」

きゃっきゃと急に笑顔になったすえ。その表情のなんと可愛らしいことか。自分が抱いて泣きやんでくれると、佐久も嬉しくて仕方がない。

「お嬢さんはきっといいおっかさんになりやすよ。お嬢さんみてぇな嫁をもらえる男は、そりゃあ果報《かほう》モンだ。な、弥多」

「へ、へい。そう、ですね――」

急に文吾から振られたせいか、弥多は返答に困っているように見えた。声が妙に小さい。子供っぽい佐久が母親になる姿など、まだ想像もできないのだろうか。

そんな弥多に文吾はケッと吐き捨てたかと思うと、今度はニヤニヤと笑って言う。

「特におめぇはガキの扱いが下手だかんな、お嬢さんみてぇな嫁をもらわねぇとどうにもなんねぇぞ」

その途端、パリンと音がした。弥多は、手にしていた味見用の小皿を竈《かまど》に落として割ってしまったのだ。弥多にしては珍しい失敗である。

「あ、す、すみませんっ」

「馬鹿野郎がっ。おめぇ、何年ここで働いてるんだ、ええっ」

文吾に叱られ、弥多は耳まで赤くしてうろたえていた。一方の文吾は、大人しくしていたすえがまたぐずりそうだったので、すぐに怒りをおさめる。

文吾はどっこらしょ、というかけ声で座り直し、さっき受け取った文《ふみ》を広げた。

何度も何度も文《ふみ》を目で追い、やがて、深々とため息をつく。佐久は小首をかしげた。

「文《ふみ》、お子さんからでしょう」

「へい、娘のお里《さと》からでやす」

それにしては嬉しそうではない。何か厄介事だろうか。すえも大人しくなり、コトコトと煮しめの煮える音と匂いだけがする。

佐久も弥多も詳細を訊《き》けずにいると、文吾の方からぽつりと零《こぼ》した。

「その、うちのがお里に文《ふみ》で知らせちまったらしくて」

「何をかしら」

いつになく歯切れが悪い。文吾らしくもない。

「いいえ、おすえちゃんのことでさ。こうこうこういうワケアリの子をみんなで預かってるって」

「うん、それで」

佐久はまだ気づかなかったけれど、弥多は何かを察したようだ。ハッとした表情を浮かべている。

文吾はしょんぼりと言った。

「嫁にやったお里は今年で三十三になりやした。なのに、子のひとつもねぇんです」

それで離縁されずにいるとは、よほど優しい亭主と姑に恵まれたようだ。

「石女《うまずめ》ですからね、そりゃ肩身も狭かろうとあっしら二親《ふたおや》がいつも気が気じゃねぇのは確かでさ。うちのが先走った真似をしたのも、娘可愛さ。——お里のヤツは、ぜひおすえちゃんに会いてぇと、こう言ってやがるんですよ」

どうして、ほしいと願うところに神仏は赤ん坊を授けてくださらないのか。

文吾がそうした話をするのは珍しい。家のことを仕事に持ち込まない職人気質《かたぎ》の人だからこそ、文吾がこの話を切り出した覚悟は相当なものだろう。けれど——

「お里さんって、確か神田にお住まいなのよね」

「へい」

会えないというほどではないものの、ちょっとそこまでとは言えない距離だ。そう思うと切なくなった。まだ半月ばかりしか経っていないけれど、情はすでに湧いてしまっている。家族と思って接しているすえがいなくなるのはつらい。

何もわからずに、佐久を見上げているすえ。そのつぶらな眼《まなこ》に、眉を下げた佐久が映る。勘違いをしてはいけないと、佐久はようやく気づいた。

すえをつばくろ屋で預かったのは、すえの命を守るため。仕合《しあわ》せになってほしいと願ったからだ。すえは佐久の持ち物ではない。佐久が行く末を決めるのはおこがましいことだ。

ただ、すえの仕合《しあわ》せを、それだけを祈るのだ。

「文吾」

「――へい」

「もし、もしも、おみねさんがおすえちゃんを迎えに来て、ちゃんと育てるって約束してくれたなら、その時だけは絶対に返してあげて」

文吾は眉尻を下げてうなずいた。弥多は寂しそうな二人をそっと見守る。煮しめのコトコトと煮える音が優しく聞こえた。

●

それから三日の後《のち》。

文吾の娘、里とその亭主で鋳物師《いものし》の安吉《やすきち》が神田からやってきた。連れ添って十五年にもなるそうだ。文吾から話を聞いて、佐久は物悲しさしか感じていなかったというのに、やってきた二人は底抜けに明るかった。

「おとっつぁんったら、仕事場に顔出すなってうるさいんだから、皆さんにこうしてお目にかかれる日が来るとは思いませんでしたよぅ。いつもおとっつぁんがお世話になってます」

その勢いに佐久の方が呑まれた。

「い、いえ。こちらこそ」

「別嬪《べっぴん》なお嬢さんに役者顔負けの愛弟子、おとっつぁん楽しそうねぇ」

「無駄口叩くなら帰《けぇ》りやがれ」

文吾はこめかみに青筋を立てて、座敷に仁王立ちしている。娘を心配する親心は、当人を前にすると素直には言えぬものらしい。

日出がすえを座敷へ連れてくると、里は顔を輝かせた。

「いやん、なんて可愛いのかしら」

里はすえを抱き、文吾にどことなく似た目元に皺《しわ》を寄せながら頬ずりしている。すえは呆けて固まっていた。

「お、おとっつぁんって呼んでくれるかい」

一見厳《いか》つく見える安吉も頬をゆるめてそんなことを言う。客用の煙草盆《たばこぼん》を差し出しつつ、佐久は思わず言ってしまった。

「あの、おすえちゃんはまだ喋れませんので」

安吉はおおう、と仰《の》け反《ぞ》った。

「そうなのかい、そいつはすまねぇ」

言葉はわからないはずなのに、すえが困惑している気がした。

「相変わらず暑っ苦しいヤツらだ」

文吾はケッと吐き捨てるけれど、こんなにも嬉しそうにしている娘を見て、嬉しくないはずがない。

ふと、里が真剣な顔になって佐久を見た。そこにあるのは不安だ。

「本当にあたしらがこの子の二親《ふたおや》になってもいいんですか」

佐久はうなずいた。

「本当のおっかさんが迎えに来ない限りは」

「捨てたんだって聞きやしたが――」

ぼそり、と安吉が怒りを滲《にじ》ませながら問う。

「でも、本当は捨てたかったわけじゃないと思うんです」

佐久がためらいがちに答えると、里はゆっくりと目を瞬《また》かせた。

「おなかを痛めた我が子ですもんねぇ。あたしにその経験はありませんけど、本当のおっかさんと張り合えるくらい、おすえちゃんにとってのおっかさんになりたいと思います」

里の目の中に不安を見た時に、この人なら大丈夫だと感じた。母親になれるのかという不安を抱きながらも、なりたいと真摯《しんし》に口にした里。佐久は寂しさをぐっとこらえてうなずいた。

「おすえちゃんを仕合《しあわ》せにしてあげてくださいね」

「へい、嫁に出すまで大事に大事に育ててみせやす」

大きく何度もうなずいた安吉は、すえを腕に抱く里の肩を引き寄せた。

そうして、すえは二人と一緒につばくろ屋を去ったのだった。文吾の女房に会ってから帰るという二人を、皆は街道まで出て見送った。最後にすえが佐久の方をじいっと見つめた。泣き出しそうに見えたすえに、佐久は精一杯の笑顔を向ける。

「おすえちゃん、またね」

「うーっ」

返事をするように、すえは唸《うな》り声を上げた。里と安吉は頭を下げ、背を向ける。

三人は、傍目にはもう親子にしか見えぬだろう。

ぼんやりとした佐久に、日出が言う。

「お嬢さん、駄々をこねないで見送れましたね。ご立派でした」

「自分で連れてきて後は人任せだなんて、無責任かしら」

思わずそんな言葉が口をついて出る。日出は朗《ほが》らかに笑った。

「ご自分で育てるなんて、できもしないことを言う方が無責任ですよ。お嬢さんはおすえちゃんの命を繋いだ。それでいいじゃありませんか」

優しい日出の言葉に、佐久は滲《にじ》む涙を隠した。

「うん。文吾の孫になったんだものね、おすえちゃん」

「そうですよ。口が悪くて、めっぽう料理上手な爺さんの孫です」

「文吾の孫なら、わたしにとっても家族みたいなものだわ」

「ええ、そうですとも」

クスクス、と笑い合う女たちに街道の風が吹きつける。爽やかな薫風《くんぷう》とはいかず、砂埃に口の中がザラザラして、佐久はつばくろ屋の中へ戻った。

出会いと別れ、それが旅籠《はたご》にはつきものである。

別れには強くあれ、と佐久は自分を奮い立たせた。

2

すえが去ってひと月と半。端午《たんご》の節句が過ぎ、暑さが猛威《もうい》を振るい出す。もうすぐ暑月《しょげつ》、夏真っ盛りの六月だ。

佐久たちつばくろ屋の皆も、客のために夏物の道具を色々と出し始めた。夏は蚊帳《かや》をつる他に蚊遣《かや》りを行《おこな》う。どんぶりほどの大きさの陶製の器で線香を焚き、蚊を遠ざけるのである。

ひと通りの支度ができると鐘の音が忙《せわ》しなく響いた。すでに昼八つ（午後二時）。うかうかしていられない。

日出は客引きのため、街道を上宿《かみしゅく》方面へ歩いていった。

軒下《のきした》から出ると、照りつく日差しに佐久もじっとりと汗をかく。そして、留女たちから逃れるようにしてやってきた旅人に声を張り上げた。

「さあさ、いらっしゃいませ。旅のお方々、今日のお宿はつばくろ屋へおいでくださいませ。美味しい料理と真心尽くしのおもてなしをさせて頂きますよ」

旅籠《はたご》小町と謳《うた》われる看板娘の佐久が軽やかに呼び込めば、町人、二本差し（侍）、行商、様々な者が振り返る。夫婦者は、佐久に見惚れた夫が妻につねられていた。

その時、江戸方面からふらりとやってきた男がいた。年の頃は四十の手前くらいだろうか。顔は土気色で痩せこけている。その男は呼び込みの声も何もかも聞こえぬような足取りで、まっすぐつばくろ屋の前で立ち止まった。

そうしてただぼうっと、高欄《こうらん》のついた二階から屋根看板、雨水が染みた戸板までを懐かしそうに眺めている。

佐久はハッと気を取り直す。

「いらっしゃいませ、ようこそつばくろ屋へ」

佐久が笑みを浮かべると、男は佐久を不思議そうに眺め、それから軽くうなずいた。

「ああ、この宿に泊まりてぇんだが、ひとつだけ頼みを聞いてもらえねぇかい」

「はい、なんでございましょうか」

小首をかしげた佐久に、男は寂しそうな目をして零《こぼ》した。

「金平《きんぴら》を食わせてほしい」

「金平《きんぴら》、ですか」

「昔ここで食った金平《きんぴら》が美味《うま》かったから、どうしても食いたくなって来たんだ」

「ええ、わかりました。ささ、中へお入りください」

金平《きんぴら》はそう難しい料理でもない。文吾ならばすぐにこしらえてくれるだろう。

佐久の返答を聞き、男はひどくほっとした様子であった。

「俺は江戸で大工をしてる寛治《かんじ》ってモンだ」

「寛治様ですね。また当宿にお越し頂けたご様子で、ありがたいことです」

そこで寛治はまた何かを言いたげにしたけれど、何も言わずに紺地の暖簾《のれん》を潜《くぐ》った。佐久もそれに続いて中へと入る。

「留吉、お客様よ。洗いをお持ちして」

「あい」

客の足を洗うための水を、留吉は零《こぼ》さないように慎重に土間まで運んできた。ただ、水に気を取られるあまり、鼻の下が伸びて面白い顔になっている。

佐久は寛治の草鞋《わらじ》を脱がせにかかった。

江戸から来たというのは本当だろう。足もあまり汚れてはいない。それでも洗い桶で丁寧に足をすすぎ、手ぬぐいで拭き取って板敷へと寛治を上げた。

「ようこそつばくろ屋へおいでくださいました。私は番頭の利助と申します」

すると、寛治はああ、と少しだけ笑う。

「あんた、番頭になったんだな。俺が泊まった時にはまだ手代《てだい》だったが、その顔、一度見たら忘れねぇよ」

利助は濃い顔で目を瞬《またた》かせた。利助がそうした仕草をする時は、後架《こうか》（厠《かわや》）に行きたい時か、何かを思い出そうとしている時である。

「ああ、寛治様じゃあございませんか。十年――いや、もっと前でしょうかね」

「そんなに経っちまったってのに、覚えてててくれてありがとよ」

「こうしてまたお会いできて嬉しゅうございます。ところで、あの時の――」

そこで寛治の顔がまた曇った。その理由《わけ》は、寛治の口からすぐに語られることとなる。

「女房のおよねなら、ひと月前に死んじまったよ」

利助は眉で八の字を描き、床に手をつくと丁寧に頭を下げた。

「誠にお悔やみ申し上げます」

そんな利助の頭に、寛治は小さな声を投げかける。

「それでな、うちの女房がいつかはまた泊まりてぇって言ってたつばくろ屋に来たってわけさ。もっと早くに連れてきてやればよかったんだがな、今更それを言っても仕方ねぇ」

寛治の悲しみが、佐久にもじんわりと伝わってくる。佐久は寛治を二階の『翡翠《かわせみ》の間』に通して、すぐ板場に走った。そうして、文吾と弥多へ口早に事情を告げる。文吾も当時のことを思い出したようだった。

「あの時の。わかりやした。喜んでお作り致しやしょう」

文吾は弥多に向かってぶっきら棒に言う。

「おい、ひとっ走り牛蒡《ごぼう》買ってきな」

「へい」

牛蒡《ごぼう》の収穫は年に二度、冬物に比べると劣るとはいえ、金平《きんぴら》のように濃い味つけならば十分に美味しく食べられる。佐久はほっとして、土間から買い出しに出ていった弥多を見送った。

そうして、待ちに待った夕餉《ゆうげ》の時間である。茄子《なす》の味噌汁、豆腐の礫田楽《つぶてでんがく》、金《きん》平牛蒡《ぴらごぼう》、焼き物は干鮭《からざけ》、それから香の物。

艶やかに照った金平牛蒡《きんぴらごぼう》の載る一皿に視線を落としてから佐久が顔を上げると、文吾が無言でうなずいた。この膳を寛治に届けたら、寛治は喜んでくれるだろうか。粗相をしないよう、緊張しながら膳を運ぶ。

「失礼致します。夕餉《ゆうげ》の膳をお持ちしました」

ひと声かけ、佐久は『翡翠《かわせみ》の間』の扉を開いた。

「ああ、待ってたぜ」

そう言って佐久を迎えてくれた寛治の膝には、白木の位牌があった。佐久は切ない思いで膳を差し出した。

「茄子《なす》のお味噌汁、干鮭《からざけ》、芥子《からし》入りの酢味噌を塗った豆腐の礫田楽《つぶてでんがく》、ご所望の金《きん》平牛蒡《ぴらごぼう》、それから香の物でございます」

寛治は目を細めて膳を眺めた。そこに女房と来た思い出を重ねているのだろう。

「ありがとうよ、娘さん」

寛治は手を合わせて、真っ先に金平牛蒡《きんぴらごぼう》に箸をつけた。バリバリと金平《きんぴら》を咀嚼《そしゃく》する音が静かな室内に響く。佐久は胸を高鳴らせながら寛治の言葉を待っていた。けれど、寛治の口から漏れたのは、懐かしむ言葉でも称賛でもなく、嗚咽《おえつ》であった。金平《きんぴら》を食《は》みながら、寛治は涙していた。寛治は苦しい思い出も一緒に噛み締めているのだ。佐久は、見てはならぬものを目にしてしまったような気がして、僅《わず》かに身を引いた。一人にした方がいいと思い、そっと部屋を出かかった佐久を、寛治が呼び止める。

「みっともねぇところ見せてすまねぇな。娘さん、あんた、もしかして伊平さんの娘さんかい」

「は、はい。伊平の娘で佐久と申します」

ああ、やっぱり、と寛治は涙の残る目を擦りながら独りごちた。そこで寛治は箸を置くと、真剣な顔をして佐久を見据える。佐久は寛治が何か語ろうとしていることに気づき、姿勢を正した。すると、寛治はふっと表情を和らげる。

「ちょいと昔話をさせてもらうとな、俺がこのつばくろ屋に泊まったのは、もう十二年も前のことなのさ」

「まあ、そんなにも昔のことでしたか」

「ああ。女房と駆け落ちして江戸まで逃げる途中のことでな。江戸まであと少しってところで女房の具合が悪くなって、その時泊めてくれたのがこのつばくろ屋だったんだ。旅籠《はたご》に三日も居続けすることになっちまったってのに、伊平さんは嫌な顔ひとつしねぇで女房を気遣って世話を焼いてくれた。その時の伊平さんの温情を俺たちは忘れたことなんてねぇよ。女房は金平《きんぴら》を作るたびに、つばくろ屋の味には勝てねぇって笑ってやがった。それを思い出したらどうにも――」

伊平らしいとほんのり思う。そうして、父のもてなしはこんなにも人の奥深くにまで染み渡るものであったのだと嬉しく思った。

しんみりと聞き入っていた佐久に、寛治は控えめな声を投げかける。

「なあ、伊平さんの姿が見えねぇけど、伊平さんはこのところ宿に立ってねぇのかい」

「ええ、その――中風《ちゅうぶう》を患《わずら》ってしまって。随分《ずいぶん》よくなってきていますけれど」

「そうなのか。せっかくだから、できることなら伊平さんにも会いてぇんだが、会わせちゃもらえねぇかい」

昔のことを聞いた以上、寛治が伊平に会いたいと思うのは当然のことだ。伊平もまた、寛治がこんなにもつばくろ屋のもてなしを心に刻んでいてくれたのだと知ったら、嬉しいに違いない。病で気落ちした心も活気づくのではないだろうか。

「わかりました。すぐに呼んで参ります」

佐久は逸《はや》る気持ちを抑えながら伊平のもとへ急いだ。階段を駆け下り、廊下を小走りに行く佐久を、帳場に居合わせた利助と日出がぽかんと口を開けて見送った。

「おとっつぁんっ」

行儀が悪いと叱られそうな勢いで佐久は障子を開けた。布団の上に座っていた伊平も、さすがに驚いた様子で肩をびくりと跳ね上がらせた。

「おとっつぁん、あの、あのねっ」

「お、お佐久や、どうしたんだい」

畳の上を膝で滑るようにして伊平のもとまで進んだ佐久は、大きく息を吸って気を静める。

「おとっつぁん、十二年前にうちに泊まった寛治様を覚えているかしら」

佐久の口からその名前を聞くことになるとは思わなかったのか、伊平は驚いて瞬《まばた》きを繰り返した。

「ああ、もちろんだよ。連れの娘さんの具合が悪くなって三日間居続けになってしまってね。なんとか旅立ったけれどその後どうなったのか、皆で心配していたよ」

一度でも宿を訪れた客のことは忘れない。伊平はそうした主《あるじ》なのだと知っている佐久でも、その言葉を聞けてほっとした。

「あのね、おとっつぁん。その寛治様が今、この宿にお泊まりなの。あの時のことをすごく感謝してくれていて、ぜひおとっつぁんに会いたいって仰ってくださっているのよ」

頬を紅潮させながら、佐久は寛治の思いを伊平に伝えた。自分のもてなしが時を経ても色褪せず、旅人の胸にある。それがどんなに嬉しいことか、同じように旅籠《はたご》で働く佐久にもわかるつもりだ。

だというのに、伊平は一度目を見開くと、見る見るうちに顔を曇らせてしまった。

「そうかい、寛治さんがね。それは本当に、とても嬉しいことだけれど、今のあたしが会ったって思い出に傷がつくだけさね。とてもじゃないけれど、会えやしないよ」

佐久は伊平の言い分に思わず絶句してしまった。

病のせいで痩せたからか。月代《さかやき》が伸び、無精髭《ぶしょうひげ》が目立つからか。当時の福々しい姿とは違うとしても、伊平は伊平だ。いつも優しい自慢の父だ。

「おとっつぁん、今、藤七を呼ぶから、月代《さかやき》と髭《ひげ》をあたってもらいましょう」

おずおずと言った佐久に、伊平は弱々しくかぶりを振った。

「いいんだよ。お佐久、寛治さんによぅく謝っておいておくれ。頼んだよ」

伊平はそう言うと、急に掻巻《かいまき》（夜着《よぎ》）を被ってしまった。

どうして、と佐久は思う。会ってあげてほしい。金平《きんぴら》を食べただけで泣いてしまうような人なのだ。同じように連れ合いを亡くした伊平の方が、佐久などよりも寛治の痛みをわかってやれるはずである。

胸がつかえたまま、佐久は悄然《しょうぜん》と帳場まで戻った。そうしたら、帳場格子の中に座した利助が、佐久を見上げてぽつりと言った。

「寛治さんが旦那さんにお会いしたいと仰ったんですか」

「ええ。でも、おとっつぁんは会えないって言うの」

じんわりと涙を滲《にじ》ませた佐久に、利助は困ったような顔をした。

「旦那さんも本当はお会いしたかったと思います。それは間違いなく。けれども、会えないと仰ったのなら、会えないのです。寂しいことですが、これぱっかりは手前共にはどうすることもできませんから」

伊平をそっとしておいてあげてほしいと利助は言う。

佐久はなんとも遣りきれぬ思いを抱えたまま、寛治のところへ戻った。佐久が断って障子を開けると、寛治の疲れた顔がほんのりと明るくなった。けれど、佐久の隣に伊平はおらず、寛治は目に見えて落胆してしまった。

「父は体調が優れないので、申し訳ないことですが寛治様には不義理をよくよくお詫びしておいてくれとのことで――」

「ああ、悪い時に来ちまって、こっちこそすまなかったな。伊平さんが早くよくなって宿に立てる日を待ってるぜ。そう伝えてくんな」

寛治は努めて明るく振る舞おうとしてくれるけれど、佐久は心苦しくて仕方がなかった。

寛治の部屋から下がり、伊平と差し向かいで夕餉《ゆうげ》を食べている時、伊平もまた苦しそうであった。口数もほとんどなく、箸の動きもいつにも増して鈍《にぶ》かった。


翌朝、寛治が旅立つ頃になっても、やはり伊平は姿を見せなかった。寛治はもうすっかり諦めてしまったのだろう。支度を整えて土間で草履《ぞうり》の紐を締め終わる。

「じゃあ、世話んなったな。俺はこのままおよねに故郷を拝ませてやりに行くんだ」

駆け落ちをして江戸に流れ着いたとはいえ、二人とも故郷を忘れたことはなかったのかもしれない。懐《ふところ》の位牌を摩《さす》る仕草に、佐久はそう感じた。

「どうかお気をつけて。ぜひまたこのつばくろ屋へお立ち寄りくださいませ」

三つ指を突いて頭を下げた佐久の横で、利助もうなずく。

「その時にはうちの自慢の料理人が、また金平《きんぴら》をご用意致しますから」

すると、寛治は朗《ほが》らかに笑った。

「ああ、そいつはありがてぇ」

寛治はそうしてつばくろ屋を旅立つ。佐久はしこりの残る心を抱えながら、その背を見送った。


――それから二日後のこと。

佐久は昼餉《ひるげ》の前に、伊平が熱さに参っていないか気になって母屋《おもや》へ向かった。するとドスンという鈍《にぶ》い音が佐久の耳に飛び込んできた。それは伊平の寝間からである。布団の上にいるはずの伊平が立てた音だというのか。

佐久は恐る恐る、寝間の様子を窺《うかが》う。伊平は布団の上にはおらず、部屋の隅でへたり込んでいた。けれど、なんとか動く半身の力を振り絞り、動かぬ方の半身を支えるようにして起き上がる。柱にもたれかかるのがやっとだが、たったそれだけでも今の伊平には大変なことなのだ。もしかすると佐久が知らないだけで、伊平はずっと歩く練習をしていたのだろうか。

思うようには動かぬ体。それを嘆くばかりでなく、伊平なりに必死で足掻《あが》いている。

わざわざ訪ねてきてくれた寛治に今の自分をさらせず、会えなかったことは、伊平にとってどんなにつらかっただろう。その気持ちを思うと、立ち上がろうとする伊平の姿に胸が締めつけられた。

忙しく働き詰めであった父、意気消沈した父、相反するふたつの顔。どちらも伊平であるけれど、佐久は生き生きと目を輝かせて働いていた父の姿をもう一度見たいと願ってしまう。いつかまた、そういう日が来ると信じているのは、当の伊平には重たい期待であるのかもしれない。

それでも、いつか――

●

その後、佐久はいつもの昼八つ（午後二時）に日出と表へ出た。ここからが勝負時である。

「じゃあ、お日出、よろしくね」

「あい、任せてくださいな」

頼もしく胸を叩いて、日出は寛治が去った上宿《かみしゅく》方面へ向かって歩いていく。その背中が人混みに紛れて見えなくなると、佐久は大きく息を吸い込んで声を張り上げた。今日も、一人でも多くの客にこのつばくろ屋へ足を運んでほしい。そんな思いを込めて笑顔を振り撒く。

「さあさ、いらっしゃいませ。旅のお方々、今日のお宿はつばくろ屋へおいでくださいませ。美味しい料理と真心尽くしのおもてなしをさせて頂きますよ」

娘盛りの佐久の声はよく通る。その声に吸い寄せられるようにして何人かの男が足を止めた。その中の一人、すっかり月代《さかやき》の伸びきった蓬髪《ほうはつ》の男が、屋根看板を眺めながらうなずく。浪人風で四十路ほどの男だ。

「ほう。宿講《やどこう》（旅籠《はたご》組合）の宿か。それならば間違いないな」

掲げた屋根看板には『講』の文字。それはそこが定宿帳《じょうやどちょう》に載る、宿講《やどこう》に加盟している証だ。すべての宿に許されることではない。これこそがつばくろ屋の誇りでもある。

蓬髪《ほうはつ》の浪人は思いのほか柔和な笑みを浮かべた。

「それから、飯が美味《うま》いそうだな。よし、この宿に決めよう」

そう言ってくれるのはありがたいが、この浪人、少々怪しいと言えなくはない。旅とは銭《ぜに》の要るものである。けれど、金回りが良さそうにはとても見えなかった。木賃宿《きちんやど》ならまだしも、旅籠《はたご》に泊まろうというのが意外である。ただ、穴空《あなあ》き銭《せん》を緡《さし》に通して百文にまとめたものが腕に見えた。銭《ぜに》がないわけではない。

佐久は気を取り直して笑顔を向ける。

「ありがとうございます」

そうしていると、すぐそばで険のある声が飛んだ。

「おい、俺もここへ泊まってやろうってんだ。客を待たせるんじゃねぇよ」

船頭か、はたまた火消しの臥煙《がえん》（人足《にんそく》）か。水髪《みずかみ》の束ねに、尻《しり》っ端折《ぱしょ》りした裾から足が覗く、気の荒そうな若い男だった。その若者は、小莫迦《こばか》にしたような目を向けている。武士とはいっても、仕官もままならぬ浪人と見ているに違いない。日出がいてくれれば、こういう手合いも上手くあしらってくれるのだが、すぐには戻ってこないだろう。

「あいすいません」

佐久は浪人を中へ促《うなが》し、留吉に足を洗うよう指示して、気の荒い男の方に向かった。浪人は気を悪くしたふうでもなく、むしろ気遣うような目を向けてくれた。

男は佐久を値踏みするようにじろりと見る。

「お泊まりくださるとのことで、ありがとうございます」

丁寧に頭《こうべ》を垂れる佐久に、男はフン、と鼻を鳴らした。佐久は苦笑してから顔を上げる。

「ではこちらへ。おみ足を洗わせて頂きますね」

男は素直についてきた。暖簾《のれん》を潜《くぐ》れば、足を洗い終えた浪人が板敷に上がったところだった。

「留吉、次はこちらのお客様のおみ足を洗って差し上げて」

留吉があい、と返事をすると、男は途端に吐き捨てた。

「小僧に洗われてもこちとら嬉しくもなんともねぇんだよ。こういうことは女の仕事だろうに。てめぇが洗いな」

帳場で利助が腰を浮かせかける。それを佐久が視線で抑えた。よほどの無理難題でない限りは、要望に応《こた》えなければと思う。佐久は笑顔で応じた。

「ではそうさせて頂きます。――留吉、すぐに水の替えをお持ちして」

「あ、あい」

浪人を藤七に任せたけれど、藤七も若い客のことが気がかりのようだった。皆が不安にならぬように、佐久は平静を装《よそお》うしかない。

男の汗の臭いがツンと鼻に残る。ふんぞり返った男の足を洗う間、男の視線はずっと佐久に絡みついていた。不躾《ぶしつけ》で、ひどく居心地が悪い。

その男は亥之助《いのすけ》といった。

佐久は亥之助を『鴫《しぎ》の間』に通す。亥之助は座敷をぐるりと眺めると、荒々しく腰を下ろした。そうして懐《ふところ》を探り出したので、佐久はすかさず煙草盆《たばこぼん》を差し出す。

「夕餉《ゆうげ》は暮れ六つ（午後六時）前に部屋までお持ちします。では、ごゆるりと」

佐久は三つ指を突いて丁寧に挨拶し、『鴫《しぎ》の間』を抜ける。ただ、向けた背中に視線が絡みついているのがわかった。せっかくこの宿を選んでくれた客に不快感を抱くなど、あってはならぬことだ。けれど、佐久は閉じた腰高障子《こしだかしょうじ》の向こう側で身震いした。

それから半刻（約一時間）ほどして、日出が老夫婦を連れて戻ってきた。夫婦であることから『鴛鴦《おしどり》の間』に案内してもらう。日出が帰ってきたことで、佐久は少し気が楽になった。

「今日の献立はなぁに」

佐久が板場を覗き込むと、弥多が額の汗を肩口で拭いつつ、爽やかに微笑んだ。

「近頃は暑さが応《こた》えるので、お客様が夏負けしないように精のつく泥鰌汁《どじょうじる》を」

「うわぁ、いいわねぇ」

甘味噌の香りが食欲をそそる。文吾は、七輪で丁寧に焼いて皮を剥《む》いた焼き茄《な》子《す》を瀬戸物の皿に取り分けていた。弥多は泥鰌汁《どじょうじる》をよそい、そうして夕餉《ゆうげ》の膳が出来上がった。

「今日も美味しそうだねぇ」

日出は勤めが終われば家に帰る。ここで夕餉《ゆうげ》を取るわけではないのだ。家族そろって食べるのは大切なことだけれど、文吾と弥多の料理を食べることができないのは可哀想だ。

「さ、運んじまいましょうか、お嬢さん」

「ええ」

膳をそれぞれ手にした時、日出はにこりと笑った。

「あたしが『鴫《しぎ》の間』へ行きます。お嬢さんは『鳰《にお》の間』をお願いします」

きっと利助辺りが気を回して日出に頼んでくれたのだろう。大事にされているのはありがたいけれど、いいのだろうかとも思う。佐久がためらう様子を見て、弥多が訝《いぶか》しげな顔をしている。

「ええ、そうさせてもらうわね。ありがとう、お日出」

「あい、お任せくださいな」

日出なら上手くやってくれる。それに、言動が乱暴だからといって、何かすると決めつけるのもよくないだろう。

佐久は佐久で、他の客に急いで膳を運ぶ。今はそれに集中しなくてはならない。まず、階段を上がって『鳰《にお》の間』へ向かった。声をかけて腰高障子《こしだかしょうじ》を開くと、そこにはあの浪人がいた。名は確か篠崎何某《しのざきなにがし》。

刀を上座に据え、懐手《ふところで》をして静かに座っている。篠崎は目尻に皺《しわ》を寄せて微笑んだ。その途端、場が和らぐ。

「ああ、腹が減った。待ちかねたぞ」

佐久も微笑んで膳を差し出した。

「お客様に精をつけて頂けるように、泥鰌汁《どじょうじる》です。それから、芝海老《しばえび》の乾煎《からい》り、焼き茄子《なす》、きらず（卯の花）、香の物でございます」

篠崎はにこにこしながら手を合わせ、食べ始めた。

「これは美味《うま》い。泥鰌汁《どじょうじる》は昔一度食べたきりだが、あの時はもっと泥臭く思ったものを。この茄子《なす》も、上にかかった七色唐辛子の組み合わせがよいな」

「ありがとうございます」

身なりはくたびれているけれど、食べる姿勢が綺麗だった。ふらりと身軽な天竺浪人《てんじくろうにん》と見えて、身持ちを崩す前は仕官し、よい暮らし向きをしていたのかもしれない。

「では、後でお膳を下げに参ります。ごゆるりと」

佐久が頭《こうべ》を垂れて廊下に出ると、否応なしにあの荒っぽい亥之助の声が耳に飛び込んできた。

「早く酒を持ってきやがれってんだ。あの若い娘に酌《しゃく》させろっ」

佐久は廊下で思わず身をすくめた。亥之助の剣幕に日出が落ち着いた声で何かを返すも、亥之助は怒鳴り散らしていた。佐久は日出が心配でならなかった。酒は望まれれば出す。それはどの客に対しても同じだ。けれど、素面《しらふ》であの体たらくの亥之助に、酒が入ったらどうなるのか。それを考えると恐ろしかった。かといってこのまま放っておいたら余計にひどいことになるだろう。

ガシャン、と荒っぽい音がした。佐久は堪らなくなって板場へ急ぐ。

「弥多、お酒のご用意を」

「――お嬢さん」

他の膳を整えていた弥多の顔が強張《こわば》った。ただ、今は話し込んでいる場合ではない。

「急いで」

文吾も目で弥多を促《うなが》す。弥多はうなずいて、冷酒の入った瀬戸物の徳利《とっくり》と猪口《ちょこ》を盆に載せた。

佐久は短く息を吐き、そして盆を手にする。

「ありがとう、行ってくるわ」

ふと、弥多が佐久を引き止めるような仕草をしたように見えた。きっと佐久の顔が不安げなので心配してくれたのだろう。佐久はそっと微笑んで板場を出た。

一階の廊下まで亥之助の声が響き渡る。他の客にも、あの声は聞こえているだろう。旅の疲れを癒やしてほしいのに、余計に疲れさせてしまっているのではないだろうかと気を揉んだ。

佐久が階段を上がって『鴫《しぎ》の間』へ急ぐと、日出の声が聞こえてくる。

「ですから、他のお客様のご迷惑になりますんで、どうぞお控えくださ――」

「うるせぇっ」

バシンと鈍《にぶ》い音がして、短い悲鳴が上がる。佐久は慌てて、失礼致しますと障子を開いた。

日が暮れて薄暗い室内。そこに立ち上がっている亥之助と、頬を押さえる日出。膳の上に零《こぼ》れた泥鰌《どじょう》汁。

佐久は心《しん》の臓《ぞう》を鷲《わし》づかみにされたように苦しくなった。

「お酒をお持ち致しました」

日出の目がハッと見開かれた。佐久は座ったまま亥之助を見上げる。亥之助は満足げに口元を歪《ゆが》めた。

「フン、おせぇんだよ。こっちへ来な」

亥之助は座布団の上に座り直すと、佐久に隣へ座るよう促《うなが》す。佐久は進む途中で、汁が零《こぼ》れた膳に目をやった。すると、亥之助は憎々《にくにく》しく吐き捨てる。

「くせぇ泥鰌《どじょう》に甘味噌、俺はこの組み合わせがでぇっ嫌《きれ》ぇなんだ」

好みは人それぞれ、そういう人がいるのも仕方がない。けれど、箸もつけずに粗末に扱われた泥鰌汁《どじょうじる》が憐《あわ》れでならない。文吾や弥多の仕事を足蹴《あしげ》にされた悔しさと、飢饉《ききん》を乗り越えて今があるというのに、食べ物を大切にできない心への悲しさが湧いた。

亥之助はドカリと座り込むと、猪口《ちょこ》に手を伸ばし、それを佐久に向かって横柄に突き出した。顎《あご》をしゃくってみせるのは、注げということだろう。

佐久は徳利《とっくり》を手にする。その指先が震えていることに気づいて、佐久は自分を叱責した。気を引き締め、亥之助が差し出す猪口《ちょこ》に酒を注いだ。カタ、カタ、と瀬戸物が擦れ合うかすかな音が鳴る。

その様子を心配そうに見つめていた日出に気づくと、亥之助は手にしていた猪《ちょ》口《こ》を日出のそばに叩きつけた。酒はすべて畳に染みる。

「ヒッ」

これには気丈な日出も、怯《おび》えた声を漏らした。

「いつまでそこにいやがる。ババァはとっとと出ていきやがれっ」

この男は激昂《げきこう》すると何をするかわからない。佐久はすぐさま日出に告げた。

「お日出、下がって」

「け、けれど――っ」

「言う通りにして」

心配してくれているのはわかるけれど、これ以上怒らせては手がつけられなくなる。日出はためらいながら頭を下げ、部屋を抜けた。

それで満足したのか、亥之助は鼻を鳴らして笑った。猪口《ちょこ》を投げつけたため、酒を注ぐものがない。亥之助は佐久の手から徳利《とっくり》を奪うと、膳の上に乱暴に置いた。そうして、蛇のような目を佐久に向ける。

「この宿には飯盛女《めしもりおんな》がいねぇらしいな」

最近は飯盛旅籠《めしもりはたご》に限らず、平旅籠《ひらはたご》でも飯盛女《めしもりおんな》を置く宿が増えてきている。ただ、つばくろ屋は料理やもてなしで勝負するという自負があり、色を売りにはしていない。佐久は自分を励ましつつ強く答えた。

「はい」

すると、亥之助はふうと生臭い息を吐いて、佐久の膝の横にどん、と手を突いた。

「イマドキそれはねぇだろうによ。そんなんでよく客を満足させられるなんて思うな」

「当宿では――」

佐久が口を開くと、亥之助は更に畳をどんどん、と叩く。身をすくめる佐久に、亥之助は更に言い募った。

「御託《ごたく》はいらねぇんだよ、客の要望に応《こた》える気があるのかって訊《き》いてんだ」

「あ、あの――」

亥之助は佐久の手首を捕らえた。ミシリと骨が軋《きし》むほど、その汗ばんだ指が肌に食い込む。先に続く腕は、びっしりと刺青《いれずみ》に覆われていた。佐久は今まで感じたことのない、強い恐怖に支配される。言葉を失い、あ、あ、と短く声を漏らしてしまった。

そんな佐久に、亥之助はにやりと笑う。

「何が真心尽くしのもてなし、だ。嘘八百もいいとこじゃねぇか。本気でそのつもりがあるってんなら、てめぇが相手をしな」

ぞわぞわと虫が這い上がるように、つかまれた手首から悪寒が走った。蝉《せみ》の声が遠ざかっていく。

強張《こわば》った体を無理に引かれた瞬間に、勢いよく部屋の障子が開いた。佐久が涙を浮かべてそちらを見遣ると、障子戸を開けたのは浪人の篠崎だった。その後ろには、日出と利助と藤七が見えた。突然のことに驚いて亥之助は佐久の手を離す。

「な、なんでぇ」

声を荒らげるも、亥之助は篠崎の目に射すくめられた。篠崎の右手は腰に佩《は》いた直刀《ちょくとう》の柄《え》にかかっている。けれど、亥之助が怯《ひる》んだのも束の間、すぐに威勢を取り戻した。篠崎のくたびれた風体《ふうてい》から、刀は竹光《たけみつ》であろうと踏んだのだ。

「俺は客だ。宿のモンがもてなすのは当然だろ」

そのひと言に、篠崎は素早く鯉口《こいぐち》を切った。鞘から覗く刀身は白銀、湾《のたれ》の刃《は》文《もん》――それは間違いなく刃である。竹光でも金貝張《かながい》りでもない。

佐久のそばで亥之助がびくりと動いた。篠崎は刀を抜き放つのではなく、僅《わず》かに刀身を見せたところで手を止めた。そうして、亥之助を恫喝《どうかつ》する。

「立場の弱い、それも女子に無理強いをするようなさもしい小人《しょうじん》が偉そうにほざくな。おのれのような下衆《げす》は虫唾《むしず》が走る。この宿の畳を汚したくはないのでな、表へ出ろ」

「な、な――」

あの威勢はどこへやら。亥之助はガタガタと震え出した。穏やかそうに見えた篠崎は、それなりの修羅場を潜《くぐ》り抜けてきたのかもしれない。双眸《そうぼう》が放つ気迫は、亥之助のような小物には受けきれない。

「表へ出るのか出ないのか、はっきりしたらどうだ」

すい、と篠崎が足を擦るようにして一歩前へ出る。その様子から、佐久でさえ篠崎は手練《てだれ》なのだと感じた。気づけば、亥之助は後ろへひっくり返って手を突いている。

「わ、わわ、悪かった、もうしねぇ」

「左様か。その言葉、違《たが》えた時にはわかっているだろうな」

パチン、と派手な音を立てて刀を収めた篠崎。亥之助はよほど恐ろしかったのか、放心していた。その隙に、佐久は手を突いて亥之助に頭を下げると、急いで『鴫《しぎ》の間』を出た。

そして皆と篠崎を促《うなが》し、階段下の板敷の方へ向かう。戸締まりし、暑いばかりで風の通らぬ帳場の辺りまで来ると、そこには強張《こわば》った顔をした弥多と眉間に皺《しわ》を刻んだ文吾が待っていた。

篠崎に、日出はにこにこと笑顔を向ける。薄暗い中でも、殴られた頬の痕が痛々しい。

「旦那、あたしゃ胸がスッとしましたよ。本当にありがたいことで。旦那がいてくだすって助かりましたとも」

「手前共ではああも鮮やかに抑えることはできませんでした。ありがとうございます」

利助もしっかりと頭を下げた。藤七も留吉もそれに倣《なら》う。

「篠崎様、本当になんとお礼を申してよいやら」

そう零《こぼ》した佐久に、篠崎は先ほどの鬼気迫る表情など忘れ去ったかのように穏やかな笑みを見せた。目尻に皺《しわ》が優しく刻まれる。

「大事なくて何よりだが、ああいう輩《やから》には毅然《きぜん》とせねば、つけ入られるだけではないか」

佐久は拳を握り締めてうなずくのがやっとだった。

「お嬢さんをお助け頂き、ありがとうございます」

弥多が体をふたつに折って深々と感謝を示した。ずっと頭を上げずにいる弥多に篠崎は苦笑する。

「美味《うま》い飯を食わせてもらった。ここはよい宿だ。こんなことで商《あきな》いに影を落としてほしくはない。これからも励むようにな」

「ありがとうございます」

文吾もひょこりと頭《こうべ》を垂れた。皆から頭を下げられ、篠崎はこそばゆそうに部屋へと戻っていった。武士にしては偉ぶったところのない人だ。そこで一同はほう、とそろって嘆息した。

「まったく、どうしてこんなことになったやら。けれど、お嬢さんがご無事で何よりです」

利助にそうつぶやかれた途端、佐久は張り詰めていたものがプツリと切れてしまった。体の震えが今になって抑えきれず、涙を零《こぼ》した佐久に、皆が慌てた。

「わたし――」

声にならない呻《うめ》きが漏れる。そんな佐久を、日出の柔らかな体が包み込んでくれた。子供にするようにして、日出は佐久の背を摩《さす》る。

「お嬢さんはご立派でしたよ。もう大丈夫です」

泣き声を漏らさぬよう、佐久は歯を食いしばってうなずいた。まるで通夜のような空気だった。あの騒動の後では、静けさが奇妙に感じられる。佐久はなんとかして落ち着きを取り戻すと、ぽつりと言った。

「このことは、おとっつぁんには内緒にしておいて。心配をかけたくないの」

その言葉に逆らえる者はいなかった。佐久は呼吸を整えると、その後で何事もなかったかのように伊平と夕餉《ゆうげ》を食べた。努めて明るくしていたけれど、伊平は何かを感じ取ったように悲しい目をした。話さなければごまかせるなど、男親だからと見くびったことであったのかもしれない。

早朝とも呼べない時刻、亥之助は朝餉《あさげ》も食べずに宿を飛び出した。銭《ぜに》も置いてはいかなかったけれど、利助と藤七は止めなかった。佐久は身支度を整えてすぐにそのことを聞かされ、安堵のため息が漏れた。すぅっと肩の力が抜ける。

「そうなの。じゃあ、わたし、篠崎様に朝餉《あさげ》をお運びてくるわね」

そう言って笑うと、利助も藤七も笑って返した。それは佐久が心から笑えたからだろう。

板場から味噌と出汁《だし》の匂いがした。佐久が板場を覗くと、皿に漬物を盛りつけていた弥多が振り向く。

「お嬢さん――」

弥多の目が少し赤いように思われた。きっと、弥多もたくさん心配してくれたのだろう。

「おはよう、文吾、弥多」

佐久が笑顔を向けると、二人も心底ほっとした様子だった。

「ああ、おはようごぜぇます。あの糞《くそ》ヤローはとっとと出てったそうで、これでひと安心ってもんでさぁ」

と、文吾がしゃもじを振り回して見せた。その頼もしさに佐久がクスクスと笑えば、花簪《はなかんざし》が揺れる。弥多はそれを見ながら神妙な顔つきで言った。

「お嬢さん、あのお武家様のところにお膳をお持ちするのでしょう。私もご一緒させてください。ご恩のあるお方ですから、せめて料理のご説明をさせて頂こうかと」

「コイツの好きにさせてやってくだせぇ」

文吾からもそう口添えされた。佐久に断る理由もない。

「ええ、わかったわ。一緒に行きましょう」

漬物の器を載せ、仕上がった膳に佐久が手を伸ばす。その時、昨日亥之助につかまれた痕がまだ手首に残っていることに気づいた。弥多もまたそれに気づき、端整な顔をくしゃりと歪《ゆが》める。佐久が思わず袖を引くと、弥多は膳を自分で持った。

「では、参りましょう」

「ええ――」

そうして二人で『鳰《にお》の間』を目指す。失礼致しますと佐久が声をかけると、中から篠崎の落ち着いた声がした。弥多は膳を一度下ろし、床に額を寄せて待つ。

佐久がカラリと障子を開くと、昨晩の蚊遣《かや》り火《び》の残り香がした。

「おはようございます、篠崎様。朝餉《あさげ》をお持ち致しました」

「おお、腹が減っては旅もできぬ。しっかり食わねばな」

軽やかなその声に反し、弥多は頭を上げずに言った。

「手前は脇板《わきいた》の弥多と申します。昨晩は誠にありがとうございました。篠崎様には何度お礼を申し上げても足りません」

佐久も一緒に頭を下げた。すると、篠崎の苦笑が漏れる。

「それはもうよい。そんなことよりも、そのよい匂いのする朝餉《あさげ》を早く食わせてくれ」

「へい」

弥多が慌てて顔を上げた瞬間、今度は篠崎の方がひどく驚いた様子だった。昨日も顔は合わせているけれど、暗がりであった上、弥多は頭を下げてばかりいた。顔を合わせたのは今が初めてであるのと変わりない。弥多の顔は役者のように整っている。旅籠《はたご》の裏方にしておくには惜しいほどの顔立ちに、篠崎も驚いたのだろう。

「本日は、あげの味噌汁、茄子《なす》の芥子和《からしあ》え、淡雪豆腐《あわゆきどうふ》、鰯《いわし》の塩焼き、瓜《うり》の塩漬け――それから卵もつけさせて頂きました」

普段口数の少ない弥多にしては滔々《とうとう》と朝餉《あさげ》の献立を口にした。

どうしたわけか篠崎はうわの空で、弥多の顔を呆然と見ている。佐久がそんな篠崎に目を向けていると、篠崎はハッとしてから何度もうなずいた。

「そうか、では頂こう」

「へい」

弥多が膳を差し出しても、篠崎は膳よりもやはり弥多を見て、問いかける。

「弥多と申したな、年は幾つだ」

「十八でございます」

料理に関係のない問いが来るとは思わなかったらしく、弥多は戸惑いつつも答えた。篠崎はそうか、と短く言って箸をつける。けれど、昨晩のように料理に対する言葉もなく、ただ無心でそれを口に運んでいるように感じられた。機嫌が悪いというのではない。何か思い煩《わずら》っているかのようで、とても声はかけられなかった。

弥多が先に下がると、残された佐久に篠崎はようやく訊《たず》ねる。

「あの若いのはいつからここにいるのだ」

「ええと、八年は経つと思います」

篠崎はまたしても噛み締めるように、そうかとつぶやいた。弥多の何がそんなにも気になるのだろう。佐久はなんとも言えぬ心持ちになった。

そうして、篠崎は宿を発《た》つ。皆が口々に礼を言うのを困った顔で聞き流してから、口早に言った。

「急ぎで行かねばならぬが、またここに来ることになるだろう」

「ええ、ええ、お待ちしておりますとも」

日出が笑顔で答えた。佐久が後で聞いた話では、日出の顔の痣《あざ》を見た亭主は怒り狂ったらしいが、篠崎にやり込められた経緯《いきさつ》を話すと呵々大笑《かかたいしょう》したという。そのお侍がいなけりゃおれが敵《かたき》を取ってやったと。うちの宿六《やどろく》も下手な博打《ばくち》を打たなきゃいい亭主だと、日出は少し嬉しそうに言っていた。

去っていく篠崎を、皆がそろって見送る。

またこのつばくろ屋を訪れてくれることを祈りつつ――

●

鳴きやまぬ蝉《せみ》の声が宿場町を夏一色に染め上げる。人馬《じんば》が立てる音も負けてしまうほどの騒々しさだ。一体どれだけの蝉《せみ》がこの界隈にいるのかと、佐久はぼんやり考えた。

それから、この日差し。表の街道に打ち水をしてもしても、気づけばすぐに乾いている。その中を駆ける飛脚《ひきゃく》や人足《にんそく》の肌は馬と張り合えるくらいに茶色く、汗と脂《あぶら》でてらりと光っていた。

「暑いわね」

そんな言葉が口をついて出る。もう少ししたらお天道様《てんとうさま》は真上に来て、更に暑さが増すだろう。こうも暑いと冷《ひや》っこいものがほしくなる。ふう、と息をつくと佐久はつぶやいた。

「――冷奴《ひややっこ》、心太《ところてん》、西瓜《すいか》、白玉《しらたま》、冷水《ひやみず》」

「なんですか、お嬢さん」

声が聞こえたのか、暖簾《のれん》を潜《くぐ》って出てきた藤七に笑われてしまった。

「嫌だ、聞いていたの」

「あいすみません」

クク、と忍び笑いする藤七。こんなにも暑いというのに、藤七は顔色を変えず涼しげに見えた。佐久は少し照れながら答える。

「暑いって言ってばっかりじゃ余計に暑く感じるから、涼しいもののことを考えようと思ったの」

「見事に食べ物ぞろいですね。お嬢さんらしい」

藤七は皮肉なことを言う。佐久は、もう、と少し膨れた。藤七はこうして人をからかうことはあるけれど、目下の者をいびるような狡《こす》い部分はない。だから弥多も留吉も、藤七をよく慕っている。

「昼餉《ひるげ》はなんでしょうねぇ。私は蕎麦《そば》が食いたいです」

「わたしも。弥多のお蕎麦《そば》は美味しいわよね」

蕎麦打《そばう》ちは力仕事だ。自然と文吾より弥多の仕事になるが、弥多は納得がいかない蕎麦粉《そばこ》では打ってくれないのである。こだわりが強すぎるのだが、美味しいので皆何も言えない。つなぎを極力減らして打つには技量がいるが、弥多は手早く玉にまとめ上げることができる。

鰹《かつお》の風味豊かな煮貫《にぬき》や、垂れ味噌で作ってくれるつゆ。これもまた、なくてはならないものだ。

――と、蕎麦《そば》の味を思い出してうっとりしてしまった。

その和やかなひと時を破ったのは、平尾宿方面から褌《ふんどし》に草履《ぞうり》という涼しげな格好で喚《わめ》いてくる男の声だった。

「てえへんだ、てえへんだっ」

それだけでは、何が大変なのかわからない。佐久と藤七が呆然としていると、月代《さかやき》まで日焼けした人足《にんそく》らしき男は藤七に目を留めて、口角泡《こうかくあわ》を飛ばしながら言った。

「そこなニイさん、アンタも助《す》けちゃくれねぇか」

「なんだ、藪《やぶ》から棒《ぼう》に」

藤七が僅《わず》かに眉根を寄せる。もともとつっつき易さのない顔が更に険しくなる。

それでも男は引かなかった。滝のように汗を流しながら足踏みも止めない。

「大八車《だいはちぐるま》が壊れやがって、荷崩れ起こしちまったのよぅっ」

街道を塞いだとなれば罰せられる。それで男は焦っているのだ。

大八車《だいはちぐるま》は引き手一人、横支え二人、後押し二人でようやく動かせる荷車である。馬以上にたくさんの荷を積めて便利ではあるものの、一度弾みがつくと速度を落すことが難しく、人を引っかけることもしばしば。しかし、一度知った便利さは手放しがたいという、なんとも厄介な代物である。

「わかりました、お手伝いしましょう」

佐久が意気込むも、男はかぶりを振った。

「娘さんはいいから男手を集めてくんな。じゃあ、平尾宿の方に頼まぁっ」

男は言い捨てて気忙《きぜわ》しく駆け抜けた。藤七は涼しい顔でその背を見遣る。

「面倒ですね」

「そんなこと言わないの。ええと、どうしましょう、あと一人くらいは。弥多か利助に頼みましょうか」

「お嬢さんはお人がよすぎますよ」

手伝わされる流れを変えられない藤七は、渋々店の中に戻って声をかけた。

「利助さん、平尾宿方面で大八車《だいはちぐるま》が荷崩れを起こしているそうなんで、助っ人を頼まれました」

帳場格子の中に腰を下ろしている利助は、濃い顔に玉の汗を浮かべて目をひん剝《む》いた。

「街道が塞がっちまったのか」

「らしいですね」

「あいわかった。行ってこい」

扇子《せんす》でバタバタと顔を扇《あお》ぎ始めた利助に、ついてきてくれる気はないようだ。これ以上無駄な汗などかきたくないのだろう。

佐久はぐるりと回って板場の障子を僅《わず》かに開ける。そして水桶で野菜を洗っている弥多を見つけると、弥多ではなく文吾に向けて言った。

「文吾、弥多を少し借りてもいいかしら」

すると、血がついたままの出刃包丁《でばぼうちょう》を片手に振り返った文吾は、軽く答えてくれる。

「へいへい、煮るなり焼くなりお嬢さんのお好きになさってておくんなせぇ」

かなり適当な返事であった。どうやらそれどころではないらしい。すぐさま俎《まな》板《いた》に向き直っている。一体どんな魚と戦っているのだろうか。

「弥多」

佐久が手招きすると、弥多は前掛けで手を拭きながらやってきた。

「へい。どうなさいましたか」

優しく微笑む弥多の腕を、佐久は事情も話さぬままに引く。

「ちょっとそこまでつき合って」

「え――」

戸惑う弥多を引いて戻ると、藤七はいなかった。佐久は小首をかしげて利助に訊《たず》ねる。

「利助、藤七はどこ」

「もう向かいましたよ」

藤七はせっかちだ。佐久は嘆息すると弥多を見上げる。

「平尾宿の方で大八車《だいはちぐるま》が荷崩れを起こしているから男手が必要なの。弥多もついてきて」

「へい」

主《あるじ》の娘が言えば逆らわない。喜んでと言わんばかりで、嬉しそうにすら見える。弥多はそういう若者である。

佐久がついていく必要はないけれど、気になって仕方がない。だから佐久も平尾宿の方に急いだ。


真上に昇ったお天道様《てんとうさま》が街道の影を消し、容赦なく照りつける。ただでさえ暑いのに、一番暑い時刻を選んで走ったようなものだ。佐久も弥多も汗だくである。しかし、弥多は顔がよいので汗を流したところで爽やかに映る。見物していた娘や旅装束《たびしょうぞく》の妻女でさえ、弥多の姿に釘づけだ。

大八車《だいはちぐるま》が運んでいた荷は切り出した木材だった。それは人手もいるはずだ。諸《もろ》肌《はだ》を脱いだ男たちが、ほいさほいさと崩れた木材をまとめ上げる。

弥多も先に手伝っている藤七のそばへ行き、派手に転がった木材を道の脇へ動かす。弥多に黄色い声が飛んだけれど、弥多は自分と結びつけて考えていないらしく、振り向きもしなかった。

できることがない佐久は、そんな光景を眺めている。幸い、怪我人はいないようでよかった。

その時、佐久に声がかかった。娘たちの声と蝉《せみ》の音《ね》に遮《さえぎ》られ、何度目かになってようやくそれに気づく。

「――おいって言ってるだろうがっ」

苛立《いらだ》った口調に振り向くと、そこには松太郎が立っていた。褐色《かちんいろ》に裾模様の入った単《ひとえ》を着ている。初鰹《はつがつお》の礼を述べに行き、それっきりになっていたかもしれない。

「あら、松太郎さんもお手伝いに来たのね」

松太郎はケッと短く吐いた。

「なんで俺が。莫迦《ばか》言っちゃいけねぇぜ」

確かに、汗水垂らして働く姿は松太郎に似合わない。佐久も失礼ながらに納得してしまった。クスリと笑う佐久に、松太郎はほら、あれだ、とよくわからないことをつぶやいている。

「あれってなぁに」

「お佐久、お前、あのな――」

騒々しい中、松太郎は真剣な顔をしていた。佐久がその先を待っていると、松太郎の後ろに貫禄のある旦那がやってきた。旅籠《はたご》『盛元《せいげん》』の楼主《ろうしゅ》、つまり松太郎の父親である。灰色ではあるものの豊かな髷《まげ》に、上品な光沢を持つ魚子《ななこ》の羽織。たっぷりとした頬の肉が弛《たる》んで気難しく見える。

「松太郎」

息子の背に隠れ、佐久の姿は見えなかったらしい。佐久に気づくと、盛元の宗《そ》右衛門《うえもん》はまっすぐな眉を跳ね上げた。

「おや、つばくろ屋のお嬢さん」

「ご無沙汰しております」

頭を下げた佐久に、宗右衛門はどこか老獪《ろうかい》な笑みを浮かべた。

金で買った女を商《あきな》いに使う楼主《ろうしゅ》だ。それくらいでなければやっていけないのだろう。わかってはいるけれど、佐久は自分の父とはまるで違う宗右衛門が苦手であった。

「なんとか片づきそうじゃないか」

宗右衛門は木材をまとめ上げる男たちを眺めた。街道が使えずに客が来なくなっては困ると、様子を見に来たのだろう。

けれど、その重たそうなまぶたの下の目が捉《とら》えたのは、盛元の客になりそうな人足《にんそく》ではなく、藤七と弥多である。街道があらかた片づいたために、藤七と弥多は佐久のそばへ戻った。

「盛元楼の旦那様、いつもお世話様でございます」

藤七が形ばかりの挨拶をし、弥多も頭《こうべ》を垂れた。宗右衛門は途端に手にした扇《おうぎ》で顔を隠し、目元だけで微笑んで見せる。

「ああ、さすがつばくろ屋さんは奉公人の躾《しつけ》まで行き届いているねぇ」

「いえ――」

佐久はさっさとここを去りたい気持ちになった。何故だかわからない。けれど、何かが体にまとわりつくようで落ち着かないのだ。

「では、失礼致します」

佐久は深々と頭を下げ、二人を従えて盛元の親子に背を向けた。佐久の足取りに、二人も何かを感じ取ったのだろうか。残念そうな娘たちの声にも振り返らず、ただ黙ってついてきてくれた。

佐久たちは戻ってすぐ、浪費してしまった時を取り戻すために働いた。特に弥多は文吾に遅いと散々叱られながら、七輪と渋団扇《しぶうちわ》を使い、土間から裏手に出たところで必死に焼き物をしている。醤油《しょうゆ》の焦げた香ばしい匂いにつられて、佐久は裏手を覗いた。どうやら、文吾が捌《さば》いていたのは鰻《うなぎ》だったらしい。白い鰻《うなぎ》の身にたれを含ませた品に目を奪われた。

「お、美味しそう」

そんなことを言いに来たのではないのに、口をついて出てしまった。軽くあぶり、一度蒸して火を通してからたれをつけ、七輪で程よい焼き目をつける。そうすると鰻《うなぎ》の脂《あぶら》がじんわりと浮いて、それはそれは美味《うま》そうに艶めく。七輪の熱のせいでほんのりと顔を赤くした弥多が、手を止めずに微笑んだ。

「この脂《あぶら》の乗り、さすが江戸前です。旅鰻《たびうなぎ》じゃこうはいきません」

鰻《うなぎ》の蒲焼《かばやき》は、店売りともなれば一串二百文と高直《こうじき》ではあるものの、辻売りならば十六文で食べられる。しかし、文吾と弥多が作ってくれた蒲焼《かばやき》こそ、どんな料亭のものより美味しい。佐久の好物のひとつであった。

鰻《うなぎ》に気を取られていた佐久は、ようやく我に返る。

「あ、や、そうじゃなくて。さっきはごめんなさいね、弥多」

それを言いに来たのだった。

弥多は不思議そうに小首をかしげた。鰻《うなぎ》の匂いのせいで口の中に唾が溜まる。それを一度呑み込んでから佐久は口を開いた。

「いえ、忙しかったのに連れ出してしまって。文吾にも怒られたでしょう」

すると弥多は顔を優しく綻《ほころ》ばせた。

「私がオヤジさんに怒られるのはいつものことです。お嬢さんがお気になさることじゃありませんよ」

穏やかなその様子に、佐久はいつも助けられている。それをじんわりと感じた。

「いつもありがとう、弥多」

心からそう思ったからこそ、この言葉が出た。それはちゃんと伝わり、弥多は嬉しそうに笑ってくれた。

――盛元の楼主《ろうしゅ》、宗右衛門がつばくろ屋を訪ねてきたのは、その翌日の昼下がりのことであった。

●

宗右衛門がつばくろ屋を訪れたことなど、佐久の知る限りでは一度もない。男衆《おとこしゅ》一人だけ引き連れて、土間に立つ。特別体格が優れているというわけでもないのに、宗右衛門がいると店の中が寂《さび》れて感じられた。楼主《ろうしゅ》としての手腕から か、立ち居振る舞いにも自信がみなぎっているのだ。

「ああ、盛元の旦那様。うちまでお越し頂けるとは思いもよりませんでした。今日はどうされましたか」

伊平の娘である佐久が手を突いて迎え入れる。いつまでも土間に立たせておくわけにはいかない。

「伊平さんの具合はどうかね。長く顔を見ておらんのでな、見舞いに来たまでだ」

男衆《おとこしゅ》が玉虫色をした甲斐絹《かいき》の風呂敷包みを差し出す。その中身は見舞いの品なのだろう。断るのも失礼である。佐久のそばで利助も礼を述べると、見舞いの品を受け取った。

男衆《おとこしゅ》をその場で待たせて宗右衛門は店先に上がる。白く汚れのない足袋《たび》が目に入った。母屋《おもや》の居間の方に宗右衛門を通すと、宗右衛門は廊下を行きながらもジロジロと店の中を値踏みしていた。

「ご丁寧にありがとうございます。しばしお待ちくださいませ」

「うむ」

伊平のもとには日出がいて、伊平が着流しに着替えるのを手伝っていた。月代《さかやき》と髭《ひげ》は、あたってからまだそれほど経っていない。見苦しくはないはずだ。

「盛元さんがなんでまた。今までうちなんて見向きもしなかっただろうに」

伊平も訝《いぶか》しんでいるようで、声を落としてつぶやく。けれど、虚労《きょろう》を理由に会わぬと言えるものではない。

佐久は伊平に手を貸して居間の障子の前に進むと、その場で膝を正して声を張り上げる。

「お待たせ致しました」

障子の向こう、飾り気のない居間の中でぽつりと座る宗右衛門がこちらを見た。自らの家だというのに、宗右衛門がいるだけで他人の家のようにさえ感じられる。

「ああ、つばくろ屋さん、ご無沙汰だね。顔色も随分《ずいぶん》とよくなったようでひと安心だ」

口調は優しくとも建前だ。それくらいわかっているだろうけれど、伊平は表情を柔らかくした。

「わざわざおいでくださいまして、ありがとうございます」

佐久の手を借りながら伊平は下座へ座る。宗右衛門は微笑んでいた。お先煙草《さきたばこ》（客をもてなすための煙草《たばこ》）に手をつけるような人には見えないけれど、失礼がないように佐久は煙草盆《たばこぼん》を出した。

宗右衛門はやはり蒔絵《まきえ》の煙草入《たばこい》れを取り出し、手馴れた仕草で刻み煙草《たばこ》をキセルに詰める。それで一服すると、細長い煙を吐き出しながら切り出した。

「ちょいと小耳に挟んだんだがね――」

伊平は動じず、静かに続きを待つ。佐久は、この時ばかりはくゆる煙の静けさを恨めしく、蝉《せみ》の騒々しさをありがたく思った。

「しづ屋さんが飯盛女《めしもりおんな》を抱え始めたそうだよ」

しづ屋というのは、同じ仲宿《なかしゅく》の平旅籠《ひらはたご》である。飯盛旅籠《めしもりはたご》ではなかったはずだが——

「それだけ要望があったということさね。お江戸には吉原《よしわら》など遊べるところはたくさんあれど、それでも宿場は疲れた男を癒やす、そうした場であるべきだろう」

「しづ屋さんの商《あきな》いに翳《かげ》りがあったのでしょうか」

伊平がそっと訊《たず》ねる。

女の身である佐久には嫌な内容だったけれど、口を挟むようなはしたない真似はできない。

宗右衛門は鷹揚《おうよう》にうなずく。

「まあねぇ。昨今、宿場町で飯盛女《めしもりおんな》の一人も抱えずに商《あきな》いを続けて翳《かげ》りが出ない方が珍しい。それで、巴屋《ともえや》さんにも飯盛女《めしもりおんな》を一人借り受けたいと頼まれたのだ。そういうことならば、もののついでだ。つばくろ屋さんもどうだろうかと思って声をかけさせてもらったのだよ」

巴屋も宿講《やどこう》加盟の旅籠《はたご》である。主人の人品《じんぴん》も卑しくはない。純粋に客の要望に応《こた》えようとした結果なのだろう。

「今後も色を売らずに客を途絶えさせぬことができると思うかね。世には流れというものがある。それに逆らっては廃《すた》れるのみだ。宿なら他にいくらでもある」

客は何も男ばかりではない。夫婦であったり子連れであったりもする。もてなしはそれぞれの客によって、あり方を変えねばならない。通り一遍のもてなしを客に押しつけ、それで満足するのは違う。心を砕き、その身を労《いたわ》ることをせねば、旅籠《はたご》として胸を張ることはできないのだ。

けれど飯盛女《めしもりおんな》が色を売るというのは、佐久にとって受け入れがたいことである。亥之助のような客ばかりになって、佐久の好きなつばくろ屋ではなくなってしまうのではないかと不安になるのだ。

とっさに声も出ない親子に、宗右衛門はキセルを吐月峰《とげっぽう》（灰吹き）にカン、と打ちつけて吸殻《すいがら》を出した。その音に、佐久は身を縮める。

宗右衛門は笑顔だった。けれど、その目は笑っていただろうか。

「つばくろ屋さんはよい宿だ。それはわしも認めるところだからこその申し出だ。下手に飯盛女《めしもりおんな》の花代で稼ごうとする業突《ごうつ》く張《ば》りならば、声などかけんよ。この板橋宿のためを思えば、つばくろ屋さんのような宿は潰れてはならんのだ」

ここは伊平が亡き母と創り上げた大事な場所だ。潰すことなどあってはならない。けれど、潰さぬためにどうあればいいのか、それは常に手探りである。

「うちの者もちゃんと躾《しつ》けてある。そういう要望がない時は、ただの女中として使えるからね。試しに一人くらい置いてみてもいいんじゃないかと思うけれど」

「——お返事は待って頂けますか」

「もちろんだ。けれど、藪入《やぶい》りの後には必ず返事をもらいたい。うちにも都合があるからね」

「わかりました。本日はお気遣い頂き、ありがとうございました」

ぎこちない動きで低頭する伊平に続き、佐久も丁寧に頭を下げた。煙草《たばこ》の残り香が鼻につく。

「それでは、また」

宗右衛門の白い足袋《たび》をぼんやりと眺めながら、佐久は頭の中が掻《か》き混ぜられたような心持ちであった。宗右衛門が去った後、伊平が佐久を振り返る。伊平の顔には疲れが見えた。

「おとっつぁん、疲れたわよね」

そっと声をかけると、伊平はゆるくかぶりを振った。

「平気だよ。それよりも、今回のことは皆にきちんと話すべきだろう。さて、皆はどう言うだろうなぁ――」

伊平は寝間に戻るのではなく、すぐにここへ皆を集めるようにと佐久に告げた。皆、宗右衛門が何をしに訪れたのか気になっているはずだ。伊平なりに早く話した方がいいと思ったのだろう。

居間に集められた面々は、神妙な顔つきで伊平の言葉を待った。一室に皆を押し詰めたせいで熱気がこもるけれど、障子を開け放ったままましたい話ではなかった。

客を迎え入れる時刻は迫っている。あまり長話もできないと判じたのか、伊平は単刀直入に言った。

「盛元さんが、こちらに飯盛女《めしもりおんな》を抱えるつもりがあるなら一人用立てると仰ってくだすった」

素《す》っ頓狂《とんきょう》な声が皆の口から漏れたのも、仕方のないことである。

「ななな、なんですかそれはっ」

日出は、目を回してしまいそうなほどに驚いた。留吉などは熟《う》れた柿ほどに顔を赤くする。

「旦那さん、お返事はしなすったのですか」

藤七は冷静に、眉根を僅《わず》かに寄せただけだった。

「いいや、少し待って頂いている」

伊平がそう答えるなり、日出がダン、と畳を叩き、膝を滑らせて前に出た。

「あたしゃ反対ですよ。このお宿に飯盛女《めしもりおんな》なんて必要ありませんとも」

日出の剣幕に目を向けないよう、男たちはうつむいていた。けれど、人一倍汗っかきな利助は顔を汗まみれにしながらぽつりと零《こぼ》す。

「正直に申し上げても許されますなら、私もそうした用意がいずれは必要なのではないかと考えておりました」

利助は日出に睨《にら》まれて首をすくめる。利助がそう考えたのは、亥之助の一件があったせいではないだろうか。

「ただ、盛元さんに借りを作るのは得策ではないという気も致します。飯盛女《めしもりおんな》の年季分《ねんきぶん》の銭《ぜに》も必要になるわけでしょうし」

と、それだけをつけ足す。今回のことは初鰹《はつがつお》の比ではないのだ。

藤七はそんな利助の背中の辺りで嘆息する。

「その盛元さんに目をつけられたわけです。断ったりしたらどうなるのでしょうね」

「こ、怖いことを言わないでくださいよぅ」

熟れた柿のようだった留吉は、今度は河童《かっぱ》のように顔色を悪くした。

文吾はううむと唸《うな》って腕を組む。

「飯盛女《めしもりおんな》を間者《かんじゃ》にして、うちのもてなし術を盗むつもりですかいねぇ」

「ハン。そんなの、心がこもらなきゃ無理に決まってるじゃないさ。盗めるもんなら盗んでみればいいんだ」

腕まくりする仕草をした日出に伊平は苦笑したけれど、顔は晴れないままだった。

「藤七が言うように、この申し出は断れるものではないんだよ。返事を先送りにしたのは、みんなに心構えをさせる時を稼いだに過ぎない。藪入《やぶい》りの後、お返事をして迎え入れることになる。けれど、すぐに客を取らせるようなことはしないからね。すまないが、よろしく頼むよ」

体に不安のある伊平は、盛元を敵に回して生き残ることなどできないと思うのだろうか。弱気にならずに、この宿を本来の姿で守ってほしい。けれど、とてもそんなこと、佐久には言えない。

佐久は暗雲の垂れ込める心中を悟られないよう、ギュッと口を引き結んだ。

●

悩ましい現状ではあるものの、時は過ぎていく。暦《こよみ》は七月に入り、通りの軒下《のきした》には白張提灯《しらばりぢょうちん》、切子灯籠《きりこどうろう》が吊るされた。この時季になると頻繁に通りを行く竹売りを呼び止めて、佐久は竹を買い求める。そして、藤七と共に店先にくくりつけた。

そんな中、藤七がぽつりと佐久に訊《たず》ねる。

「お嬢さん、七夕《たなばた》の願い事は決まったのですか」

佐久が言葉に詰まり、すぐに答えを出せないと見抜いたのか、藤七は店先を掃《は》いていた留吉に話題を振った。

「留は鶴亀算《つるかめざん》がもっと早くできますように、だな」

「お、おいら、ちゃんと浚《さら》いをしてますよぅ」

「夢の中でだろう。お前の寝言は鶴亀鶴亀《つるかめつるかめ》うるさい」

「ううう」

そんな二人のやり取りに、佐久は思わず笑ってしまった。

「もうすぐ藪入《やぶい》りね。二人とも家族に会えるんだから楽しみでしょう」

七月の十五、六日は藪入《やぶい》りといって奉公人が家に帰ることができる。藤七は江戸の日本橋にある旅籠《はたご》の次男、留吉は板橋宿の助郷村《すけごうむら》の百姓の子である。それぞれに帰る場所があるのだ。

「まあ、この年で帰ったところで厄介者扱いされるだけですけれどね」

藤七はそんなことを言うけれど、留吉はとても楽しみにしている。僅《わず》かばかりの小遣いも出るから、それで家族に美味しいものを土産《みやげ》にするはずだ。

けれど、身寄りのない弥多は今年、どうするのだろう。佐久はそれを心配した。

そうしてその晩、お客が眠った頃合いに、佐久は日出と一緒に湯屋へ行った。湯屋は混雑しており、ゆったりというわけにも行かないけれど、汗を流してさっぱりすることができた。髪を洗いたいことも湯屋は洗髪禁止なので、そこは仕方がない。

日出とは途中で別れた。日出は長屋へ、佐久はつばくろ屋へ。戻る場所が違う。せっかく綺麗にしたのだ、足を汚してしまわないよう歯の高い雨下駄《あまげた》を履いて、気をつけながら戻った。すると、店の前に弥多がいた。提灯《ちょうちん》の明かりにほんのり照らされながら、飾りのない竹を眺めている。願い事を考えているのかもしれない。

湯屋から帰ってきた佐久に気づいて弥多は振り返った。

「ああ、お嬢さん、お帰りなさい」

慣れた人にだけ見せる人懐っこい微笑みに、佐久も自然と笑顔になる。

「ええ、ただいま」

「――七夕《たなばた》、晴れるとよいですね」

優しい風が弥多の声を乗せてそっと吹く。

「そうね。弥多のお願いは決まったのかしら」

何気なく訊《たず》ねると、弥多は一度佐久を見つめ、それからすぐに目をそらす。

「私の願いは誰かに頼ることでもありませんから。おすえちゃんの仕合《しあわ》せを願おうかと思います」

文吾のような料理人になりたいという願いだろうか。日々精進してやっと手に入るものならば、願うだけではいけない。弥多はそう心得ているのだろう。その代わりにすえの仕合《しあわ》せを願ってあげるのは、優しい弥多らしい。

「ねえ、弥多は藪入《やぶい》りの時、どうするの」

いい機会かと、思いきって訊《たず》ねた。藪入《やぶい》りとはいえ、帰る家がないのだ。昔は文吾のところに一緒に行ったりもしていたけれど、数年前からはそれも控えていた。

「今年もこちらに残らせて頂いてよろしいですか」

そう言ってくれるのは嬉しいけれど、素直に喜んでいいものだろうか。

「でも、それでは弥多が休めないのではないかしら」

ここに残れば、どうしても食事を作るのは弥多になってしまう。それなのに、弥多の笑顔には駆け引きがなく、ただ穏やかであった。

「私は構いません。どうぞお願い致します」

佐久がうなずいたら、弥多はほっとしたように見えた。

七月に入って間もなく、伊平の様子を見に町医者の春謙《しゅんけん》が来てくれた。五十路になったばかりの、坊主頭《ぼうずあたま》の落ち着いた御仁である。長羽織の裾をサッと払い、薬箱を脇に置き、座布団の上で待つ伊平の脈を取る。

「ふむ。顔色もよいし、今後はむしろ少し動いた方がよろしいかと」

お偉いお医者様だというのに供もつけず、春謙はいつも腰が低い。

「そうですね、あたしもそろそろ病を理由に怠《なま》けるのにも飽きました」

などと伊平も軽口を返す。その朗《ほが》らかな口調に、佐久も慰《なぐさ》められる思いだった。

「しかしながら無理も禁物。匙《さじ》加減を忘れずに励んでくださいね」

伊平は悪戯《いたずら》を咎《とが》められた小僧のように、軽く首をすくめた。佐久はそんな父の姿が微笑ましくて、思わずクスリと笑う。

忙しい春謙はいつも長居をしない。本当に病人を診《み》てはすぐに帰る。今日もまた、早々に立ち去るのであった。

「先生、ありがとうございました」

佐久が丁寧に頭を下げても、春謙がふんぞり返ることはない。優しく笑うだけである。この仁《じん》の心が、病人の不安を和らげる一番の薬なのかもしれない。

「おとっつぁん、このままお墓参りに行きましょうか」

佐久は振り向きざまにそれとなく水を向けた。もたもたしていると、墓に参りに来てくれないのではないかと母を不安にさせてしまいそうだ。墓のある遍照《へんしょう》寺《じ》まではそう遠くない。つばくろ屋と同じ仲宿《なかしゅく》にあるのだ。

近いとはいえ、まっすぐに歩くこともままならない伊平では、それなりの時がかかる。けれど、佐久がつき添って少しずつ進めばいい。

「そうだね、お喜久《きく》に会いに行こうか」

伊平は静かに答えた。父が外へ出てくれるなら、佐久はそれが何より嬉しい。

「ええ、おっかさんが待っているわ」

佐久は急いで伊平の着替えを手伝った。利休茶《りきゅうちゃ》の着流しに、帯を貝の口に結ぶ。

それから伊平に肩を貸し、佐久は玄関を目指した。少しずつ、少しずつ。

「旦那さん、お出かけですか」

利助が目を瞬《またた》かせて帳場から立ち上がった。留吉はその場に手を突いて頭を下げる。

「ああ、墓参りに行ってくる。宿を頼んだよ」

伊平の笑顔と言葉に、利助も心底嬉しそうに頬をゆるめた。

「はい。ああ、藤七をお連れください。こちらはなんとか致しますから」

でも、と言いかけたけれど、もし伊平が途中で疲れて歩けなくなった場合、佐久では負ぶって帰れない。それを見越したのだろう。

利助は、裏手で水漏れのする桶を直していた藤七を呼んだ。

「すまないねぇ、藤七」

「いいえ、とんでもございません」

藤七に寄りかかることで、伊平はさっきよりも幾分楽《らく》そうに感じられた。けれど歩み始めていくらもしないうちに、その表情が変わる。日差しも相まって、汗を浮かべて浅く息をしている。引きずるような足取りではあるが、確実な歩みであった。

墓所には季節柄もあり、墓参りの人々がちらほらといた。佐久は母の月命日にはなるべく墓の手入れをしに来るようにはしているけれど、伊平がやってきたのは、病みついてから初めてのことである。

佐久の母親の喜久、それから祖父母、先祖が眠る多くの墓。戒名が彫られた母のためだけの小さな墓の前まで来ると、伊平はその場に崩れ落ちた。墓を見つめる伊平の顔から、汗とも涙ともつかない雫《しずく》が流れる。佐久は手持ちの懐紙《かいし》を取り出すと、その雫《しずく》を吸った。伊平は感極まった、震える声で言う。

「来れたなぁ、ここまで」

「ええ、おとっつぁん」

伊平の秘めた思いの一片が佐久にも伝わる。思わず涙ぐんだ佐久から視線を墓に移して、伊平はつぶやいた。

「――佐久、藤七、あたしは藪入《やぶい》りが済んだら宿先に出ることにするよ。座っていることしかできない主《あるじ》だが、お客様をお迎えすることはできる。うちの宿を選んでくださったお客様に真心を込めてご挨拶しよう」

きっと、伊平は心に決めていたのだ。ここに来ることができたら、宿先に出ようと。

手助けはあれど、自らの足で寺の土を踏み締めた。その着実な歩みが伊平の心に再び火を灯した。佐久にはそれが嬉しくて、気づけば涙を流しながら墓に手を合わせていた。

おっかさんがおとっつぁんを守ってくれる。挫《くじ》けた時にもこうして、手を引くように前に進ませてくれる。そんな気がした。

線香の煙揺らめく、忘れ得ぬ日であった。

●

その後の七夕《たなばた》は、生憎《あいにく》の雨どころかひどい白雨《はくう》（夕立）に見舞われた。皆がそれぞれにしたためた短冊は墨《すみ》が滲《にじ》んで読めたものではない。この時季に白雨《はくう》はつきものであるけれど、今日ばかりは避けてほしかった。

ただ、叶わぬことを願ったつもりはない。

つばくろ屋がこれからも、心からのもてなしで商《あきな》いを続けていけるように――

それを願うなら､自らの力で切り開けと、天はそう言いたかったのかもしれない。


そんな七夕《たなばた》が過ぎ、ついに藪入《やぶい》りの日がやってきた。

本来ならば主《あるじ》から言いつかり、主《あるじ》の妻や娘がお仕着せの着物を縫うのだが、佐久一人ではとても間に合わない。日出にも手伝ってもらって、やっとのことで皆の新たなお仕着せを仕立てられた。

こうして藪入《やぶい》りの時、奉公人に新たな着物を与えるのは、主《あるじ》の務めである。奉公人はそれを着て家族に会いに行くのだ。下手なものではいけない。

以前のものと変わらぬ藍の縞《しま》ではあるけれど、それは年を問わず皆によく似合った。

「それでは旦那さん、お嬢さん、しばしお暇《いとま》致しますが、弥多が残るとのことで少しほっとしました」

早朝の店先で、真新しいお仕着せに凜々《りり》しく身を包んだ利助が、皆を代表してそう言った。文吾はフン、と鼻を鳴らす。

「せいぜいこき使ってやってくだせぇ」

佐久と弥多は思わず苦笑する。

「では皆、藪入《やぶい》りから戻ったら色々あると思うけれど、これからも頼むよ」

声をそろえ、皆が返事をした。たった二日のことではあるけれど、宿を閉めてしまうのも皆と会えないのも、佐久にはとても寂しい。それぞれの背中を見送ると、新調したお仕着せ姿の弥多がそっと告げた。

「旦那さん、お嬢さん、頃合いを見て昼餉《ひるげ》の支度をさせて頂きますので、できたらお持ち致します」

朝餉《あさげ》は弥多が炊いてくれた飯を皆で食べた。けれど昼と夜は三人である。朝に炊いた飯の量は、いつもより極端に少なかった。

「ああ、ありがとう。お客様もおられないし、三人だけだ。そう凝《こ》ったものでなくとも構わないよ。弥多もゆっくりするといい」

「へい、ありがとうございます」

そう言って、弥多は綺麗な所作でお辞儀をする。

伊平を支える佐久が先に店の中へ戻った。暖簾《のれん》が出ていないので、何か落ち着かない。続いて入った弥多が襷《たすき》の端を咥《くわ》え、シュシュ、と小気味よい音を立ててお仕着せに襷《たすき》がけをした。その手馴れた様子に、男ぶりが光る。

それにしても、弥多も今は独り身であるからこうしているけれど、所帯を持ったら藪入《やぶい》りに残っているなんてこともなく、そもそも住み込みもせずに通うのだろう。

藤七や留吉がいないだけでも調子が狂うというのに、そんな日が来たらどうしようかと佐久は密かに考えた。その前に、自分が婿を取っているかもしれないという考えが、佐久には欠けている。


いつもは宿だけでなく、家の洗濯や掃除といったことまで日出が手伝ってくれていた。藪入《やぶい》りの二日間、女手は佐久だけだ。まず、洗濯物から片づけることにした。

裏手の井戸に行き、洗濯桶に井戸水を汲み上げると、自分の緋縮緬《ひぢりめん》の湯文字《ゆもじ》（下着）と伊平の下帯、手ぬぐい、浴衣などを軽く水洗いする。そこに皁莢《さいかち》の豆果のさやを浸けて手で揉むと、程よいぬめりが出て汚れがよく落ちるのだ。

洗濯板で布地を傷《いた》めない程度に擦って、丁寧にすすぐ。木綿は糸を解《ほど》かずに丸洗いするだけなので気が楽だ。

汚れた桶の水をどぶに捨て、絞った洗濯物を雨戸の戸板に貼りつけて乾かす。

「ふぅ、終わった」

額の汗を拭いながら、佐久は裏手の戸の隙間から板場を覗いた。

すると、真剣な眼差しをした弥多が流れるような手つきで、束ねた紐に似たものを縦に持ち、トントンと板の上でそろえていた。それは蕎麦切《そばき》りであった。打ち粉《こ》の粉を払っているのだ。

汗水流して洗濯した後に弥多の蕎麦《そば》が待っているとは、なんとも贅沢《ぜいたく》な話である。うっとりと弥多――というよりも手元の蕎麦切《そばき》り――を眺めていると、さすがに弥多も気づいたらしく、振り向いて驚いた。

「お、お嬢さん、そんなところでどうしましたか」

佐久はえへへと笑って中へ入った。

「弥多のお蕎麦《そば》が食べたいって藤七と話していたの。藤七、残念ねぇ。でも嬉しい」

最後に本音が漏れた。そんな佐久に、弥多は珍しく噴き出して笑った。それは蕎麦《そば》以上に貴重な笑顔である。

「もう少ししたら茹《ゆ》でますから、母屋《おもや》の方でお待ちください」

佐久はうきうきしながらうなずいた。弾む足取りで居間に行くと、伊平が寝屋ではなくそこにいた。鼻唄を歌っていた娘に小首をかしげる。

「ご機嫌だね、お佐久」

昼餉《ひるげ》が蕎麦《そば》であることは、まだ内緒にしておきたい。佐久は頬を染めてうふふと返した。すると、伊平はどこか寂しそうな面持《おもも》ちになる。

「いつまでも色気より食い気な娘だと思ってきたが、年が明ければ十七、縁づいてもおかしくない年頃になるんだねぇ」

「どうしたの、おとっつぁん」

色気よりも食い気と言うけれど、そうなったのは伊平が腕のいい料理人を連れてきたからである。自分で台所に立っていたらこんなふうにはならなかった。

いや、ね、と伊平は感慨深くつぶやく。

「お前は誰を選ぶのかねぇ」

今度は佐久が小首をかしげてしまった。どうしてこんな話になったのだろう。

それから蕎麦《そば》が茹《ゆ》で上がるまでの間、佐久は伊平の肩を揉み解《ほぐ》しながら待った。こうしてゆったりと親子で過ごすのも、よいものである。

やがて、ひたひたと静かな足音が聞こえてきた。コトン、と音がして、腰高《こしだか》障子《しょうじ》に影が落ちる。

「旦那さん、お嬢さん、昼餉《ひるげ》をお持ち致しました」

「ああ、ありがとう。お入り」

障子が開くと、佐久は顔を輝かせた。弥多が重ねて持ってきてくれた膳には、鉢に入ったぶっかけ蕎麦《そば》がある。陳皮《ちんぴ》（干した蜜柑《みかん》の皮）と大根おろしもかかっていて、それはもう美しかった。

目に見えて嬉しそうな佐久を、伊平は複雑な面持《おもも》ちで眺めていた。しかし、佐久はそれに気づかない。弥多はそっと居間に踏み入り、二人分の膳をそろえた。

「蕎麦《そば》か。これはいいな」

伊平も蕎麦《そば》は好物である。

弥多は柔らかく微笑むと手を突いた。

「では、お召し上がりください」

下がりかけた弥多を、伊平はとっさに止めた。

「待ちなさい、弥多。もう少しここにいなさい」

「へ、へい」

急に呼び止められ、弥多は戸惑いつつも膝を正した。背筋を伸ばしてそこに座る。そんな中、伊平は佐久に顔を向けた。

「さあ、頂こうか」

「ええ」

いただきます、と親子で手を合わせ、まず伊平が蕎麦《そば》をぎこちなく口に運ぶ。ぶっかけにしてあるため、つゆにつける必要がなく、伊平には食べやすいだろう。上手く音を立てて啜《すす》ることはできずとも、じっくりと噛み締めながら伊平は言った。

「ふむ。煮貫《にぬき》の旨味が蕎麦《そば》の味を消さずによく馴染《なじ》む。繋ぎには何を使っているんだい」

「豆腐を水に溶いたものを使いました。その日の塩梅《あんばい》で、飯の取り湯（重湯《おもゆ》）にする場合もございますが」

二人のやり取りを聞きつつ、佐久も蕎麦《そば》を啜《すす》った。やはり抜群に美味しい。噛めば噛むほどに蕎麦《そば》の甘みを感じ、陳皮《ちんぴ》と大根も爽やかだ。佐久は夢中で食べた。

そんな間にも二人の話は続いている。むしろ、伊平は蕎麦《そば》よりも弥多との話の方が重要だったのかもしれない。

「弥多もうちへ来てすでに八年か。立派になったものだ」

「とんでもございません。まだまだオヤジさんの足元にも及ばぬ身で恥じ入るばかりです」

「料理には心が表れる。そうした控えめな言葉を裏づけるには十分な仕事だね。お前はよくやってくれているよ」

「あ、ありがとうございます」

弥多は深々と頭を下げ、なかなか上げようとしない。佐久は美味しかったと伝えたいのを、しばらく待った。

その夜は久し振りに食べたくなったと伊平が茶粥《ちゃがゆ》を頼んだ。弥多はそれに加え、わかめのぬた、ひじきの白和え、鰯《いわし》の干物、胡瓜《きゅうり》の南蛮漬けを用意してくれた。

手を抜かないのが弥多らしい。

夕餉《ゆうげ》を食べ終えて、佐久は裏手で髪を洗うことにした。この季節は湯を沸かさなくても水で洗えるから楽でいい。

襟が濡れないように大きく開く。桶に張った水に下ろした髪を垂らし、椿油《つばきあぶら》の搾りかすを揉み込みながら洗うのだ。水を含んだ髪は重たくて、ずっと下を向いていると首が痛くなるけれど、汗をかいたからさっぱりしたかった。佐久は髪を梳《くしけず》りながらぼんやりと考える。

藪入《やぶい》りが済めば、盛元の宗右衛門に返事をしなければならない。そうしたら、飯盛女《めしもりおんな》が一人、このつばくろ屋にやってくる。

不安はもちろんある。その女に、他の奉公人たちと分け隔てなく接することができるだろうかと。

以前の自分は、世間が厭《いと》うものを同じように厭《いと》っていた。遊女は皆ふしだらだ、などと心のどこかで決めつけていたのだ。好んで遊女に身をやつしているわけではないと思いつつ、やはり蔑《さげす》む気持ちを僅《わず》かながらに持っていたことは否定できない。

けれど、今はどうだろう。あの亥之助のことがあってから、佐久はああした生《なり》業《わい》の女たちをただ厭《いと》うというのは間違っている気がしていた。あんな男でも、遊女の身であれば客は客。断れはしないのだ。

もし自分がそうした身の上であったならと思うと、恐ろしさに震えが止まらない。遊女たちはそんな客にも耐えて生きている。皆から大事にされて、苦労らしい苦労もない佐久が遊女を蔑《さげす》むなど、罰《ばち》が当たりそうなことだ。

宗右衛門の息のかかった飯盛女《めしもりおんな》なのだから、そうした意味でも、皆は腫《は》れものに触るように扱うだろう。けれど佐久は、盛元や飯盛女《めしもりおんな》だということのすべてを抜きにして、一度その女と向き合ってみようと思った。好くも嫌うもそれからだ。

考えがまとまると、ほんの少し胸が空《す》いた。

虫の鳴く音がチリリとした。

3

奉公人の皆が、満ち足りた顔にどこか覚悟を秘めてつばくろ屋に戻ってきた。この藪入《やぶい》りはいつにも増して特別なものであっただろう。

皆を迎え入れた伊平は羽織を着込み、身なりを整え、宿の主《あるじ》としてそこにいる。板敷に座す伊平に、皆が深々と頭を下げた。

「おかえり。今日からあたしもなるべく宿先にいるから、またよろしく頼むよ」

伊平は宿の主《あるじ》だ。こまごまとした仕事などする必要もなく、どっしりと構えて客を迎えてくれれば、それでよいのだ。

「旦那さん――」

利助の濃い顔が喜びに震えていた。藤七はそっと微笑み、日出や留吉は朗《ほが》らかな様子だ。文吾と弥多は、顔を見合わせてうなずいている。

けれど、喜びはここまでだ。伊平の言葉が皆を現《うつつ》に引き戻す。

「お客様をお迎えする支度ができたら、藤七、あたしを盛元さんまで連れていっておくれ」

返事は藪入《やぶい》りの後。その時が来たのである。佐久も行くべきかと迷ったけれど、利助が首を横に振ったように見えた。

「わかりました。お供致します」

藤七はしっかりとうなずいた。

佐久と日出は、手分けして掃除を始めた。文吾と弥多は朝餉《あさげ》の支度、利助は金勘定、藤七は買出し、留吉は――表に溜まった牛馬の糞《ふん》の始末からである。伊平と佐久も、今日からは皆と一緒に板場の座敷で朝餉《あさげ》と昼餉《ひるげ》を食べることにした。皆が一堂に会する機会を大切にしたいという伊平のこだわりである。

ただ、主《あるじ》がいることで緊張感も生まれ、留吉辺りには多少窮屈《きゅうくつ》かもしれない。今日は特に糞《ふん》の始末で臭いが鼻について仕方がないらしく、朝餉《あさげ》の間は涙目だった。佐久は茄子《なす》の味噌汁を啜《すす》りつつ苦笑した。

そうして、伊平は藤七の手を借りて平尾宿の盛元へ赴《おもむ》く。駕籠《かご》で乗りつけるのは横柄で嫌なのだろう。佐久は二人が出かけてから気の揉み通しだった。

しかし、佐久も昼八つ（午後二時）には街道へ出て呼び込みをしなくてはならない。日出も上宿《かみしゅく》の方へ歩いていった。

「さあさ、いらっしゃいませ。どうぞ今夜のお宿はこのつばくろ屋へおいでください。美味しい料理に真心尽くしのおもてなし、旅の疲れを癒やしにぜひどうぞ」

印半纏《しるしばんてん》を羽織った佐久に、道行く人々が振り返る。若者が足を向けかけて立ち去った。けれど、子連れの若夫婦が来てくれる。それから、上方訛《かみがたなま》りのある女とその供、数名が足を止めてくれた。まずまずの客足である。

客の足を洗い終わり、宿に上げてから、伊平と藤七は戻ってきた。やはり、伊平は疲れた顔をしている。

「おかえりなさい、おとっつぁん、藤七」

暖簾《のれん》を潜《くぐ》った二人を、佐久と利助、日出、留吉が迎え入れた。伊平は宿先に腰を下ろすと力を抜いて笑った。

「昼餉《ひるげ》をご馳走になってきたよ。そうしたら思いのほか時が過ぎてしまって」

少なくとも一刻（約二時間）は宗右衛門と向かい合っていたわけで、伊平が疲れたのもうなずける。不自由な体を庇《かば》いながら宗右衛門と差し向かいで食べていたら、味などわからなかったことだろう。

「あの、それで――例の話はどうなりましたか」

客の子供の声がきゃっきゃと響く中、利助がそうっと訊《たず》ねると、伊平はようやく口を開いた。

「それがね、その娘の年季分《ねんきぶん》の支払いはいいと仰るんだ。巴屋さんからも受け取っていないし、これは板橋宿全体のためなんだとさ」

「それはまた――」

利助も絶句した。あの業突《ごうつ》く張《ば》りな宗右衛門がタダだと言うからには、他に思惑があると考えられる。

伊平はふぅ、と息をつく。

「明日、こちらに寄越すと言われたよ」

「明日ですかっ」

日出の大声がよく通った。文吾と弥多までもが板場から飛び出してくる。伊平は皆に穏やかな声で告げた。

「明日だ。皆、頼んだよ」

そうして、その日はやってきたのだ。一人の女と共に――

翌日の朝五つ（午前八時）のこと。小さな風呂敷包みひとつを抱え、飯盛女《めしもりおんな》のたかはつばくろ屋の暖簾《のれん》を潜《くぐ》った。

ほっそりとした体に、朽葉色《くちばいろ》をした碁盤縞《ごばんじま》の小袖。髪はつぶし島田《しまだ》。化粧っ気はないのに、飾れば映《は》えると思わせる顔立ちである。女にしては上背があるけれど、黒襟から覗く首の線が美しい。

ただ、不思議な女だ。その目には何も映さず、別の世を生きているように感じられる。

「盛元より寄越されました、たか、と申します。どうぞよしなに」

ずらりと並んだつばくろ屋の面々を前に、たかは頭《こうべ》を垂れた。臆する様子もなく、それは自然にそこにいる。佐久は思わず声を上げた。

「あなた、あの時の――」

ずっと以前のこと。

宵闇《よいやみ》の中、この女と出会った。佐久はたかを知っていたのだ。

助郷《すけごう》務めに出たまま帰らないという、亭主を捜しに来たみね。そのみねを追って下宿《しもしゅく》の方へ足を向けた時に、話しかけてきた女。あの時は狐《きつね》か幽霊か、まるで人とは思えぬ様子だったが——あの女とこうしてお天道様《てんとうさま》の出ているうちに巡《めぐ》り会うことになるとは、思いも寄らなかった。

たかは佐久に虚《うつ》ろな目を向ける。

「何かございましたか」

「季春《きしゅん》の頃に会ったでしょう。ほら、喜一さんの」

佐久が前に出ても、たかは婀娜《あだ》っぽく小首をかしげただけだった。

「どうでございましたかねぇ」

日出が、剃《そ》り落とした眉を顰《ひそ》めた。伊平はふぅ、と嘆息すると、柔和な笑みをたかに向ける。

「よく来てくれたね。あたしが主《あるじ》の伊平だ。これからよろしく頼むよ」

新参の奉公人に対しても傲慢《ごうまん》な物言いはしない、腰の低い伊平。たかはそんな伊平にも虚《うつ》ろな目で答える。

「あい——」

こうして顔を合わせていても、その心はまるで知れない。それを知ろうとすると、風に舞う花びらをつかもうとするような、そんな心持ちになる。やはりたかは不思議な女だった。

佐久と日出はまず、たかに宿の中をすべて見せることにした。

「一階には六畳間が二部屋、二階には四畳半間が五部屋、お部屋の名前は覚えておいてね」

二階の廊下の突き当たりまで来ると、佐久は一番奥の『翡翠の間《かわせみ》』を開いた。四畳半の通りに面した部屋は、障子を開けると格子欄間《こうしらんま》があって、街道を一望できる。

たかは座敷をぐるりと見渡した。

「あい、わかりました」

たかが素直にそう答えるも、日出はあまりよい顔をしなかった。たかがそこにいることを厭《いと》っている。それが見て取れた。普段は朗《ほが》らかな日出だが、やはり盛元から来た飯盛女《めしもりおんな》をすぐには受け入れられぬのだ。

けれど、佐久は立場を抜きにしてたかと接しようと決めた。まずはたかと打ち解けることから始めなくてはならない。

「じゃあ、廊下から拭いてもらえるかしら」

客が望まぬ限りは女中として使えばいい、そういう話であった。たかは感情の表れぬ顔を佐久に向けてうなずく。

「あい」

何も顔に出さぬのは、たかなりに別の宿に放り込まれた困惑を隠しているだけかもしれない。佐久はそんなふうにも思った。

その後《のち》の昼餉《ひるげ》に、弥多が饂飩《うどん》を打ってくれた。ぶっかけの饂飩《うどん》には叩いた梅干が添えられている。

「饂飩《うどん》か、美味《うま》そうだね」

支度のできた板場の座敷で、伊平はにこやかに自分の膳を覗き込む。日出が手伝って皆の膳を並べているうちに佐久は利助たちを呼んだ。皆がそろうと、たかはこの時ようやく感情らしきものを見せた。

「旦那様やお嬢様までこちらでお召し上がりになるのですか」

それも、奉公人と同じものを。顔にそう書いてあった。盛元ではあり得ぬことなのだろう。

「ええ、皆で食べた方が美味しいのよ」

佐久が笑顔で答えると、たかは憮然《ぶぜん》とした。佐久は自分だけが笑っていてはいけないような気になり、しょんぼりと眉を下げる。たかが宿と宿との違いに馴染《なじ》むには時がかかりそうだ。

そうして、上座の伊平が箸をつけるとようやく皆も食べ始める。

弥多が打った饂飩《うどん》はやはり美味しい。蕎麦《そば》の方が好きだけれど、饂飩《うどん》もたまに食べたくなる。ひと口啜《すす》るごとに鰹出汁《かつおだし》がパッと口の中に広がり、そこに梅干の酸味が加わって、なんとも食欲をそそる。

「饂飩《うどん》も美味《うま》いが、蕎麦《そば》も食いたい」

藤七のひと言に、佐久は藪入《やぶい》りに食べた蕎麦《そば》の味を思い出す。少しだけ疚《やま》しい気持ちになったのはここだけの話である。

「まったく、切りモンばっかり上手くなりやがって、おめぇは慳貪屋《けんどんや》（饂飩《うどん》や蕎麦《そ》麦《ば》などを一杯盛り切りで出す店）にでもなるつもりかってんだ」

そう言いつつも、文吾が弟子の饂飩《うどん》に文句をつけないのは、やはり美味《うま》かったからだろう。弥多はいつになく嬉しそうに見えた。

饂飩《うどん》が口に合わないわけではないだろうけれど、たかは美味しそうに食べてはいない。まるで無感動に見えた。見たところ、たかはすべてにおいてそうだ。何事にも動じず、関心を示さない。生身の人間らしさに欠けると言っては、言い過ぎだろうか。

そして、いつもならば一緒になって楽しく話す日出も口数が少ない。無言で饂《う》飩《どん》を啜《すす》っている様子がなんとも言えず気がかりだった。佐久は場を和ますべく、たかに声をかけた。

「おたか、弥多のお饂飩《うどん》は美味しいでしょう」

「あい――」

返答は、ただそれだけである。佐久はそれ以上何も言えず、誰も口を開かぬままに昼餉《ひるげ》を終えた。

重たい小半刻《こはんとき》（約三十分）であった。

その後、日出は街道へ客を呼び込みに行くのが日課である。たかもそこに同行させるつもりでいた佐久だったが、二人の相性はどうにもよろしくないようだ。

共に行かせることをためらっていると、日出の方からこう言い出した。

「あたしとおたかさんとで行ってきますよ。お嬢さんはどうぞお気になさらず」

そうは言うけれど、顔が少しも笑っていない。一方のたかは、それにも無関心である。

二人の対照的な背中が並んで街道を歩いていった。行き交う人々の波に二人が紛れて見えなくなる前に、佐久は近くにいた留吉の襟をつかんだ。

「留吉、わたしも出てくるわ。呼び込みをお願いね」

「ほえっ」

有無を言わさず佐久は駆け出した。あの険悪な様子では、客も寄りつかぬことだろう。

案の定、少し行ったところで二人は目も合わさずに話していた。

「——なんだってぇ」

日出の甲高《かんだか》い声が賑《にぎ》やかな街道を抜けて響く。駕籠《かご》かきの呼び込みも負けてしまう勢いだった。

そんな日出に対し、たかは大声を張っているわけでもないのに、駆けつけた佐久の耳にははっきりとした言葉が届いた。

「何って、おかしなお宿だって言ったんですよ。主《あるじ》と奉公人が近すぎますよ。あれじゃあ、けじめも何もあったもんじゃないでしょうに」

「旦那さんもお嬢さんも心根のお優しい方なのさ」

「その優しさが商人《あきんど》として仇《あだ》にならなければいいんですけれど。あまり優しくすると、奉公人はつけ上がるんじゃあないんですか。ほら、お前さんだって」

街道を行く人たちが二人を避けて通る。足を止めるほどではないけれど、面白がっている節《ふし》もあった。

「新参者が偉そうにお言いでないよっ」

日出の丸みを帯びたあたたかな手が、今は鋭く、たかの襟元をつかんだ。いけない、と佐久は止めに入るべく前に出た。けれど、日出は振り上げた右手を、たかにぶつけることはなかった。佐久もまた、たかの乱れた襟の下、白い素肌に赤く走る筋《すじ》を見て愕然《がくぜん》とした。盛り上がり、僅《わず》かに光る傷口は火傷《やけど》の痕であろう。見てはならぬものを目にしてしまったと、佐久は怯《ひる》んだ。それを横目に、たかは日出の手を振り払って襟を正す。そうして、淡々と言うのであった。

「あたしたちも毎夜毎夜客を取っていたら、色んなことがありますからね。疲れてぐったりしようものなら、つまらないと腹いせに折檻《せっかん》してくるような客だっているんですよ。これは火箸の痕ですが、こんなものは珍しくもありません」

熱した火箸を柔らかな肉に受けて、その痕を珍しくもないと言うたか。

あれほど憤慨していた日出でさえ、動きを止めて固まってしまっている。佐久と日出の戸惑いを、たかは冷静に眺めていた。

佐久は渇いた喉で唾を呑み込むと、覚悟を決めて口を開いた。

「そんなふうに言えるまでたくさん辛抱してきたのよね――」

「貧乏人は辛抱しないと生きていけやしないんですよ」

それは、憐《あわ》れみなど要らぬという凛とした姿であった。

まだ渋い顔をしている日出に、佐久は柔らかい声音を出す。

「お日出、わたしはこのままおたかと客引きをするわ。お日出は宿の前で呼び込みをお願いできるかしら」

日出は躊躇《ためら》いつつ、それでも小さく息をついてうなずいた。佐久に任せる気になってくれたようだ。

「ええ、わかりました。お嬢さんもお気をつけて」

背を向けた日出。けれどその背には、先ほどまではなかった迷いが表れている。

たかは硬い表情で佐久を見遣った。佐久はその強張《こわば》りを解《ほど》くように笑いかける。

表向きの顔で仲良くしようと言っても、たかの心に響くはずなどなかった。

「さあ、お客様をたくさんお連れして帰りましょう」

佐久は朗《ほが》らかに微笑んだ。

たかが憐《あわ》れみは要らぬと思うのならば、苦界《くがい》を生き抜いてきたその強さを尊ぼう。佐久は自然とそう思うのだった。


佐久のよく通る大きな声とは違い、たかの声は細く、他の留女たちの声にも押されてしまう。それでもたかは懸命に声を張り上げていた。その姿は健気《けなげ》に思える。

そうしていると、街道を行く三人の男が足を止めた。そのうちの一人は白髪頭の上品な老爺《ろうや》だ。

「なんや他の留女と違って別嬪《べっぴん》さん方だすなぁ」

供の若い男二人は大きな葛籠《つづら》を担《かつ》いでいる。話し方には上方訛《かみがたなま》りがあり、京坂から下ってきた商人《あきんど》と見える。

「ようし、今晩はあんたんとこに決めたで」

初めての客を得て、たかの色の薄い肌にほんのりと朱が差した。

「ありがとうございます」

佐久とたかの声が不思議とよく重なった。

一行は石黒屋《いしぐろや》という乾物商であり、江戸まで荷を卸《おろ》しに行くのだという。宿へ戻るまでの間も、石黒屋はよく喋った。賑《にぎ》やかな老爺《ろうや》である。店先で呼び込みをする日出は、声を張りながらも横目で佐久とたかを見遣った。けれど今は余計なことを考えずに働こうとしているのか、特別なことは何も言わなかった。

石黒屋を連れてつばくろ屋の暖簾《のれん》を潜《くぐ》ると、上がった板敷の先で伊平が手を突いて客を迎え入れる。

「ようこそつばくろ屋へおいでくださいました。主《あるじ》の伊平と申します。今宵《こよい》ひと晩、誠心誠意おもてなしさせて頂きますので、どうぞごゆるりと」

そんなふうに座っていると、中風《ちゅうぶう》で倒れたことなど嘘のようにシャンとして見えた。

その姿に、佐久は思わず涙ぐんだ。佐久だけではない。後ろの日出も、帳場の利助も、土間で桶を抱える留吉もだ。

そんな事情を知るよしもない石黒屋一行は、伊平の挨拶を軽く流してドカリと座り込んだ。

「おおきに。ひと晩よろしゅう」

一行の大事な荷を、伊平の後ろにいた藤七が恭《うやうや》しく受け取る。葛籠《つづら》はなかなかに重たそうだった。

すかさず留吉と一緒に桶に水を汲んできたたかは、三十路ほどの男の前に膝を落とし、その草履《ぞうり》を脱がせて足を洗い始めた。留吉がたかに洗い方を教えている。どことなく偉そうな留吉の口ぶりが可笑《おか》しかった。

そうしていると、今度は幼い子供を連れた父親が入ってきた。子供は旅が初めてなのかはしゃいでいて、それを父親が窘《たしな》めている。

佐久は素早く利助に訊《たず》ねる。

「利助、空いている部屋はどこだったかしら」

「ええと、『鴛鴦《おしどり》の間』と『鳰《にお》の間』です」

二人とはいえ、一方は小さな子供だ。そこしか空いていないならまだしも、選べるならば『鴛鴦《おしどり》の間』ほどの広さは要らないだろう。

「じゃあ、『鳰《にお》の間』ね」

すると、それを聞きつけた伊平が静かに言った。

「いいや、『鴛鴦《おしどり》の間』にお通ししなさい」

「え――」

「あんなに元気な坊やだ。二階の高欄《こうらん》さえ飛び越えてしまいそうじゃないか。おとっつぁんがおちおち眠れやしないよ。それに、二階は足音もよく響くからね」

儲けを考えるのなら、『鳰《にお》の間』に親子を入れた方がいい。そうして、『鴛鴦《おしどり》の間』に別の客を。けれど伊平にとってそれは、客のためを思ってのもてなしではないのだ。

そうした伊平の心配りを、佐久はもっと見習わなくてはならないのだとしみじみ思った。今、伊平と共に働けていることは、今後の佐久にとって何よりの財産となるだろう。

それから程なくして夕餉《ゆうげ》の料理を運ぶと、石黒屋は座敷で朗《ほが》らかに話しかけてきた。

「毎度毎度、お江戸の雪隠《せんち》（厠《かわや》）には難儀しとりますのや。戸板が半分しかあらしまへんのやさかい。わては小便樽もよう使わしまへんし、あれがえらい恥ずかしおますわ。女子はんも用を足しはるのに思て、最初はおののいたもんだす」

などと言ってほほほと笑っている。気さくな様子が商人《あきんど》らしい。

京坂の後架《こうか》（厠《かわや》）は隙間なくすべて塞がれる戸であるのに対し、江戸は下半分のみ。けれどそれしか知らぬ佐久たちにしてみれば、それがどうしたといったところである。

「ところ変われば色々ございますねぇ」

と、日出がそつなく話をまとめてくれた。佐久はその隙に料理の説明をする。

「ひば（干した菜っ葉）の味噌汁、こんにゃくの田楽《でんがく》、焼き豆腐、かんぴょう、干椎茸《ほししいたけ》のお煮しめ、鯊《はぜ》の天麩羅《てんぷら》、らっきょう漬けにございます。鯊《はぜ》の天麩羅《てんぷら》は大根おろしと天つゆをつけてお召し上がりくださいい」

天麩羅《てんぷら》に添えられた薄紅の薑《はじかみ》（生姜《しょうが》）がなんとも上品で目にも楽しい。また、鯊《はぜ》は身が脆く、綺麗に捌《さば》くだけでも技がいる。その上、江戸では切腹を連想させるために、魚は背開きが基本だ。

石黒屋は文吾の苦労をしっかりと見抜いてくれたようで、天麩羅《てんぷら》をひと口含んで噛み締めると、艶々した笑みを見せた。この時季の大根は少し辛味があるけれど、天麩羅《てんぷら》と食べる分にはさっぱりしていて丁度いい。

「京坂には野菜のつけ揚げしかおまへんが、天麩羅《てんぷら》は美味なもんだすなぁ。鯊《はぜ》は煮つけにすると身が崩れて食べにくいもんでっしゃろ。これはほんにええもんや」

「ありがとうございます。ではごゆるりと」

二人が頭を下げて部屋から出ると、たかと廊下ですれ違った。たかはごく普通に佐久たちに顔を向けた。

「『鴫《しぎ》の間』にお膳をお運びしました」

「そう、ありがとう」

佐久がにこやかに返しても、たかは笑わない。この分だと、客に対してもこうなのかもしれない。それではいけないと思う。どうすればたかは笑ってくれるのだろう。

その日の夜になって初めて気づいたことがある。

「お嬢さん、おたかはどこで休ませますか」

板場まで膳を下げに行った佐久に、夕餉《ゆうげ》を終えた藤七がそんなことを言ったのだ。

「私共は男ばかりですから、ひと部屋で雑魚寝《ざこね》もしますが、さすがに一緒はまずいでしょう」

畳に正座をしていた留吉が顔を真っ赤にした。弥多は茶碗を片づけるのに忙しく、聞いていない。

すると、たかは淡々とつぶやいた。

「同じ部屋でようございますよ。障《さわ》りがあるならそこの土間でも構やしません。あたしはどこだっていいんです」

女中は通いの日出一人。そのために女中部屋はないのだ。佐久は肝心のところで気を回してやれなかったことを申し訳なく思った。

そこでふと、佐久は日出に怒られてしまいそうなことを思いついた。

「えっと、もうこんな時刻だから明日考えましょう。今日はこっちへ」

佐久は膳を置くと、たかの手を取った。思った以上に冷たい手だ。

心構えがなかったせいか、たかは驚いて佐久の手を振り払った。振り払ってから、自分のしたことに戸惑っているふうに見えた。

佐久もたかがこんなに驚くとは思わなかった。触れられるのは嫌だったのかもしれない。けれど、佐久はもう一度だけ手を伸ばす。今度は振り払われなかった。

「こっちよ」

微笑んでみせると、たかは強張《こわば》った顔をした。

「こっちってのは――」

「わたしの隣」

「はぁあっ」

素《す》っ頓狂《とんきょう》な声を上げたのは藤七だった。珍しいことである。自分の口元を押さえながら、藤七はボソリと言う。

「お嬢さん、立場というものをお考えください」

「あら、おたかがどこだっていいって言ったのよ。いいでしょう」

弥多も留吉も、当のたかも唖然《あぜん》としている。

「じゃあね、おやすみなさい」

捨て台詞《ぜりふ》を残し、佐久はたかの手を引いて母屋《おもや》へ戻った。たかはそれを振り払うこともできず、大人しくついてくる。けれど、居間の障子を開けたところでたかは佐久の手をするりと抜け、廊下に膝と手を突いた。そうして深々と頭を下げる。

「お戯《たわむ》れも大概になさってくださいませ。あたしはしがない飯盛女《めしもりおんな》ですよ。お嬢様と同じ部屋でなんて、とんでもないお話でございます」

佐久はふぅと息をつくと、たかのそばに屈《かが》み込んだ。そして、その細い肩に手を添える。

「わたしはおたかとゆっくり話がしたいの。だって、うちの奉公人になったのに、それにしてはおたかのことを何も知らないから」

柔らかい声音を出したつもりだったけれど、顔を上げたたかの眉間は厳しく寄せられている。まるで手負いの野良猫のような、そんな痛々しさだった。

「――何をお知りになりたいんですか。あたしが盛元の回し者だから、何を企《たくら》んでいるのかってぇことですか」

　ああ、そういうふうに受け取ったのかと佐久は困ってしまった。

「そうじゃないわ。じゃあ、こうしましょう。わたしは何も訊《き》かないから、おたかがわたしの話を聞いて」

「え――」

「さあ、早く入って。夜はもう冷えるんだから」

　佐久はさっさとたかを居間へ引っ張り込み、そうして障子を閉めた。そこにたかを待たせると、伊平の寝間へ行った。このところ、帯は多少歪《ゆが》むけれど、寝間着の浴衣くらいならば自分で着てくれる。なんでも手を貸すことはかえってよくないのだと思えた。

　伊平の布団と掻巻《かいまき》を用意すると、いつもは隣に敷く自分の布団を抱える。きょとんとする伊平に佐久は急いで言った。

「おとっつぁん、わたし今日は居間でおたかと寝るわ」

「へっ」

「女同士、腹を割って語るの。だから今日は、おとっつぁんはおっかさんと水入らずね」

仏壇の中で喜久がおやおやと声を上げていそうだ。伊平は苦笑する。何事にも体当たりな娘であると一番わかっているのは父親の伊平だ。

「そうかい。好きにしなさい」

ここでけじめがないと叱る父親が正しいのかもしれない。けれど佐久は、頭ごなしに突っぱねないでいてくれる父で嬉しかった。

「ありがとう、おとっつぁん」

そうして布団を抱えて居間へ戻ると、たかは正座をしたまま居心地が悪そうに身じろぎした。その隣へ布団を敷き、更に寝屋の押入れから布団と掻巻《かいまき》をもう一組持ってくる。

「あたしは畳があれば十分です」

たかの消え入りそうな声を、佐久は聞き流した。そうして長持《ながもち》から浴衣としごき帯を取り出し、絣《かすり》の浴衣をたかの膝に載せた。

「今日はそれでいいでしょう」

「ですから、こうしたことは――」

「いいから、今日はわたしにつき合って」

有無を言わさず、佐久も帯を解《ほど》き、鹿《か》の子《こ》の浴衣に着替える。シュシュッと衣擦れの音を立てて着替える佐久を見上げ、たかも観念した様子だった。はぁ、とため息をついて着替え始める。佐久は衣桁《いこう》に自分の着物をかけると、たかの着物もかけた。また何か言いたそうなたかだったけれど、佐久は気にせず床《とこ》に入るよう促《うなが》した。

行灯《あんどん》は灯さず、暗がりの中で二人は横になる。

「あんまり話し込むと朝になっても起きられないから、ほどほどにしなくちゃね」

「あい」

あまり乗り気でない声が返ってきた。それでも佐久は、暗がりの中にたかを感じながらつぶやく。

「あのね、喜一さんの子供のおすえちゃんね、ほら、おっかさんに負ぶわれていたあの女の子よ。あの子ね、板前の文吾の孫になったのよ。娘さんが大事に育てるって言ってくれたの。ちゃんと無事に生きているわ」

たかの返事はなかった。佐久からは、たかがどんな面持《おもも》ちでいるのかも見えやしない。眠ってしまったのだろうかと思いながらも言葉を重ねる。

「あの時、おたかと会わなかったら、わたしは気づかずにおすえちゃんのおっかさんを見送っていたわ」

するとたかはようやく声を漏らした。

「さて、なんのお話やら」

ほんの気まぐれでも、覚えておらずとも、たかがあの時声をかけてくれたことに感謝している。

「ねえ、おたか」

「あい」

佐久は搔巻《かいまき》の下でもぞもぞと動き、たかの方に顔を向けた。そしてたかの背中に佐久に向かってつぶやく。

「ここでつらいことがあったら言ってね。わたしにとって、このつばくろ屋の奉公人は家族なのよ。だから、おたかもそう」

「――あたしには勿体《もったい》ないお言葉でございますよ」

暗がりから返ってきた言葉は、なんとも乾いて聞こえた。けれど、壁に向かって話しているわけではない。たかは返事をしてくれる。まだ、今日からなのだ。焦って踏み込んではいけないと、佐久は自分を戒《いまし》める。

そんなことを考えているうちに睡魔に負けた。

●

朝になって佐久が目覚めた時、隣の布団にたかはいなかった。綺麗に畳まれた布団の上に、これまた綺麗に畳まれた浴衣と帯が載っている。たかは早起きだ。そう思いながら、佐久は目を擦って体を起こした。

早起き――

そう思ったけれど、実際はどうなのだろう。最初の夜だ。心が解《ほぐ》れずに眠れなかっただけではないのだろうか。佐久も布団を畳むと着物を着つけ、鏡台の前でほつれた髪を撫でつける。そして土間から横手へ出た。

裏へ回ると、井戸のそばにたかが屈《かが》み込んでいた。顔を洗っているようだが、動きが鈍《にぶ》い。やはり、ちゃんと眠れなかったのかもしれない。

「おはよう、おたか」

声をかけると、たかはハッと目を見張った。そして、それ以上表情を動かさずに立ち上がる。

「おはようございます、お嬢様」

その『様』というのは妙にむずがゆい。つばくろ屋では、誰も佐久をそんなふうには呼ばない。

「様、はやめて。せめて『さん』にして。それか、いっそ名前で呼んで」

「そう困らせないでくださいな」

心底疲れたふうに言われた。そんなに無理なことを頼んだつもりはない。

「どうしてよ。おたかはいくつなの」

「年ですか。十九ですけれど」

「わたしと三つしか違わないわ。そんなに堅苦しいのは嫌いよ」

佐久が言い張ると、たかは深々とため息をついた。

「わかりました、お嬢さん」

たかにしてみれば半ば自棄《やけ》だったとしても、佐久はうふふと笑ってみせた。

それから土間へ向かうと、藤七がシャンとした姿で表の雨戸を外していた。薄暗かった土間へ差し込む光の眩《まぶ》しさに朝を感じる。留吉は眠そうに、棕櫚《しゅろ》の箒《ほうき》を片手にあっちへふらり、こっちへふらり、と千鳥足《ちどりあし》で表へ出た。あれでは荷駄《にだ》が落としていった通りの馬糞《ばふん》を踏みかねない。

そうこうしているうちに利助、文吾、日出の通い組が宿へ出てきた。

「おはようございます」

にこやかに暖簾《のれん》を潜《くぐ》った日出だが、土間で雑巾《ぞうきん》を絞っているたかに目を留めた途端、その顔が険しくなる。たかは頭を下げたものの、日出は挨拶らしきものすら交わさずに奥へ消えた。しかしたかはまるで気にした様子もなく、板敷を拭き始める。佐久はどうしたものかと、ため息をひとつついた。

その後、朝餉《あさげ》を食べた後で掃除や洗濯を済ませた。それでもやるべきことは色々とある。

朝四つ（午前十時）頃、弥多が板場から足りぬものを紙にしたためてきた。それを利助に手渡す。

「これだけのものが入り用です」

利助は帳場格子の中でそれを受け取ると、ふむふむ、とうなずいた。

「おお、栗に秋刀魚《さんま》か。秋だなぁ」

「へい。今日は秋刀魚《さんま》、明日はかて飯《めし》（まぜご飯）にしようかと」

こんがり綺麗な焼き目がついた秋刀魚《さんま》と、茶色の飯の中にごろりと入った栗の実を思い浮かべ、佐久はうっとりとしてしまった。秋の味覚は美味しい。

利助は少し考えてから、その紙をたかに向けて差し出した。

「おたか、目抜き通りまで買出しに行ってきておくれ」

その時、たかが僅《わず》かに怯《ひる》んだ。ああ、と佐久は口を開く。

「初めてだものね。今日はわたしが一緒に行くわ」

たかならば、一人で平気だと返してくると思った。けれど、頼りなげな声で、お願いしますとつぶやく。品物を間違えてはいけないと思っての態度だろうか。

「ええ、じゃあ行きましょう」

佐久は利助から品物の書かれた紙を受け取ると、板場の土間から岡持桶《おかもちおけ》を取ってきた。

「買い物にはこれを持っていくのよ」

「あい」

「じゃあね、行ってきます」

二人は連れ立って外に出た。街道を足早に通り過ぎる旅人や、茶屋の店先で団子を頬張る者など、人はすでに多い。夏のように諸肌脱《もろはだぬ》ぎで歩く若衆《わかしゅ》は減ったが、中にはやせ我慢をしていいなせを気取る者もいた。

道は街道沿いにまっすぐ進む。まずは青物屋《あおものや》（八百屋）にしよう。

紙に書かれたものを目で追っていると、たかがぽつりと言った。

「お嬢さん、何を買えばいいのか読み上げてくださいませんか」

たかは一度も書きつけを見ていない。佐久が紙を手渡そうとすると、たかはそれを手で押しやりながら苦しげに零《こぼ》す。

「あたしには読めやしません。申し訳ないことですが、声に出して読み上げてほしいんです」

「え――」

子供は六、七歳にもなると手習所《てならいじょ》へ通い、文字を覚える。佐久も女子が通う女《にょ》筆《ひっ》指南所で文字を習った。農村であろうと手習所《てならいじょ》はある。この時代、文字を読めぬ者の方が少ない。

だからこそ、たかにその『当たり前』が通用しなかったことに佐久は驚いた。

一体いくつで売りに出されたのか。

たかは柳眉《りゅうび》を僅《わず》かに顰《ひそ》めて、喉から声を絞り出した。

「読み上げてもらえたら、一度で覚えます。あたしは飯盛女《めしもりおんな》ですからね、文字の読み書きよりも励まなくちゃいけないお役目が他にあるんですよ」

けれど、たかは文字を読めるようになりたいのではないか。引け目を感じているような様子に、佐久はそう感じた。

「ええと、まずは栗一貫（約三・七五キログラム）、大根一本、秋刀魚《さんま》十五尾、豆腐一丁半――重たいものばっかりね」

思わずぼやいたら、その横に弥多の丁寧な字で、『重く嵩《かさ》張《ば》る故に取り置き頼むもよし』と書かれていた。さすが弥多、細かな気配りだ。けれど、手間を省くために、できることならば持って帰りたい。

「あたしがお持ちしますよ。これでも力仕事はしてきましたから」

そうは言うけれど、佐久よりも細い腕である。それならば佐久だって持てる。

「一緒にがんばりましょう」

「いいえ、お嬢さんにお持たせするわけには参りませんから」

「あら、わたし、いつも荷物は自分で持っているのよ」

「でも――」

「いいの」

たかはそれ以上何も言えずに黙ってしまった。佐久は無言で歩くたかを気遣いながら切り出す。

「ねえ、おたか。教え方は上手くないと思うけれど、それでもよければわたしが文字を教えるわ」

すると、たかは苦《にが》りきった表情でゆるくかぶりを振った。

「こうした時、出がけに一度だけ読み上げてくだすったら、それでいいんです。文字は――今更ですから」

「今更なんかじゃないわ。だって、これからもずっと必要になってくるでしょう。

ほら、文字を覚えたら文《ふみ》が書けるようにもなるし」

「文《ふみ》なんて書きたい相手はいやしませんよ」

これ以上この話はしたくないとばかりに、たかは前を向いた。売られたたかに、息災を知らせたい家族はもういないのか。そう考えたら、佐久も切なくなった。


そのまま二人は店屋を回った。青物屋で買った笊《ざる》いっぱいの栗が佐久の分担である。持てない重さではない。

「ただいま」

佐久は秋の味覚を抱えて、表ではなく板場の土間の戸を潜《くぐ》る。すると弥多が揚げ板（床下収納庫の上げ蓋）から取り出していた炭を取り落としそうになった。

「お、お嬢さん、何もお嬢さんがそんなに重いものを持たなくとも――」

「おたかと二人で運んだから、そう重たくはなかったわ」

佐久の後ろから岡持桶《おかもちおけ》を提げたたかが入ってきた。岡持桶《おかもちおけ》の中には豆腐、その上に油紙を敷いて秋刀魚《さんま》を載せた笊《ざる》が載っている。文吾はその秋刀魚《さんま》を覗き込んで品定めした。

「おお、朝イチで運ばれてきたばっかりだな。この太った身、まずまずだ」

「夕餉《ゆうげ》が楽しみだわ。でも、その前に昼餉《ひるげ》よね」

食べることばかりに関心のある佐久である。うふふと笑って、佐久はたかの手を引いた。

「さあ、お客様のおみ足を洗う水を汲んでおかなくちゃ。おたか、行きましょう」

「あ、あい」

自分に親しみを向ける佐久に、たかはいつも戸惑いを見せる。けれど、たかには少し強引なくらいがいいのだ。

繋いだ手にギュッと力を込める。それはまるで、戯《たわむ》れる子供たちのようでもあった。


その日の晩も、佐久はやはり、たかの寝床を自分の隣以外に作るつもりはなかった。今日もまた布団を並べる。寝る前に角行灯《かくあんどん》に油を差し、灯心《とうしん》に火をつけた。

「おたか、ちょっといいかしら」

行灯《あんどん》のそばにある小さな文机《ふづくえ》に、柔らかな灯りが広がる。佐久は矢立《やだて》から筆を取り、広げた紙の上に文字を書き連ねた。読みやすさを意識して丁寧に書く。たかは無言でそれを眺めていた。佐久は書き終えて筆を置くと、墨《すみ》に触れないように指で文字を示しながら、声に出して読む。

「い、ろ、は、に、ほ、へ、と――いろは歌よ。手習所《てならいじょ》で一番最初に習うの。かな文字だけならすぐに覚えられるわ」

一枚の紙に書いたいろは歌。佐久はそれをたかにあげるつもりで書いたのだ。そうして別の紙に、かな文字をふたつずつ並べる。

「たか、はこう書くの。さく、はこう」

その筆遣いを、たかはぼうっと眺めていた。その横顔に、佐久はフフ、と笑いかける。

「おたか、墨《すみ》が乾いたらもらってね」

すると、たかは苦しげに眉根を寄せた。浴衣の襟をぎゅっと握り締め、心《しん》の臓《ぞう》でも疼《うず》くかのように力を込めた。

「お嬢さん、堅気の娘さんにとって、あたしみたいな女は薄汚いもんじゃございませんか。どうしてそんなによくしてくださるんですか」

たかには売女《ばいた》だあばずれだと罵《ののし》られる覚悟はあっても、労《いたわ》られる心構えはないのだろう。だからこうして戸惑いが強く出る。そんなたかに、佐久はうつむき加減でつぶやいた。

「あのね、少し前に荒っぽいお客様が来て、飯盛女《めしもりおんな》がいないからわたしに相手をしろって言ったの。こう、腕を乱暴につかまれて、すごく怖かった。その時は他のお客様に助けてもらったけれど、ああしたお客様の相手をする人たちはどんなにつらいだろうって考えたら――」

それも憐《あわ》れみというのか。

たかは憐《あわ》れまれたくなどないと毅然《きぜん》と返すだろうと思った。けれど、たかは不意に優しい目をした。

「お嬢さん、あたしたちとお嬢さんとでは、そもそもが違うんですよ。そんなふうに重ねてしまわれることはないんです」

その言葉に、佐久は弾かれたように顔を上げた。行灯《あんどん》の薄ぼんやりとした灯りが二人の顔を照らす。

「違うって、何が違うの。悲しいのも苦しいのもおんなじよ」

すると、たかはふぅ、と息をついた。静かな夜の中で、たかは消え入りそうなほど儚《はかな》く見える。

なんとも言えず、たくさんの感情が錦《にしき》のように入り混じる。

「本当に、お嬢さんみたいなお人もいるんですねぇ」

何不自由なく、皆に大切にされて育った娘。

かたや、親に売られ、帰るあてもなく春を鬻《ひさ》ぐしかなかった娘。

あまりに違う。そう、たかは言うのだろうか。わかり合える日など来ない、と。

そうなのかもしれない。わかったような気になって、佐久は無遠慮にたかの心に踏み入ろうとしているのかもしれない。けれど、そこで引いてしまえばわかり合えぬままだ。たかが頼ってくれる自分でありたい、と佐久は思う。

だから今は悩むのではなく笑顔でいよう。

「——ねえ、おたか。わたしね、幼い頃から店先に出ていたの。お客様は優しかったし、奉公人の皆もよくしてくれたから楽しかったけれど、思えば同じ年頃の子たちと仲良くする間がなくて、親しい友達がいないのよね。おたかはわたしと年が近いし、わたしはこうしていて楽しいの」

「あたしといて、ですか」

「そうよ」

佐久は明るい笑い声を薄闇の中に響かせた。

●

それから、たかは佐久に少しずつ気を許し始めてくれたように感じる。ふとした時に見せる笑みや言葉の柔らかさからそう思うのだ。

けれど、相変わらず日出はたかを嫌っていた。日出はたかが目の端に入ると、丸顔をキッと怒らせる。そうした日出の顔を見ているのは、つらい。昼八つ（午後二時）に三人そろって表へ出た時に、佐久は二人の間に入り、たかと日出の腕を抱き込んだ。

「どうしたんですか、お嬢さん」

びっくりした日出が訊《たず》ねてくる。たかも、わかりにくいけれど驚いてはいるのだろう。佐久はそんな二人の間で目をつむり、そうして言った。

「お日出もおたかもうちの大事な奉公人よ。わたし、二人のことが大好きなの」

だから仲良くしてほしいと押しつけるようなことは言えないけれど、願うだけならば許されると思う。この嘘偽りのない心だけは、二人に伝えておきたかった。

佐久の大好きな優しい二人は、その心を感じ取ってくれたのかもしれない。先に口を開いたのは、たかであった。小さくほぅと息をつき、か細い声で言う。

「——お日出さん、あたしがここへ初めて来た日に言ったこと、謝らせてもらいます。あたしはこのお宿は奉公人に甘すぎると言いました。けれど、とてもじゃありませんけれど、あたしだって身に余る扱いだといくら言っても、断れやしませんでした。何も知らずに莫迦《ばか》にしたようなことを言って、あいすみませんでした」

それは思いつめた顔で言うたかに、日出はプッと噴き出した。そのまま、いつもの朗《ほが》らかな笑い声が街道に響く。場がぱぁっと明るくなる、そんな笑い声だ。

「うちのお嬢さんには誰も勝てやしないよ。それがつばくろ屋の奉公人ってもんさ」

「もう。どういうことよ、それ」

佐久は頬を膨らませてみせるけれど、本気で怒ったりなどしていない。たかもクスリと笑っていた。佐久は二人の笑顔が何よりも嬉しくて、涙が出そうだった。

非礼を詫びた相手に、いつまでも頑《かたく》なな態度を取る日出ではない。

「じゃあ、あたしはいつも通り上宿《かみしゅく》方面へ向かいますから、お嬢さんとおたかさんが店の前で呼び込みをしてくれたらいいです」

日出は肉づきのよい胸をドン、と叩いた。

「あたしゃ古株ですからね。新入りになんて負けてられませんよ」

たかは控えめな笑みを浮かべる。日出なりに、本気でたかを受け入れる覚悟を決めてくれたのだろう。だからこうして張り合う姿勢に嫌味がない。佐久はそんな日出を頼もしく思う。

「ええ、お願いね、お日出」

「あい」

雑踏に紛れていく日出を見送りながら、佐久は印半纏《しるしばんてん》の襟を正した。

「わたしたちもがんばらなくちゃね」

「そうですねぇ」

たかは柔らかく答える。少しずつ、少《すこ》ぅしずつ、たかの顔に感情の色が見え始めている。時を共有すればするほど、たかはこのつばくろ屋へ馴染《なじ》むことができる人だと、佐久は強く感じるのだった。

詳しい経緯は訊《き》けずにいるけれど、たかは子供の頃、親に売られたに違いない。そうして体つきから子供らしさが抜け落ちた頃、あるいはその前に遊女として客を取らされた。そう思うと悲しくてならない。今この時、佐久が心を痛めたところでたかの傷は癒えないだろうけれど、せめてこのつばくろ屋にいる今は仕合《しあわ》せでいてほしい。

「お嬢さん、どうかされましたか」

物思いにふけってしまった佐久に、たかは首をかしげた。佐久は慌ててかぶりを振る。お客様を迎えるこの大事な時に、何をぼうっとしているのだろう。

「ううん、なんでもないわ」

佐久は街道へ向けて、寂《さび》れた秋の色を塗り替えるようにして声を張った。

「さあさ、いらっしゃいませいらっしゃいませ、今宵《こよい》のお宿はこのつばくろ屋へおいでくださいませ。誠心誠意、真心込めたおもてなしに、美味しい料理。決して後悔はさせませんとも」

佐久の明るい声と笑顔に吸い寄せられるようにして、若い二人組の男が寄ってきた。男の片方が手ぬぐいを手に訊《たず》ねる。

「お、別嬪《べっぴん》さん。この宿はいくらだい」

「百四十八文でございます」

「まあ、そんなもんか。で、飯盛女《めしもりおんな》の花代はいくらだい」

その男の視線がたかに向いた。それなりに遊んできた男たちなのだろう。ひと目でたかがどういった生業《なりわい》の女なのかを見抜いたのだ。たかはそうしたことには慣れっこなのか、まるで動じない。静かにそこにいて、佐久の指示を待っているように思えた。

心も体もいずれは慣れる。

――いいや、そんなことはない、と佐久は思った。

慣れることなどない。その都度、傷つくのだ。ただそれに気づかぬよう、心に蓋をするようになる。それを慣れたというのは思い違いだ。

佐久はぐっと拳を握り締めつつも、顔にはいつもと変わらぬ笑みを貼りつけ、男たちに答えた。

「あいすみません、うちは平旅籠《ひらはたご》、飯盛女《めしもりおんな》のご用意はございません。料理と真心でのみ、おもてなしさせて頂きます」

男たちは顔を見合わせた。狐《きつね》につままれたような様子であったけれど、それでも納得はしてくれた。

「おお、そうかい。それじゃあ悪いが他の宿にする。ま、俺がじいさんになってもまだ生きてりゃ泊まりに来るぜ」

「その時をお待ちしております」

その頃には佐久もおばあさんであるけれど。

聞き分けのない男たちではなく、カラリとした別れだった。そのことに佐久はほっとした。けれど、納得しなかったのはたかだ。ひどく強張《こわば》った顔で佐久を見ていた。

「お嬢さん、どういうことですか。お客を逃がしちまったじゃあないですか。花代は、盛元楼では一人につき二百文頂いていましたよ。二人くらい、あたしが相手をすれば済んだでしょうに」

佐久がじっとたかを見上げると、たかは居たたまれなくなったように目をそらした。客引きの声が賑《にぎ》やかに飛び交う街道の中、たかはしょんぼりと項垂《うなだ》れた。

「客を取れない飯盛女《めしもりおんな》なんて、ただ飯食らいですよ」

「いいのよ。もともとうちに飯盛女《めしもりおんな》はいなかったの。これからもそれでいいんじゃないかしら。ねえ、おたか。おたかはうちの女中でいいでしょう。だって――」

その言葉を、たかは苦しそうに首を振って遮《さえぎ》る。どうしてそんな顔をさせてしまうのか、佐久にはわからない。

「あたしには他のことはできやしません。女中仕事だけであんなにもよい扱いを受けていては罰《ばち》が当たります。あたしにできることをさせてくださいな」

たかはそうして生きてきたのだ。それが当たり前として。佐久の思い遣りはたかを困らせ、戸惑わせるものでしかないのか。

「いいの。わたしがおたかにそんなことさせたくないの。わたしのわがままだから、おたかは悪くないの」

そんなことしか言えなかった。

その後、張りのない声で佐久が呼び込みをしても、威勢のいい声に押されて旅人の耳には届かなかった。

今日の客足が思わしくないのは自分のせいだと佐久は感じてしまう。ただ、そのおかげで夕餉《ゆうげ》に用意した秋刀魚《さんま》が余り、伊平と佐久だけでなく、奉公人たちも一尾ずつ食べることが許された。

佐久は伊平と共に、母屋《おもや》の居間で夕餉《ゆうげ》に箸をつけていた。この時季、脂《あぶら》ののった秋刀魚《さんま》の味ときたら極上である。残ったのは頭と背骨と尻尾のみ。猫跨《ねこまた》ぎ（身を綺麗に食べて骨だけになった魚）だと伊平が笑う。

気持ちの落ち込み具合が客足に響いて悩ましかったはずなのに、美味しい秋刀《さん》魚《ま》に夢中になり、忘れてしまっていた。しっかり食べ尽くして、幾分か気持ちが落ち着いた。そこで佐久は、ようやく伊平に切り出すことができた。

「あのね、おとっつぁん――」

「どうしたんだい、お佐久」

いつも優しい父親に、佐久はためらいながら言った。

「わたし、おたかに体を売らせるのはやっぱり嫌なの。今までそうしてきたっていうけれど、つらくないわけがないじゃない」

伊平は、秋刀魚《さんま》の身をもどかしそうにほぐしていた手を止めた。それでも以前よりは顔色もよく、目に光がある。伊平は何故かクスリと笑った。そうして、秋《さ》刀魚《んま》をひと口味わうと言う。

「あたしは定宿帳《じょうやどちょう》に載る旅籠《はたご》の主《あるじ》として、新しいことを始める時は、それが宿講《やどこう》加盟の宿として相応《ふさわ》しい行《おこな》いかどうか、すべて組合にお伺《うかが》いを立てることにしている。その返答をもらうまでは、おたかに色を売らせるつもりはないんだよ」

「そうなの。でも、組合がいいって言ったらどうなの」

「それでも、あたしが主《あるじ》だ。あたしが人様に誇れないことはさせないよ。ただ突っぱねたのでは盛元さんも立つ瀬がないとお怒りになるだろうから、一度は受け入れただけのことだ。盛元さんが、それならば飯盛女《めしもりおんな》を返せと言ってくれればいいと思っていたのだけれど、一度受け入れてしまうと情も湧く。できれば置いてやりたいとは思うが――」

たかが盛元に戻れば、つばくろ屋は何も傷つかずに済む。けれど、たかはどうなのだろう。今更盛元に戻って、それで仕合《しあわ》せになれるのだろうか。

佐久が苦しげな顔をしていたからかもしれない。そんな娘に、伊平は優しく諭《さと》す。

「とりあえず、このまま様子を見るに越したことはないからね」

少なくともいましばらくだけは、たかにとって心休まる日々になるだろうか。たかは佐久の気遣いを喜ばないかもしれない。けれどそれは、自分が仕事をしていないと感じてしまうからで、ちゃんと別の仕事を割り振れば安心してくれるのではないかと思う。


その夜、灯りの灯らない部屋の中、たかは佐久の隣の布団でぽつりとつぶやいた。

「――あの時、あたしは赤ん坊を背負った喜一の女房がひどい目に遭《あ》っていたのを、可哀想だとは思わなかったんですよ」

たかが語るのは、佐久とたかが初めて出会った夜のこと。すえを背負ったみねが道端でへたり込んでいた時のことだ。佐久は体をたかに向けた。

「もっとつらい目に遭《あ》っている女はたくさんいます。そう、すさんだ気持ちで眺めていました。お嬢さんに声をかけたのも、その気持ちが収まらなくて口をついて出ただけのこと――」

たかから見たら、みねは貧しくとも子供に恵まれ、客に折檻《せっかん》されるような遊女よりは恵まれて見えたのかもしれない。誰が悪いと言えるようなことではない。

「でも、背中のおすえちゃんのことを案じてくれたでしょう」

「別に、あたしが特別何かをしたってわけじゃありませんから。そうやってお嬢さんみたいなお人に感謝されると、あたしはどうしていいのかわからなくなるんです」

　そう言いつつも、たかはこれを語り、少しくらいは気持ちが楽になったのではないか。醜《みにく》いと自分が感じる心を語るのは、たかの気持ちが解《ほぐ》れてきたからに違いない。佐久は隣も見えない暗闇の中でそう考えつつ、眠りについた。

❖閑話　庚申待《こうしんまち》

　八月。たかがつばくろ屋へやってきて、そろそろひと月だ。

　この時季は、色々と目まぐるしく過ぎていく。お江戸では行事や祭が盛んであり、それに加わらんとする旅人たちで板橋宿もまた賑《にぎ》わうのだ。

まずは八朔《はっさく》——八月朔日《ついたち》、家康公《いえやすこう》が初めて江戸入りした記念の日である。この時は将軍も幕臣も白に身を包み登城したという。吉原ではそれを真似、花魁《おいらん》が白《しろ》装束《しょうぞく》で店先に出る。普段は縁のない堅気の女たちも、物見《ものみ》に吉原へ行くことを許されているのだった。

十四日を過ぎれば深川富岡八幡宮《とみおかはちまんぐう》の祭礼、神輿《みこし》の渡御《とぎょ》、山車《だし》、練り物が華々しく行《おこな》われるという。

そうして、涼秋の頃といえば萩《はぎ》の花盛りである。萩《はぎ》の名所は数多い。本所法恩寺《ほんじょほうおんじ》、亀戸天満宮《かめいどてんまんぐう》、隅田堤《すみだづつみ》三回社《みめぐりしゃ》、寺島蓮華寺《てらじまれんげじ》、百花園《ひゃっかえん》——素朴な赤紫の花が枝垂れる、その姿の慎ましさを、秘めたる想いに重ねるのだ。

つばくろ屋の面々は、世間が祭だ花見だと騒いでいる時季は忙しく、自分たちが物見遊山《ものみゆさん》に出かけられることはない。

そんな八月も終わりに向けて過ごす中、その日は年に六度ある庚申《こうしん》の夜であった。

藤七は主《あるじ》の伊平に呼ばれ、母屋《おもや》へと向かう。雨戸が締めきられて薄暗い中、あちこちにうっすらと灯りが灯されている。今日ばかりは油代を惜しむことはない。

庚申《こうしん》は、『眠ってはならない』日である。文字通り、一睡もしてはならぬのだ。人の体には三尸《さんし》という虫が潜んでいるらしく、その虫が庚申《こうしん》の日の夜、人が眠っている間に体を抜け出し、天帝に人の悪事を知らせるのだという。罪状によって寿命は縮められ、死後には三悪道《さんあくどう》へ堕《お》とされる。それを防ぐために庚申《こうしん》の日は寝ないでいるという風習があるのだ。

庚申待《こうしんまち》、宵庚申《よいのこうしん》。俗にそう呼ばれるのだが、翌日がたまらなく眠い。けれど、眠っている隙に——と思うと眠るのはやはり避けたい。

「旦那さん、藤七です。参りました」

寝間の腰高障子《こしだかしょうじ》の前に膝をそろえて声をかけると、中から伊平の穏やかな声がかかった。

「お入り」

「へい」

藤七は短く答え、閉じた指先で障子を滑らせる。伊平は仏壇の前の座布団に座っていた。手前に置かれた湯呑みは番茶だろう。

中へ入り、障子を閉じてから伊平の正面に正座をする。畏《かしこ》まって待てば、伊平が軽くうなずいた。

「わざわざすまないね」

「いいえ、どのみち今日は庚申《こうしん》、夜は長《なご》うございます」

改まって藤七だけが呼ばれた。そのことに、どんな意味があるのか。

伊平はふぅ、とひとつ息をついて番茶で喉を湿らせる。藤七はその仕草にも体が強張《こわば》った。

「実はね、話というのはお佐久のことだ」

「お嬢さんの」

伊平の目には不安ばかりがある。男親のそれであった。

伊平は言いにくそうに、手にした湯呑みの中身を軽く揺らしている。

「あれでも十六、年が明ければ十七だ。そろそろと思わなくはないのだよ」

そろそろ縁談をまとめ始めてもよい年頃だと、伊平は気にしているらしい。

久はほうっておけば宿のことにかまけて婚期を逃してしまいかねない。行かず後《ご》家《け》と後ろ指をさされぬように、親として気を揉んでいるのだろう。

「お前のように頼り甲斐のある男ならば、店もお佐久も安心して託せると思っていた時分があったのだけれど――」

藤七は手の平に尋常ではない汗をかいていた。しかし、それが顔に表れないのが藤七という男である。

手代《てだい》として、跡取り娘の婿にと望まれることほどの僥倖《ぎょうこう》はない。そのはずが、藤七はそれを喜ばしいとは思えなかった。

自分にはその気概がない。覇気《はき》がない。何もかもを差し置いて高みを目指すことができない。ああすればこうなる、こうなれば誰かが悲しむ。それを考えると、人を押しのけることは自らの苦しみにしかならない。

それは商人《あきんど》としては間違ったあり方である。わかっていても、性分なのだ。病のように癒えるものではない。

何も言えずにいた藤七に、伊平は眉尻を下げて更に続けた。

「それが、もしかするとお佐久には好いた相手がいるんじゃあないかとも思えて。お前はどう思うね。お前の思うところも、あたしは聞いてみたかったんだよ」

断言するのも憚《はばか》られるけれど、それは考えにくかった。

このところ、佐久はたかにべったりだ。小町娘と評判で、懸想《けそう》する男は多いけれど、当人は気づきもしない。

否定すべきか迷ったものの、そうすると自分が婿の座に納まることになるのかと思い言えなかった。藤七や佐久がどう思おうと、伊平がそれを望めば、少なくとも藤七に断ることなどできないのだ。

「お嬢さんも年頃ですからね。私は己のことも満足にできない若輩《じゃくはい》でございます。未だご期待に沿えるとは申せません。できるならば、お嬢さんのお気持ちを尊重されてください」

丁寧に頭を下げると、伊平が笑ったような気がした。

「お前は欲がないねぇ。それがお前のよいところでもあるのだけれど、そればかりではいけないよ」

心を見透《みす》かすように言われた。けれど、よいのだ。

この話を受けられない理由はふたつ。以前はひとつだったというのに、気づけば増えていく。

下がっていいと許しを得て、藤七は部屋を後にする。去り際に、伊平が亡き妻に相談している背中が見えた。

帳場のそばの階段を上がってすぐ。二階の角部屋が奉公人の部屋だ。といっても、男三人詰め込んだだけのものである。

庚申《こうしん》の夜は弥多も板場から締め出される。庚申待《こうしんまち》は、庚申様《こうしんさま》が月のものや出産の穢《けが》れを嫌うとされ女人禁制《にょにんきんせい》で行《おこな》われる。そこへ加われない女人《にょにん》が酒や茶を用意する役割を担《にな》うのだ。

けれど今まで、日出が帰ってしまえば、つばくろ屋の女手は佐久のみであった。そのため、一人ぽつりと支度をせねばならぬ庚申《こうしん》の夜が佐久は嫌いなのだとぼやいていた。

今回からはたかもいるので、いつものようにつまらないと膨れることもないだろう。階段を上がる時、板場の方から楽しげな声が聞こえていた。

そうして部屋の襖《ふすま》を開けると、魚臭さが鼻についた。行灯《あんどん》の魚油《ぎょゆ》の臭いだ。さほど明るくもない灯りの前で、留吉の首がなくなり体だけになっているふうに見えた。

驚いた藤七がぐっと鈍《にぶ》い声を漏らすと、筆を手にしていた弥多が振り向いた。

「藤七兄さん、おかえりなさい。留吉がすぐに眠ろうとするんです。もう顔が墨《すみ》だらけでどこを塗っていいのやら」

爽やかな声で言うけれど、この黒塗りを作り上げたのは弥多である。眠気覚ましにこうして墨《すみ》で顔に落書きをするのだが、もう落書きと呼べるものではない。

藤七は嘆息すると、うとうとしている留吉の背中を蹴った。

「おいこら留、寝たら虫が出ていくぞ。顔を洗ってこい」

「あうぃ」

まるで幽霊のように揺れながら留吉は出ていった。階段を落ちなければいいのだが。

弥多はクスクスと軽やかに笑っていた。かと思うと、座り込んでぐい呑みの酒を呷《あお》る藤七に、控えめに訊《たず》ねる。

「旦那さんの御用はどうでしたか」

「ああ、ちょっとした相談事だった。お嬢さん絡みの話じゃあないから心配するな」

「なっ」

弥多は暗がりでもそれとわかるほどに顔を赤くする。こんなにもわかりやすいというのに、佐久はまだ気づかない。

「留の寝言は鶴亀算《つるかめざん》だが、お前の寝言はお嬢さんだ。寝ている時は素直なもんさ」

「そっ――」

どもって何も返せない弥多を、藤七はあたたかく見守った。

佐久自身が望んでくれない以上、弥多の想いが報《むく》われるのは難しい。弥多もまた、佐久がいつか婿を取ることを覚悟しているだろう。けれど、それでもそばにいたいのだ。弥多はそういう男である。

「私は、お嬢さんが仕合《しあわ》せならばそれで――」

弥多はしょんぼりと言った。

佐久の相手が身近な藤七では、弥多が苦しむ。身寄りのない弥多は、幼い頃から共に過ごした藤七を兄のように慕ってくれている。それがわかるからこそ、藤七は弥多が苦しむことをしたくない。奉公人など、互いを押しのけて上に行かなければならないとしても、どうにもそれが受け入れられない。

藤七は徳利《とっくり》からぐい呑みに酒を注ぎ、ぼんやりとささやく。

「そうだなぁ。それが一番だ」

誰よりも佐久を想う相手と夫婦になることが、佐久の一番の仕合《しあわ》せである。だとするなら、やはり藤七は相応《ふさわ》しくない。弥多よりも強く佐久を想うどころか、心が向く先は別にある。

人を頼らず、どこか危《あや》ういあの娘の背中を、気づけばいつも目で追ってしまっているのだから。

4

九月九日は重陽《ちょうよう》の節句である。

菊の節句とも言われ、長寿を願って菊を愛《め》で、菊に溜まった朝露《あさつゆ》で体を拭えば健《すこ》やかでいられるとされた。

つばくろ屋では、買い求めた菊の鉢を表に飾った。ささやかながらに、今日は料理も重陽《ちょうよう》らしく仕上げてくれると文吾が言っている。

そして、重陽《ちょうよう》には更衣《ころもがえ》も済まさなくてはならない。更衣《ころもがえ》と言うのは容易《たやす》いが、女たちにとってはなかなか大変な作業なのである。この時季ならば単《ひとえ》に裏地をつけ、綿を入れて仕立て直すのだ。逆に夏に向けてはこの綿を抜き、裏地を外して縫い直す。

母がいないので、少なくとも伊平と佐久の分は佐久の仕事である。今年は日出に加えてたかもいるから女手が多く、いつもよりは楽《らく》に間に合った。たかもそうした針仕事には慣れているのか、針の動きは滑《なめ》らかだった。

今に寒い季節が来るのかと思うと嫌なものだけれど、寒い時に食べるあたたかい料理の数々は、佐久も楽しみだ。冬の料理をぼんやりと思い起こしながら、佐久は綿を入れて仕上げた着物を羽織った。

更衣《ころもがえ》も済み、心機一転。今日も仕事に精を出す。

佐久は綿入れを伊平に着つけ、羽織をかけて主《あるじ》として恥ずかしくない身だしなみを整えた。今日は組合の寄り合いがあるのだ。

伊平は藤七に手を借りつつ、寄り合いへ参加するようになっていた。

伊平の体のことがあり、組合に加盟している宿主たちも、寄り合いへの参加を強くは勧められずにいたようだ。しかしあまり休みが続くようなら、組合からの除籍も検討されていたに違いない。それを今まで免《まぬか》れていたのは、伊平の人徳によるところが大きい。身贔屓《みびいき》と言われるかもしれないけれど、佐久にはそう思えた。

父の体が心配ではあるけれど、やるべきことを見据えていられる方が伊平にとってはいいのだろう。慌ただしく泊まりの客を送り出した後、伊平と藤七は出かけていった。

佐久たちはその間に部屋に叩《はた》きをかけ、畳を掃《は》き、拭き清める。それがあらかた片づくと、佐久は畳から腰を浮かせて帳場の方へ戻った。伊平たちがそろそろ戻ってもいい頃合いだろう。佐久は帳場で算盤《そろばん》を弾いている利助に声をかけた。

「おとっつぁんはまだかしら」

「そうですねぇ、そろそろかとは思いますが」

すました顔で利助が算盤《そろばん》をパチンと鳴らした瞬間、通りから伊平の声が聞こえた気がして、佐久は急いで外へ出た。ただ、そこにいたのは伊平と藤七だけではなかった。

盛元の宗右衛門がいたのである。桟留縞《さんとめじま》の着物に御納戸茶《おなんどちゃ》の長羽織。顔には好々爺然《こうこうやぜん》とした微笑を貼りつけているが、目はいつものごとく笑っていない。

飛び出したものの、佐久はその場で固まってしまった。

そんな娘に伊平は穏やかに告げる。

「お佐久や、盛元さんはおたかの様子を見に来てくだすったそうだ。おたかを呼んできなさい」

宗右衛門に会わせることで、ようやく和みつつあるたかの心に波風が立たぬか心配であった。けれど、断れるはずもない。佐久は仕方なしに頭を下げた。

「少々お待ちくださいませ」

頭を上げても、佐久は宗右衛門を見ることはなく、そのまま踵《きびす》を返して暖簾《のれん》を潜《くぐ》った。佐久の強張《こわば》った顔から何かを察したのか、利助が帳場から腰を浮かせる。

「お嬢さん――」

「おたかはどこ」

「二階です」

「そう」

佐久は板敷に上がると階段へと向かった。段を上がるごとに、胸のムカムカが増すような気分だった。たかの心に刻まれた古傷は、宗右衛門に責《しお》られてできたのだ。その宗右衛門に、たかが会いたいはずなどない。

佐久は物音のする『翡翠《かわせみ》の間』へと足を運ぶ。すると、手ぬぐいを姐《あね》さん被りにして部屋を拭いていたたかが振り返った。

「ああ、お嬢さんでしたか」

その微笑に、佐久は戸惑いながら告げた。

「あの、あのね、表に盛元さんがいらしているの。おたかの様子が気になって会いに来られたって仰るのだけれど」

たかはほんの刹那《せつな》、表情を消し、それでもすぐに柔らかな面持《おもも》ちになった。それは心配した佐久が拍子抜けするほどのものであった。

「そうですか、それじゃあすぐに参ります。続きは後でしますから、どうぞこのままに」

しゅるり、と被りを外したたかは、手ぬぐいを畳みながら佐久の隣をすり抜ける。心が騒ぐのは、佐久の取り越し苦労だろうか。

思わず手を伸ばして、襷《たすき》がけにしたたかの袖をつかんでしまった。たかがハッとして振り返る。

佐久は何を言えばいいのかもわからず、ただしょんぼりとした。

「ねえ、おたか。今日は重陽《ちょうよう》だから、きっと夕餉《ゆうげ》はご馳走よ。楽しみね」

顔と言葉が少しも合致しない。それでも、たかは微笑んでいた。

「そうですねぇ。楽しみです」

たかが階段を下りていく音を、佐久は祈る思いで聞いていた。


その後、宗右衛門と出ていったたかが戻ってくるのを、佐久は店の前で待ち構えていた。重陽《ちょうよう》の節句で客の入りは少々悪いけれど、やることがないわけではない。それでも宗右衛門といるたかが気になってならなかった。

だからたかが戻ってきた時、泣きたいような気持ちになった。宗右衛門に何を言われたのか訊《たず》ねたいけれど、たかのことを思うなら、それをしてはいけないだろう。佐久は何も訊《たず》ねず、ただたかを受け入れる。

「おたか、おかえりなさい」

ここがたかの居場所になればいい。佐久はそんな思いを込めて口を開いた。たかはほっとした様子だった。

「お待たせしてあいすみません、お嬢さん」

「いいの。ほら、外は寒かったでしょう。入って入って」

二人で暖簾《のれん》を潜《くぐ》ると、板敷の上に藤七がいた。留吉はのん気なもので、鼻歌交じりに箒《ほうき》を片手に表へ出る。

藤七は何も言わないけれど、じっとたかを見た。藤七も佐久と同じように、たかを案じている。同じ気持ちであるからか、佐久にはそう思えた。

そこから途中になっていた仕事を、たかと二人で片づける。昼餉《ひるげ》をかっ込んでから、干してあった布団を取り込んだ。そうしていたら、時はすぐに過ぎていく。

「おたかさん、そろそろ八つ（午後二時）だよ。呼び込みに行かないと。先に表に出てるからね」

階段下から日出の元気な声がたかを呼ぶ。二階の廊下を拭いていたたかが顔を上げた。

「あと少しだから、わたしがやっておくわ。呼び込みお願いね」

街道での呼び込みも大事な役目である。たかは軽くうなずいた。

「あい、今行きます」

そう答えてたかは階段を急いで下りていく。

けれどその時、急ぐあまりか、たかの体が途中で傾いた。それは急なことで、佐久が手を伸ばしたところで間に合うはずもない。

「おたかっ」

佐久の悲鳴が響いたのと、落ちていくたかの体が逞《たくま》しい腕に受け止められたのは、ほぼ同時だった。板敷にいた藤七が、たかを助けてくれたのだ。たかはただ驚いて藤七の腕の中で固まっているけれど、無事のようだ。佐久は大きく息をついて胸を撫で下ろした。

「藤七、ありがとう。おたか、大丈夫かしら」

佐久が階段の上から声をかける。藤七はたかを抱いたまま、厳しい目を向けていた。

「少し疲れているんじゃあないのか」

藤七がそう言うと、たかはようやくハッとして藤七から体を離した。

「そんなこと、ありゃしませんよ。助けてくだすって、それはお礼も言いますけれど」

「そうか」

藤七は静かに手を離したけれど、その顔がどうにも苦々しい。たかの言葉を強がりとしか受け取れなかったのだろうか。

「少しは頼れ」

「え――」

力強い藤七の声。たかは、明らかな戸惑いを見せていた。

これまで人を頼ってこなかったたかには、疲れた時に寄りかかるだけのことでも、ひどく難しいのだろう。佐久はそんなたかが心配になって階段を下りた。

「おたか、今晩は一緒に湯屋へ行きましょう。さっぱりしたら疲れも癒えると思うの。ね、そうしましょう」

節句はいつも客足が伸び悩む。早めに仕事を切り上げて湯屋に向かうこともできるはずだ。

体を洗ってさっぱりしたら疲れも取れる。佐久なりにそう思ってたかを誘えば、たかも柔らかく笑ってくれる。

「あい、楽しみにしています」

うなずいた佐久に、藤七がもの言いたげな視線を一度だけ投げかける。そこへ、痺《しび》れを切らした日出が暖簾《のれん》を割って首だけを覗かせた。

「おたかさんってば。まだなのかい」

「あいすみません。すぐ」

たかが慌ただしく出ていくと、佐久も残った仕事を片づけるべく二階に戻った。その時には、藤七の視線のことなど忘れてしまっていた。


その日の夕餉《ゆうげ》、重陽《ちょうよう》の膳はやはり特別であった。かんぴょうや干椎茸《ほししいたけ》を出汁《だし》や醤油《しょうゆ》で煮て刻んだものを酢飯に混ぜ込み、菊花に見立てた錦糸卵《きんしたまご》を綺麗に散らしたばら寿司。その上に、僅《わず》かとはいえ穴子《あなご》の甘辛煮が上品に載っている。穴子《あなご》も卵も精がつくので、長寿を願う重陽《ちょうよう》にはありがたい。

佐久と伊平は母屋《おもや》の居間で膝を突き合わせ、ばら寿司の美味しさに頬を緩めつつ、膳を平らげた。傍目にはなんてよく似た親子だと思われるに違いない。

それから佐久は膳を板場に戻しに向かった。板場では、藤七と弥多と留吉がすでに食べ終わり、たかだけがまだ箸を動かしていた。たかはいつも食が細い。馳走であっても、食べきれないようだ。

その残りを留吉が狙っているのか、口を引き結んでじっと目を向けている。佐久はクスリと笑うと、弥多に空いた膳を手渡した。弥多は素早くそれを受け取ってくれる。

佐久は美味しかったという気持ちを伝えるために、笑ってみせた。

「弥多、ばら寿司美味しかったわ。寿司飯の塩梅《あんばい》がすごくよかったし、穴子《あなご》もふっくらしてたし、見た目も華やかで言うことなしよ。ごちそうさま」

「ご満足頂けたのなら嬉しい限りです」

弥多は照れつつ膳を床に置くと、今度はぬくめてあったぐい呑みに、菊の香をほどよく移した菊花酒《きくかしゅ》を注いで、それを盆に載せた。白いぐい呑みに、散らした菊花の黄色が美しく映《は》える。

「重陽《ちょうよう》ですから、菊花酒《きくかしゅ》をご用意するようオヤジさんに言われましたので」

「わあ、綺麗ねぇ。ありがとう。おとっつぁんに運んでくるわね」

笑顔で盆を受け取ると、佐久は板場を出る前に、たかにひと言残しておく。

「おたか、急がなくていいわよ」

そう言っておかないと、たかが慌てて寿司を喉に詰まらせる気がしたのだ。板場を後にすると、佐久は菊花酒《きくかしゅ》を伊平の枕元まで運ぶ。自分は浴衣と手ぬぐい、糠袋《ぬかぶくろ》を用意して、帳場の辺りでたかを待った。

たかは、幾分もしないうちに板場から出てきた。あのばら寿司の残りは、留吉の腹に収まったのかもしれない。

「すぐに用意します」

急がなくてもいいというのに、たかはどうしても焦ってしまう。けれどそれをしつこく言うとかえって気に病んでしまうから、何も言わずに苦笑した。

湯屋で使うものを風呂敷に包み、たかは慌てて佐久のもとへ戻ってくる。

「お待たせしました」

「じゃあ、行きましょうか」

外には行灯《あんどん》の灯りが続き、女二人歩くのに不自由はなかった。湯屋帰りの人々も、多く道を行き交う。佐久はたかと歩きながら、小さな子供に戻ったような心持ちであった。

仲のよい、大好きな友と手習いの帰りに歩いているような、そんな気になるのだ。他愛のない会話を佐久が楽しげに語ると、それを優しい眼差しでたかが受け止めてくれる。そんな道のりであった。

いつも湯屋は人で溢《あふ》れている。日替わりで男湯、女湯に分けられ、今日が女湯の日だ。共に暖簾《のれん》を潜《くぐ》り、手早く着物を脱いで棚に置く。二人は他の客に押されるようにして先へ進み、それぞれに体を洗い始めた。

残念ながらゆっくりと入っているゆとりはない。湯屋は次々と人が入れ替わるのだ。さっさと体を洗って、湯が冷めにくいように低く造られた石榴口《ざくろぐち》（入り口）を潜《くぐ》り、真っ暗な中で湯に浸かる。それは忙《せわ》しないものである。

たかは持参した糠袋《ぬかぶくろ》でゴシゴシと肌を磨いていた。その背中を薄暗い中で見遣る。もし湯屋が明るかったら、肌に傷のあるたかは来たくないと思ったのではないだろうか。けれど、誰もかれもが自分のことに忙しく、たかのことなど見ていない。そのことに佐久は少しほっとした。

先に湯から上がったのは、たかの方であった。佐久が着物の置き場に向かった時には、ほんのりと頬が上気し糠《ぬか》の匂いをさせたたかが待っていた。

「いいお湯でしたね、お嬢さん」

「ええ。おたか、疲れは取れたかしら」

手ぬぐいで肌を拭きながら佐久は訊《たず》ねる。たかは浴衣姿でにこりと微笑んでくれた。

「あい、すっかり取れました。ありがとうございます」

それを聞けて佐久も安堵した。たかが疲れてしまったのは、昼間に宗右衛門が訪ねてきたせいだろう。久し振りに会って、しばらくは落ち着いていた心がまた疲れ果てたに違いない。そう思うと、宗右衛門に憤《いきどお》りを感じる。

二人とも浴衣を着込み、湯屋を出た。湯は熱く保たれているので、少し浸かっただけでも体はほてっていた。けれど外は寒さが増し、湯冷めするのも早いかもしれない。ほぅ、とひと息つくと、佐久はたかと一緒につばくろ屋へ向かって歩き出した。

けれど、三町（約三二七メートル）ほど歩くと、不意にたかが足を止めた。

「どうしたの、おたか」

佐久が振り返ると、たかはすまなそうに身をすくめた。

「あいすみません、お嬢さん。糠袋《ぬかぶくろ》を湯屋に置いてきてしまいました。取ってきますから、お嬢さんは先にお帰りください」

「それならわたしも一緒に戻るわ」

それくらい、なんてことはない。佐久自身はそう思うのに、たかはとんでもないとばかりにかぶりを振った。

「いけません。お嬢さんに湯冷めをさせてしまいます。お嬢さんはどうか先にお帰りください」

「大袈裟ね。それくらい――」

「いいえ、あたしがうっかりしていたからいけないんです。お嬢さんをつき合わせるわけには参りません。後生ですから、どうかお先に」

たかがあまりに強張《こわば》った顔で言うので、佐久はそれ以上しつこくできなかった。ここで佐久に風邪でもひかせてしまったら、とたかは気が気でないのだろう。素直に帰ってあげることがたかのためなのだと、佐久は渋々納得した。

「わかったけれど、おたかも気をつけて早く帰ってきてね」

「あい」

たかの背中を少しだけ見送って、佐久はつばくろ屋へと急いだ。


歩いているうちにやはり湯冷めしてしまい、佐久がつばくろ屋へ着いた頃には指先が冷えていた。宿の前には、藤七がぽつりと立っている。提灯《ちょうちん》に破れがないか調べているのか、上を見上げていた。灯りに照らされている藤七の横顔は気難しく見える。

佐久の足音が響くと、藤七は急にいつもの表情に戻り、機敏《きびん》にこちらを向いた。

「うう、夜は寒いわね。羽織物を持っていけばよかったわ」

そう言って自分の体を掻《か》き抱いた佐久に、藤七は戸惑いを僅《わず》かに見せた。

「おかえりなさいませ。あの、おたかはどちらに」

たかと一緒に行ったのに、佐久は一人で帰ってきた。その理由《わけ》がわからずに、藤七は戸惑ったのだろう。

「糠袋《ぬかぶくろ》を忘れてしまったから取ってきますって」

藤七もたかが疲れているように見えたから、ずっと気にしてくれていたのだ。それで外で待っていたのか。

「そうでしたか。お嬢さん、私がここでおたかを待って戸締まりしますから、お嬢さんはあたたかくしてお休みください」

「ありがとう、藤七」

そうして佐久が中へ入ると、同時に弥多が板場から出てきた。あ、と口元が動き、弥多は頭を下げると微笑んだ。

「お嬢さん、おかえりなさい。お湯はいかがでしたか」

「うん。さっぱりしたわ。弥多はまだ働いていたのに、わたしたちだけごめんなさいね」

佐久は雨下駄《あまげた》を脱ぐため、板敷に腰かける。弥多はそのそばに膝を突いた。

「そんなことは構いません。そういえば、おたかさんの姿が見えませんが」

「忘れ物を取りに湯屋へ戻ってしまって。今に帰ってくると思うわ」

笑って答えたけれど、弥多の顔はどことなく曇って見えた。佐久は目を瞬《またた》かせて弥多の顔に見入る。すると、弥多は言いにくそうにぽつりと零《こぼ》した。

「おたかさんはとても食が細くて、オヤジさんにも青白いからもっと食わせろと言われているのですが、どうしても食べて頂けなくて。しっかり食べなければ体が疲れるのも当然です。そうした人にもっと食べて頂けるほど、私の腕があればいいのかもしれませんが」

やはり今日も、たかは弥多が思った以上に食べてはくれなかったのだ。けれどそれは弥多の料理が美味しくないからではないだろう。

「弥多のお料理はとっても美味しいわ。それは誰よりわたしがよく知っているもの」

佐久が力いっぱいそう言うと、弥多は僅《わず》かにうつむいた。

「すみません、お嬢さんにこんなことを申し上げてしまって」

「いいのよ、わたしは弥多が愚痴《ぐち》を零《こぼ》してくれたら嬉しいわ」

奉公人の弱音くらい、いつでも受け止められる存在でありたい。

「お嬢さん――」

こうした時すぐに目をそらす弥多だけれど、今日はほんの少し長く顔を向けていてくれた。ただ、照れ屋なので暗がりでもわかるほど赤くなっている。

そんな二人に割り込むかのように、藤七が表から顔を覗かせた。

「あの、ちょっとそこまで見てきます」

いつになく藤七に落ち着きがない。その様子に、佐久の方まで急に不安になってしまった。

すっかり疲れが取れたと言ったのは、たかの本音であったのだろうか。佐久の手前、無理をしたのではないだろうか。本当は湯屋へ行くのもつらかったのに、佐久につき合ってくれたのだとしたら――

「わ、わたしも行くわ」

思わず立ち上がると、いつまでも部屋に上がってこない兄貴分たちを探しに来たのか、留吉までもが帳場にやってきた。眠そうに目を擦っている留吉に、藤七はひとつ嘆息してから言った。

「留、お前は書き取りの浚《さら》いをしていろ。お嬢さんはここでお待ちください」

「でも――」

気持ちは治まらない。とはいえ、ついていきたいと思うのは佐久のわがままだ。それがわかるから、それ以上強くは言えなかった。

ぐっと手に力を込め、藤七を見上げる。

「おたかのこと、お願いね」

「へい」

藤七ならばなんとかしてくれる。いつだって、とても頼りになるのだから。

火を入れていない手提灯《てぢょうちん》を取り出し、藤七は外へと出ていった。留吉は、立ったまま眠っているように見えた。

○

藤七は道中、提灯《ちょうちん》にもらい火を入れると、道端をつぶさに見遣りながら進んだ。猫の子や湯屋帰りの女子供、酒を飲んだ男たちとすれ違う。湯屋に辿り着いてもたかには出くわさなかった。しばらくその口で待ってみる。けれど、それらしき女は出てこない。藤七は仕方なく、出てきた四十路ほどの女に訊《たず》ねた。

「中に上背のある細身の娘がいやしませんでしたか」

すると、その女は糠《ぬか》の匂いをさせながら小首をかしげた。

「はっきりと覚えているわけじゃあないけど、いなかったんじゃないかねぇ」

「――そうですか。ありがとうございます」

たかがいないことに、藤七はあまり驚いていなかった。もしやと、思い当たる場所がひとつだけあったのだ。

藤七は逸《はや》る足で上宿《かみしゅく》に続く一本道をひたすらに急いだ。この時ばかりは肌寒さも忘れていた。

そこにあるのは、街道一里（約三・九キロメートル）につき設けられた一里塚《いちりづか》、榎《えのき》の木である。ただし、この板橋上宿《かみしゅく》の榎《えのき》の木には不思議な言い伝えがあり、こう呼ばれている。『縁切榎《えんきりえのき》』と。

街道を覆うように枝を伸ばす榎《えのき》の木。この大木の下を嫁入り行列が通ると、不縁になるとされる不吉の木。

更には榎《えのき》の木肌に触れたり、木の皮の欠片《かけら》を縁を切りたい相手に呑ませたりすると、無事に縁を切ることができるのだという。縁切り寺まで行くことができず、亭主の暴力や愚行《ぐこう》、悪縁に苛《さいな》まれる女たちの救いの木でもあった。今もそうした信仰が続いている。

藤七は、たかが盛元と手を切るため、榎《えのき》に願をかけに向かったのではないかと踏んでいた。

仲宿《なかしゅく》を抜け、上宿《かみしゅく》へ。藤七の足ならばそう遠くはないけれど、この暗さで具合の悪いたかには骨が折れたのではないだろうか。

月の光も届かない闇の中、縁切榎《えんきりえのき》の葉がさわさわと風に揺れる。盛《も》り土《ど》の上に聳《そび》える榎《えのき》の周りは、あやかしが住み着きそうなほど薄暗い。

提灯《ちょうちん》の油もそれほど残ってはいないだろう。早く見つけなければと思った藤七の目に、榎《えのき》の根元で体を横たえているたかの姿が映った。榎《えのき》に寄り添い、動かない。藤七は慌ててその根元へ急いだ。

湯上がりとは思えぬほど青ざめた顔をして、まぶたは閉じられている。

「おたか」

藤七は提灯《ちょうちん》を下ろしてたかの体を抱き起こした。冷たい、細い体だった。まるで生気の感じられない、死人のような寝姿に、藤七は思わずたかの頰を軽く打《ぶ》った。藤七の心《しん》の臓《ぞう》が早鐘を打つ。

「おたかっ」

すると、たかはまぶたをうっすらと開いた。そうして、夢と現《うつつ》の区別もつかぬような虚《うつ》ろな目を藤七に向ける。しばらくぼんやりとしていたたかは、ようやく思い出したのだろう。急に藤七を押しのけるようにして動いた。

「藤七さん、どうしてここに――」

抗《あらが》う力の弱さに、藤七はゾクリと血の気が引くような感覚がした。怒鳴りつけたい気持ちを抑えて声をかける。

「お前が戻ってこないから、捜しに来たんじゃあないか。お嬢さんが心配するから、もう戻るぞ」

それだけ言うと、たかは目に涙をいっぱい浮かべた。

「あたしは――」

そんなふうに泣く娘ではない。つらいことにも、涙を呑んで耐えてきた娘である。そのたかが他人の藤七に見せる涙の意味に、藤七は呆然とした。それでも、やっとの思いで口を開く。

「盛元の旦那に何を頼まれているのかは知らない。けれど、お前がそれを望んでいないのはわかった。きっとこの榎《えのき》が守ってくれる。盛元との縁を断ち切って、これからはつばくろ屋で皆と穏やかに過ごせるようになるはずだ」

少しでもたかの心が軽くなるように、藤七は必死だった。そんな藤七の腕の中で、たかは悲しげに零《こぼ》す。

「あたしが縁を切りたいのはそちらじゃありません。つばくろ屋の皆さんとです。それをお願いに来たんです」

「何を――」

苦しげに何を言うのか。

頬を濡らす涙が、それは心願ではないと語っているではないか。

けれどたかは、藤七の着物の袖を握り締め、かすれた声でつぶやく。

「あたしは疫病神《やくびょうがみ》なんです。だから、つばくろ屋の皆さんとの縁を切ってくださいとお願いしたんで――」

カクリ、とたかの首が支えを失って横に倒れた。藤七は肝《きも》が潰れそうになったけれど、どうやら気が昂《たかぶ》ったせいで力尽きたようだ。藤七は不安にざらつく胸にたかを一度抱き締めた。それだけで想いが募っていく。

縁切榎《えんきりえのき》の朽《く》ち葉《ば》がはらはらと降り注いだ。

藤七はその落ち葉を忌々《いまいま》しげに払う。この縁を切ることがたかの仕合《しあわ》せに繋がるとは思えない。

たかの冷たい体を背に負うと、藤七は提灯《ちょうちん》を手に、来た道を戻っていった。

○

たかを湯屋になど誘わなければよかった。あの時一緒に戻ればよかったと自責の念に駆られて涙ぐむ佐久を、弥多が隣でひたすらに心配していた。

そうして宿の前に立っていると、秋の夜更けの街道をこちらに向けて歩んでくる大きな影が見えた。藤七だとすぐに気づいた。その背にたかが負ぶわれている。

手にした提灯《ちょうちん》の火は落ちて、通りに点在する灯りを頼りに藤七は歩いていた。いつもはわかりやすい心情など顔に表さない藤七だが、暗がりのせいか、ひどく沈痛《ちんつう》に見えた。

「おたか、藤七っ」

佐久が駆け寄ると、弥多と留吉もついてきた。藤七は佐久に苦々しく告げる。

「途中で倒れていました。少し無理をしすぎたのでしょう」

「わたしがこんな時に連れ出したりしたから。ごめんなさい――」

具合が悪くても我慢するような人だとわかっていたはずなのに、無理をさせてしまった。その思いが佐久を苛《さいな》む。藤七は小さく嘆息した。

「誰が止めようと、おたかは頑固だから聞きやしませんよ。さあ、早く休ませてやりましょう」

「う、うん」


藤七はそのままたかを母屋《おもや》の居間まで運んでくれた。佐久は夜着《よぎ》をかけてやることしかできなかった。藤七たちが去った後、隣に並べた布団に横たわりながら、佐久は冷えきったたかの手を握る。本当に、驚くほど冷たい手だった。

自分の元気を分け与えたい。明日には少しでも元気を取り戻してくれたら――

そう願って佐久は眠った。

そんな夜が過ぎ、いっそうの寒さを感じる明け方、佐久の眠りを破ったのはたかの声であった。

「お嬢さん、お嬢さん」

「う――」

ハッとして目覚めると、たかの顔が佐久に向けられていた。微笑むたかは、いつも以上に軽やかな声音である。

「お嬢さん、そろそろ手を離してくださいませんかね。仕事ができやしませんよ」

きつく握った手。佐久は勢いよく起き上がると、被さるようにしてたかの顔を覗き込んだ。その勢いに、たかが驚いている。

「おたか、大丈夫なのっ。今日はこのまま寝ていていいから。無理はしちゃいけないわ」

けれど、たかは笑うばかりだった。

「昨日はご心配をおかけしてあいすみません。ゆっくり休ませてもらいましたから、もう平気ですよ」

微笑んではいるけれど、顔色は青白い。それが常であったから色の白い人だと思ってきたけれど、あまりに白すぎるのではないだろうか。佐久が不安げにしたからか、たかは平気ですと念を押した。

「さて、仕事仕事」

布団から起き出すたかに、佐久は泣きたいような気持ちになった。人の体というのは、無理をすればするほど傷《いた》むものなのだ。

「お願いだから、体を大事にして。あんなふうに倒れるのはもうやめて」

たかは明るい顔を見せて返事をしてくれた。けれど、それが強がりに見えてならなかった。

その日は何をしていても、たかが無理をしていないか気になった。たかの姿が見えないと不安になった。皆がついているし、宿の中にいれば大丈夫だと思うのに、それでも気になる。

夕餉《ゆうげ》の席で、伊平が汁を啜《すす》りながらぽつりと言った。

「おたかの具合があまりよくないそうだね。利助がそう言っていたよ」

丁寧に灰汁《あく》を取って美しく煮た里芋《さといも》を呑み込みながら、佐久もうなずく。

「そうなの。おたかはもう平気だって言うけれど、我慢している気がするの」

「しばらくしてよくならないようなら、春謙先生に診《み》てもらうべきかねぇ」

「そうね――」

もう平気だと言うたかの言葉が真《まこと》であってほしいと、佐久は心から願った。

けれどあの日を境に、たかの様子はますます悪くなっていった。もともと青白かった肌は土気色に、頬もこけて影ができた。あまり無理をさせないようにと、動かずに済む軽めの仕事を頼んでも、たかは気づけば動き回ってしまう。

「おたか、このところ苦しそうなんだもの。少しの間、休んでいたらどうかしら」

あまりにじっとしていないので、佐久は思いきってたかにそう告げた。床板を磨いていたたかはピタリと動きを止め、布切れを握り締める。

「あいすみません、けれど――」

そういうわけにはいかないと言うのだろう。それがわかったから、佐久はたかの前に膝を突いて向き合った。

「けれどじゃないわ。すまないと思うなら早く治してもらわないと。ねえ、お医者様に一度診《み》てもらいましょうか」

たかの具合が悪くなってから半月ほどが経つ。長く患《わずら》えば、それだけ治るのに時もかかるのだ。早めに診《み》てもらった方がいい。

それなのに、たかの目には明らかな怯《おび》えが浮かんでいた。落ちくぼんだ眼窩《がんか》がひどく弱々しく感じられて、佐久は戸惑ってしまった。医者の何にそんなにも怯《おび》えるというのだろう。

「だ、大丈夫よ。春謙先生は仁《じん》のお方だもの。怖いことなんてないわ」

思わずそう口走った佐久に、たかは大きくかぶりを振った。それは何度も何度も。

「そういうことじゃありません。どうか、そんなことはなさらないでください。あたしなら平気ですから」

少しも平気そうではないのに、平気だと繰り返す。

その様子に、無理強いをしてはたかが壊れてしまいそうな気がした。たかの気を落ち着けるため、佐久はとっさにその両肩に手を添えてささやいた。

「わかったわ。でも、お医者様を呼んではいけないなら、せめてもう少し休んで頂戴《ちょうだい》。お願い」

祈るような気持ちで頼んだ。このままでは、たかがどうにかなってしまいそうで心底怖い。

「──本当に、申し訳なくて」

たかが零《こぼ》した言葉に、佐久は胸が張り裂けそうだった。

「申し訳ないとか、そういうことは考えなくていいの。今は自分の体のことを考えて」

すると、いつもは気丈なたかがぽつりとひと粒涙を流した。その涙には、たかの言えない心情がすべて詰まっていたように思う。

佐久は、自分を労《いたわ》らないたかの分まで、たかの体のことを案じようと決めた。

○

秋が終われば冬がやってくる。

それは当たり前のことで、たかもそれを理解している。けれど今ばかりは、この冬の訪れが恨めしかった。

たかが寝ついて、ひと月が過ぎた。もう、少しの無理も利かない。

それなのに、つばくろ屋の皆は働けもしないたかを気遣い、それは優しく診《み》てくれる。盛元で寝ついた時は薄暗い鳥屋《とや》に放り込まれた覚えしかないというのに。

その上、医者まで呼ぶと言う。それだけはどうしても受け入れるわけにはいかなかった。そこまで世話にはなれない。役にも立てない身では、心苦しくて仕方がなかった。

目を閉じていると、枕元にいる佐久の小さな嗚咽《おえつ》が聞こえた。たかは眠ったふりをすることしかできない。

その時、障子の向こうから藤七の声がした。

「藤七です。よろしいでしょうか」

「藤七、おたかは今眠っているけれど、お願いできるかしら」

「ええ、もとよりそのつもりで来ました。お嬢さんも少しはお休みになられないと」

佐久の足音が遠ざかっていく。たかにつきっきりでいられるほど、佐久も宿も暇なはずはないのだ。忙しい中、たかのために時を割《さ》いてくれる皆に申し訳がない。

まぶたを僅《わず》かに動かすと、それに気づいた藤七が声をかけてくる。

「すまない、起こしたか」

障子を閉め、藤七がすまなそうに言った。

藤七にまで寝たきりの病んだ姿を見られて、嬉しいはずもない。ただ、そんなことを思うのは莫迦《ばか》なことかもしれない。病持ちの飯盛女《めしもりおんな》が今更何を恥じらうというのか。たかは心の中で自嘲した。

「いいえ」

せめてもの強がりにうっすら笑うと、藤七はたかの枕元に腰を下ろした。そうして、じっとたかを見据える。その視線があまりにもまっすぐで、たかの方が目をそらしてしまった。すると、藤七はふと穏やかな声音を出した。

「なあ、おたか。医者に診《み》てもらってかかる銭《ぜに》は、俺が旦那さんにきっと返すから、ちゃんと診《み》てもらえ」

いきなり何を言い出すのか。ここの人たちはこんなによくしてくれるのに、たかに見返りを求めない。だからこそ、たかは誰の迷惑にもなりたくないというのに。

たかは震える唇をやっと開く。

「藤七さんにまでお世話になるわけにはいきません。今だって、働けもしないただ飯食らいで――」

すると、藤七はふぅ、とひとつ嘆息した。

「なあ、おたか」

そして、信じられないようなことを言い出した。

「俺はまだ手代《てだい》で、あとしばらくは所帯を持つことも許されないけれど、それでもよければ俺と添わないか」

あまりのことに呆然とした。慰《なぐさ》めでこんなことを言うのかと思ったら、余計に悲しくなった。

憐《あわ》れみをかけられて傷つくのは、何度もたかを助けてくれた藤七を、少なからず好いているからだ。慰《なぐさ》めでこんなことを言われるのが悲しく、そして腹立たしくなる。

「気は確かですか。あたしは色を売って生きてきた女ですよ。それもこんな病持ちで――。からかうのはよしてくださいな。藤七さんは、お嬢さんみたいなお人と仕合《しあわ》せになってください」

なんて可愛げのない女だろう。けれど、それでも憐《あわ》れみなど要らない。

一気にそれだけ言うのも苦しかった。寝たきりだったせいか息が上がる。たかは身をよじって咳《せ》いた。その背を藤七がとっさに摩《さす》る。たかはそんな藤七の胸を力なく押した。けれど、藤七はたかの強がりをも見通したように、たかを包み込んだ。その腕は優しくたかを労《いたわ》る。

「お嬢さんみたいなお人は、ひねくれた俺には眩《まぶ》しすぎていけない。どこか似たところもなければ夫婦《めおと》になんてなれないさ」

人様に迷惑をかけたくない、自分の身の回りのことは自分でけりをつけると、肩肘張って生きてきた。誰かが自分の人生を共に背負ってくれることなど考えたこともない。それなのに、藤七はたかの耳元でささやく。

「これから先にお前が生きていないと困るんだ。だから、生きろ」

こうした嘘がつける人ではない。憐《あわ》れむ気持ちを恋慕《れんぼ》と勘違いしているだけだとしても、藤七は本気でたかと所帯を持つつもりでこれを口にしているのだ。

「――莫迦《ばか》なお人ですね」

こほこほ、と咳《せ》き込みながらたかはつぶやいた。

「知っている」

あっさりとそんなことを言う藤七が可笑《おか》しかった。

「優しすぎるんですよ、藤七さんは」

「優しくしたい相手にしか優しくはないさ」

たかは戸惑いつつも、藤七の肩に頭を預けるようにしてしな垂れた。たったそれだけのことをするにも、たかには勇気が要った。そんなたかの頭を、藤七はそっと撫でてくれる。

「あと何年もしたらあたしは大年増《おおどしま》ですよ。子だって産めるかどうか。わかってるんですか」

「半端な覚悟でこんなことを言えると思うか」

すごい人だと心底思う。たくさんの男に出会ってきたはずなのに、こんな人はいなかった。出会うのがもっと早ければと思ってしまうのは、この世への未練だろうか。

「お前がいなくなったら、俺は生涯独り身だ。そうならないように、医者に診《み》てもらえ。いいな」

これにはさすがに、たかもびっくりした。藤七から体を離し、正気を疑いながら目を見つめる。藤七は柔らかく微笑んで、たかの頬を撫でた。慈《いつく》しむような手の動きに、たかはキュッとまぶたを閉じる。

「返事は」

「——あい」

よし、と藤七はうなずいた。

無理をさせてしまったとたかを横にさせ、藤七は夜着《よぎ》をかけてくれる。その下に手を入れ、そっと指を絡めてきた。たかは困惑して藤七を見上げる。藤七の微笑みが、たかを見守ってくれていた。

二人で歩く将来を、今この時に思い描く。

共に身を粉《こ》にして働いて、腰が曲がって共白髪になる、そんな仕合《しあわ》せな先を——

本当にそんな日が訪れてくれるのなら。

そのうちに、頬を涙が伝った。藤七の指の節がその涙を拭ってくれる。言葉以上に優しいその仕草に愛しさを感じ、たかはこの人生で初めての喜びを静かに噛み締めていた。

○

雨戸が閉じられ、火の灯らない板敷は、墨《すみ》をぶちまけたように暗く感じられる。階段の下に潜り込むと、佐久はその場でひくひくと泣いた。床の冷たさも気にならない。こんなことをしている自分がひどく情けなかった。けれど、たかの病んだ顔を見ていると、涙を抑えきれなくなる。

その時、板場の戸が音を立てて開いた。佐久はとっさに口を押さえてみたけれど、しゃくり上げる声は急にはやまない。瓦灯《かとう》を手に現れたのは、弥多だった。

「お嬢さん——」

泣いている佐久に、どう声をかけていいのかわからないといった様子だ。ただ、共に苦しみを感じてくれているのか、顔を歪《ゆが》めている。

あの、と弥多はつぶやいた。

「少《すこ》ぅしこちらにいらして頂けますか」

ひく、としゃくり上げ、それでも佐久はなんとかうなずいた。いい加減に、泣くのは終わりにしなくてはいけない。

佐久が乱暴に顔を擦ると、弥多はとっさに手を伸ばしかけて、そうして引いた。行き場を失った手が、自らのお仕着せの袖に触れる。

「では、こちらへ」

弥多は佐久を瓦灯《かとう》で照らしながら板場へと案内する。

「座ってお待ちください」

気遣う目をしてそう言った。佐久は素直に畳の上に腰を下ろす。弥多は竈《かまど》の上に置かれた鍋から汁物をよそい出した。薄暗い中でも、湯気が立ち上る様《さま》が見えた。鼻腔をくすぐる出汁《だし》の匂い。弥多の立てる物音は小さく、佐久のしゃっくりが暗がりに響く。そうしていると、弥多は膳の上に椀と箸だけを添えて、佐久の前にコトリと置いた。

「おたかさんが食べられるように工夫してみました。お味を見て頂けますか」

椀の中には、白くふわふわとした丸っこいものが浮いていた。その上に、白髪に切った葱《ねぎ》が添えられている。

佐久は手を合わせ、いつもとは違う消え入りそうな声でいただきます、とささやく。佐久が椀を手に取り、汁を啜《すす》る様子を、弥多は少し離れた場所から無言で見守っていた。

すまし汁は控えめな鰹《かつお》の出汁《だし》がほんのりと香り、上方《かみがた》で好まれそうな薄い味つけだった。かといって物足りなさはない、体に優しい味だ。佐久は白い丸みのあるものを箸で割った。それは容易《たやす》くほろりと崩れる。

口に含むと、噛む必要もなく、舌で押すだけで塊《かたまり》が解《ほど》けた。この滑《なめ》らかな舌触りは喉を通りやすい。丁寧にすり身にした、白身の魚か。口にしたらすぐにしゃっくりが止まったのは、身の柔らかさに驚きが勝ったからだ。病床のたかを労《いたわ》る弥多の心が、このひとつの椀に凝縮されている。

「白身の魚と兎《うさぎ》、豆腐、つなぎに自然薯《じねんじょ》をすり鉢でよくすり合わせて滑《なめ》らかにしてあります。出汁《だし》が染みるのに邪魔にならない、淡白な身です」

色々な工夫をしてくれたのだろう。聞くだけで体によさそうなものが詰まっている。

「うん、美味しい。優しい味がするわ――」

泣いて疲れた佐久の体にも、あたたかさが染み渡る。不安な気持ちが少し和らいだ気がするから不思議だ。体があたたまると心まで安らぐ。

そんな佐久に、弥多はゆっくりとうなずいた。

「私は料理人ですから、料理を作ることしかできませんが、食は人を支える最《さい》たるものだと思うのです」

どうしたら食べてもらえるのか、体を健やかにできるのか。

あまり手をつけずに残してしまうたかの膳を見るたびに、弥多や文吾も思い悩んでいたのだろう。その苦労を垣間見て、佐久は心の奥にじんわりとあたたかさを覚えた。

「ありがとう、弥多」

暗がりでぽつりと言うと、弥多がそっと微笑んだ気がした。

「おたか、今日もあまり食べてないから、このお吸い物を持っていってあげてもいいかしら。これなら食べられると思うの」

すると、弥多は弾かれたように顔を上げた。

「へい、すぐに用意致します」

佐久は手際よく支度をする弥多を見つめながら、たかが今度こそ食べてくれることを願った。

佐久が弥多を伴いたかのところへ戻ると、藤七がすぐそばで心配そうにたかを見つめていた。たかはすぐに目を覚まして、身じろぎする。

「お嬢さん――」

「あのね、弥多が美味しいお吸い物を作ってくれたの。身もすごく柔らかいし、これならおたかも食べられるんじゃないかしら」

「試しにひと口でも食べてみてください」

弥多も切実な声でそう告げる。

佐久は布団のそばに膝を突いた。そのすぐ後ろに弥多が腰を下ろし、佐久に膳を差し出す。蓋をされた椀からは、匂いも湯気も漏れてはいない。中身がまるで見えないその椀を見遣りつつ、たかは静かに言った。

「いただきます。ありがとうございます、お嬢さん、弥多さん」

たかが素直に食べると言ってくれた。いつもなら遠慮をするばかりで、食べさせるのにひと苦労するのに。たかが変わったような、そんな雰囲気がした。

佐久の驚きに、藤七がクスクスと笑っている。

「おたかはやっと医者に診《み》てもらうことになりました。明日、旦那さんにお願いさせて頂きます」

なんの反論もせずに押し黙っているたかの様子に、異論はないのだと知れた。あれだけ頑《かたく》なに拒んだ医者を、たかが受け入れるという。一体藤七はどんな手を使ったのだろうか。

けれど、どんな手だろうと構わない。たかがそう決意してくれたことが、佐久には何より嬉しかった。止まったはずの涙がまた零《こぼ》れそうになり、佐久はそれをなんとか押し止《とど》めながら声を絞り出す。

「よかった。本当に、よかったわ」

穏やかに微笑むたかに、佐久は何度もうなずいた。

●

その翌日、藤七は伊平と二人で何かを話していた。たかを医者に診《み》てもらう話だろう。

佐久はたかのそばで、丸火鉢の炭を箸で掻《か》き混ぜた。パチッと火が爆《は》ぜる。今晩も冷え込むのか。そのうちに雪が降るようになる。嫌なものだと、佐久は障子戸をぼうっと見上げた。

「今日も寒いわねぇ」

思わずそうぼやくと、たかは床《とこ》の中で苦笑した。

「そうですねぇ。あんまり雪も降らないといいんですけど」

弥多が作った吸い物がよかったのか、今日のたかは少しばかり調子がよさそうだった。これが快癒《かいゆ》の兆《きざ》しと、佐久は昨日の涙が嘘のように微笑んでいられた。

それに、たかを説得してくれた藤七にも感謝したい。あとは医者の春謙を呼んで診《み》てもらえばひと安心だ。

しかし、この時季の医者は多忙を極める。寒くなれば病になる者も増え、漢方薬作りに追われもするのである。

伊平との話が終わった後で藤七が春謙の診療所へ向かったところ、やはり大変な混雑をしており、すぐに出向いてもらうのは難しいという話だった。

「いつ来られるかはその日次第だと言われました。けれどこの寒さの中、おたかを動かすのはあまりよくないでしょう。また明日、診療所へ足を運びます」

たかを挟んだ向かい側で、戻ってきた藤七は佐久にそう告げる。たかはそれを静かに受け入れていた。むしろ佐久の方が気落ちしてしまう。もたもたしていたら、たかの気が変わってしまうのではないかと不安になるのだ。

たかはそこまで見越したのかもしれない。佐久の方に体を傾けると、柔らかにささやく。

「病に苦しむのは、何もあたしだけじゃありません。あたしなら待てますから」

「早く来てくださるといいのだけれど」

滋養のあるものを食べて、あたたかくしていれば、これ以上悪くはならないだろうか。

医者は春謙の他にもいる。けれど、怪しげな庸医《ようい》（藪医者《やぶいしゃ》）の診立《みた》てなど信用できるはずもない。誰でも医者を名乗ることが許される中、その真贋《しんがん》を見極めるのは大事なことだ。

春謙が来てくれたのは、二日後の朝のことであった。藤七が薬箱を大事そうに抱えながら、たかのところへ案内してきた。多忙のためか疲れた様子の春謙に、佐久は三つ指を突いて深々と頭を下げた。

「春謙先生、お忙しい中、ご無理をお願いして申し訳ありません。どうかよろしくお願い致します」

春謙は頬に幾筋か皺《しわ》を作って笑った。この時季は禿頭が少し寒そうだ。

「今、そこで伊平さんとお話ししたよ。あちらは随分《ずいぶん》よくなられたようでよかった」

「ありがとうございます」

佐久は後ろに下がって、春謙がたかの脈を取る様《さま》を眺めた。藤七は男の自分がいてはいけないと思ったのか、部屋を出た。けれど、本当は気になって仕方がないのではないかと思う。藤七は面倒見のよい人だから。

当のたかはすっかり恐縮してしまい、春謙と挨拶を交わした後は、何を話していいのかもわからぬようであった。春謙はそんなたかの着物の前を開け、心音を確かめて口の中を覗き――

そうして、ひとつ嘆息するとぽつりとつぶやいた。その声にはたくさんの感情が入り混じっている。

「そうか、お前さんは――」

佐久は心《しん》の臓《ぞう》が潰れそうな気持ちでそこにいた。思い詰めすぎたのか、頭まで痛み出すほどだった。春謙の診立《みた》てはどうなのか。すぐによくなると言ってほしかった。逆に言うならば、それだけしか聞きたくはないのだ。

悲愴な面持《おもも》ちの佐久をよそに、春謙はたかの襟を直してやりながら優しく問う。

「お前さんは今、仕合《しあわ》せだろうか」

どうして、病身のたかにそんなことを訊《き》くのか。佐久は唖然《あぜん》としたけれど、たかは春謙の言わんとすることを読み取ったのかもしれない。一度目を見開くと、それから僅《わず》かに潤んだその目を向けてうなずいた。

「あい、とても――」

「そうか。それならば長く生きねばな」

春謙は薬箱から紙に包んだいくつかの薬を取り出すと、それを佐久に渡した。

「朝晩、飲ませるように」

「あ、ありがとうございます」

どうしようもなく手が震える。この薬があれば、たかは助かるのだ。

佐久が感謝を込めて頭を下げると、春謙は薬箱を手に立ち上がり、佐久に告げた。

「さて、もう一度伊平さんに話をさせてもらおうかな」

その話とは、たかのことだろう。奉公人のことなのだから、まずは主《あるじ》の伊平に報告するのが筋《すじ》だ。

母屋《おもや》よりも空いている宿の部屋で話してもらった方がいい。母屋《おもや》だと、たかに漏れ聞こえてしまうかもしれない。聞かれて困る話だとは限らないけれど、念のためだ。

「はい、こちらへ」

薬を懐《ふところ》に収め、佐久はたかを残してひとまず廊下へ出た。帳場まで来ると、忙しく立ち働いていた皆が春謙に目を向けた。動きがピタリと止まり、動揺の色が顔に浮かぶ。佐久はまず日出に声をかけた。

「お日出、少しだけおたかについていてもらってもいいかしら」

「ええ、わかりました」

日出は大袈裟なくらいに大きく首を縦に振ると、前掛けで濡れた手を拭きながら、すぐに母屋《おもや》へ向かってくれた。

「先生がおとっつぁんにお話があるそうなの」

「ああ、わかったよ」

佐久は宿先に座っている伊平に手を伸ばす。伊平はそれに頼りながら立ち上がった。その様子を藤七が険しい顔つきで眺めている。

伊平は佐久を宥《なだ》めるように微笑むと、佐久の手を借りずに春謙と部屋へ向かった。あとは待つよりなかった。障子のそばで耳を欹《そばだ》てれば、その話が聞こえるかもしれない。けれど、佐久にはそれをする勇気が持てなかった。黒襟の胸元に手を当て、二人の話が終わるのを静かに待ったのである。


春謙が帰った後、伊平は藤七を呼んで何やら話し込んでいた。たかの身を案じるのは皆同じだというのに、藤七だけとは。佐久は少し拗《す》ねた。

帳場格子で算盤《そろばん》を弾きつつ、利助がちらちらと佐久を見ている。留吉も気になるのか、箒《ほうき》で土間を掃《は》きながらも、同じ場所を独楽《こま》のように回っていた。拗《す》ねたままたかのところへ戻ろうとした佐久だったけれど、背を向けた途端に障子の開く音がした。ビクリとして振り返る。

「お嬢さん、こちらへ――」

藤七が佐久を呼ぶ。その顔は強張《こわば》り、色を失って見えた。

締め出されたことを拗《す》ねていたくせに、今は部屋へ踏み入るのが怖くなる。伊平の話を聞くのが恐ろしくて、足がすくんでしまう。それが何故なのか、佐久は考えないようにした。

体に無駄な力が入るけれど、心を決めて一歩踏み出す。キシ、と板敷の鳴る音が耳に残った。

部屋へ入ってきた佐久を見上げ、伊平は寂しそうに息をつく。佐久はその正面に腰を下ろした。すると、伊平は膝の上で片方の拳をキュッと握る。

「お前には話さずにおこうと思ったんだよ。けれど、藤七が話した方がいいと言うんだ。そうじゃなければ、悔いが残るからと」

その出だしに、佐久は体の震えを隠せなかった。藤七は障子を閉めると佐久の後ろに控える。言葉はなく、ただじっと耐えるような姿だった。

伊平は佐久を正面から見据えながら告げた。

「おたかのことだが、かなり弱っているそうだ。お前は宿のことは気にせず、できることをしてあげなさい」

ヒュッと短く息を吸い、佐久は口元を両手で押さえた。尋常ではない冷えが体中を襲い、とても声が出ない。何か——伊平の言葉を打ち消す何かを探した。そうして、懐《ふところ》にある薬を思い出し、ぎこちない動きでそれを取り出した。春謙に渡された薬だ。その包みをとっさに伊平に見せる。

「このお薬、先生に頂いたのよ。これがあれば——」

けれど、必死にすがる娘に伊平はかぶりを振った。薬は気休めにすぎぬと目が語っている。

佐久の指の間から、薬の包みが零《こぼ》れ落ちた。それを拾うこともできず、佐久は畳に突っ伏して声を殺して泣いた。

「なんでおたかばかりが——っ」

くぐもった涙声を漏らす娘の背を、伊平は優しく撫でた。藤七はどんな思いでその場にいたのか。自分の感情さえも持て余す佐久には慮《おもんぱか》ることができなかった。

藤七はただ、静かにそこにいた。

泣き疲れた佐久はようやく顔を上げた。気づけば藤七はいなかった。伊平だけが佐久のそばにいる。

「おとっつぁん、わたし、ひどい顔をしているわよね。おたかが変に思うかしら」

佐久がひくっとしゃくり上げると、伊平はそっと笑った。

「そうだね、もう少し落ち着くまでここにいなさい」

「うん――」

部屋の外では、皆が忙しく立ち働いている様子が伝わってきた。この部屋だけが遠くにあるように感じられる。涙を拭いた佐久に、伊平は穏やかに語り出した。

「お前の母親のお喜久を亡くした時も、この世には神も仏もいないものかと思ったよ。そうしてあたしも病になった。世の中とは惨《むご》いものだけれど――」

佐久の泣き腫《は》らした目が向けられると、伊平は苦難を乗り越えた者が持つ力強い輝きで微笑んだ。

「お喜久はお前を産むことができた。母となり、もちろん名残惜《なごりお》しくはあったはずだが、仕合《しあわ》せな時の中で生涯を閉じた。悲しみばかりじゃあなかったはずだ」

「でも、おたかはどうなの。苦しいことばかりが続いて、やっと穏やかな暮らしができるようになってきたばかりだっていうのに」

たかの人生に仕合《しあわ》せな時がどれほどあったというのだろう。そう思ったらどうしようもなく切なくて、止まりかけた涙がまた滲《にじ》みそうだった。そんな佐久の肩に伊平が手を添え、軽く揺さぶる。

「お前たちが仕合《しあわ》せな時の中でおたかを見送ってあげなさい。最期の最期にここへ来てよかったと思えるようにしてあげなさい。わかったね、お佐久」

泣いている場合ではない。泣くのはすべてが終わってから。

唇を噛んで、佐久は大きくうなずいた。


佐久が寒水《かんすい》で顔を引き締めてからたかのところへ戻ると、障子の裏から楽しげな日出の笑い声がした。それは明るい声で佐久も救われる。

カラリと障子を開けると、日出は振り返り、たかは布団の上で少しだけ首を向けた。

「ああ、お嬢さん。おたかさんがね、妙なことを訊《き》くんですよぅ」

日出はコロコロと笑った。

いつもは大人びて感じられるのに、この時のたかは何故か年相応の娘に見えた。

「妙なことですかね。あたしはただ、お日出さんとご亭主の馴《な》れ初《そ》めをお訊《き》きしただけですよ」

そうしたら、日出は手首をくねらせて顔を扇《あお》いだ。

「あたしのこと、一体いくつだと思ってるんだか。惚《ほ》れた腫《は》れたも遠い昔のことですよ」

いくつだろうと、日出のところの夫婦仲はよい。日出の仕草は、年若い娘のようで可愛らしく見えた。たかもそう感じたのか、笑顔で聞いている。

「そんなふうに語れたらいいですねぇ」

たかの言葉に、二人の女がハッとしたのを当人も感じただろう。それでも、たかは笑っていた。

「長く生きれば色んなことがあるのでしょうねぇ。昔はいつ死んでもいい、むしろ早く死ねればいいとさえ思っていましたのに、今になって生きたいと思うあたしは、どうしようもないですねぇ」

佐久がそんなたかに何を言ってあげられるというのか。声が出なかった。

日出は、咎《とが》めるように丸い顔をしかめた。

「何言ってるんだい。仕事がたっぷり溜まってるよ。早く元気になって手伝っておくれね」

たかは母親に叱られた子供さながらに、首をすくめる。

「あい」

何も知らない二人のやり取りに、佐久は心が抉《えぐ》れそうだった。

●

時を止めてほしいと願っても、朝は来る。

佐久は小さく声を上げて飛び起きた。あまりの寝覚めの悪さに心《しん》の臓《ぞう》が悲鳴を上げている。ぐっと胸に手を当てて気持ちを落ち着けようとしたけれど、すぐには治まらない。激しい鼓動が聞こえた。

隣を向けば、たかは静かに眠っていた。かすかにまぶたが動く。ほっと息をつけたのは、この時になってようやくだ。

たかが遠くへ行ってしまう夢を見た。

どこまでも続く闇。振り返らない背中。さようならの声。

佐久はぶるりと首を振って、たかを起こさぬように床《とこ》を抜け出した。そして、火鉢に入れる炭団《たどん》をもらいに行くことにする。

まだ暗さの残る早朝だ。弥多も起き出してはいないだろう。けれど、板場の揚げ板の下に入っているのは知っているから、なんとかなる。

部屋の外は朝とは思えぬほどに薄暗く、寒い。綿入り半纏《はんてん》を羽織り、佐久は忍び足で廊下に出た。物音で皆を起こさぬように気をつけつつ進む。ほぅ、と息をつくと白く残った。雪が近いのかと思うと憂鬱《ゆううつ》だ。

板場の戸を静かに開く。やはり中には誰もいなかった。佐久は床の揚げ板の取っ手を探り当て、とりあえずそこを開ける。ふわり、と木の匂いがした。竈《かまど》に使う薪《まき》と、真っ黒な炭団《たどん》がびっしり詰められている。

その時、土間の戸板が開いた。佐久が驚いて尻餅を突いたのも、仕方のないことだ。

暗がりの中、慌てて中へ入ってきたのは弥多であった。すでに起きて、顔でも洗っていたのだろう。

「ああ、お嬢さん。すみません、驚かせてしまったようで」

佐久がこんなところにいて驚いたのは、弥多も同じのようだ。

「こっちこそごめんなさいね。炭団《たどん》を分けてもらいに来たの」

「そうでしたか」

弥多は竈《かまど》のそばにあった小鉢と箸を手に取ると、開け放たれた揚げ板の底の炭《た》団《どん》を手早く箸でつかんで鉢に移していく。ひび割れた瀬戸物の小鉢にコロンコロン、と炭団《たどん》のぶつかる音が、雀《すずめ》の鳴き声に交ざった。佐久はなんとなくつぶやく。

「弥多って冬でも早起きなのねぇ」

「いえ、偶《たま》さかのことで。お嬢さんもお早いですね」

「わたしも、ちょっと嫌な夢を見てしまっただけよ」

小鉢に炭団《たどん》が溜まり、弥多は顔を上げた。格子窓から差し込む朝日が弥多の顔を優しく照らす。その目は心配そうに細められた。

「嫌な夢ですか」

「――そう、嫌な夢。でも、夢だから」

それが現《うつつ》となることを否定するように、佐久は力強く言いきった。そんな佐久に、弥多は小鉢を差し出す。

「お嬢さん、どうぞ。お着物を汚されませんように」

皹《あかぎれ》がぱっくりと開いた弥多の指が目に入った。

朝とも呼べない時刻から働いてくれている弥多。その手がとても尊いものに思えて、胸が締めつけられる。佐久は弥多の冷えた手ごと小鉢を包み込んだ。

「弥多、いつもありがとう」

佐久はたくさんの感謝を込めてささやいた。

「お、おじょっ――」

弥多は何かを言おうとしたけれど、舌を噛んでいた。

そうして佐久は小鉢を抱えて板場を後にし、母屋《おもや》の方へ戻る。

こう寒くては伊平の体も応《こた》えるだろう。櫓炬燵《やぐらごたつ》にも火を入れて体をあたためてもらおう。

佐久は先に伊平の寝間の方へ向かい、炬燵《こたつ》布団をめくって準備をする。四角い素焼きの器に炭団《たどん》を移し入れ、火打ち石で火を入れると、横で眠っていた伊平が目を覚ました。

「あら、ごめんなさい。起こしてしまって。おとっつぁん、おこたの用意をしておいたから、少しぬくまってね。朝は冷えるから」

「ああ、ありがとう。でも、あたしのことはいいからね」

「ありがとう、おとっつぁん」

半分残った炭団《たどん》を抱え、佐久は居間へと足を向ける。起こさないように静かに障子を開いたけれど、たかはこちらに目を向けた。すでに目覚めていたようだ。

「おはようございます、お嬢さん」

「おはよう、おたか」

にっこりと笑ってみせる。けれど心では、あとどれだけこうして挨拶が交わせるのかという不安でいっぱいだった。

「今、部屋をぬくめるわね」

後ろ手で戸を閉めて、火鉢の前に座った。炭団《たどん》を火鉢に加え、カチカチと火打ち石を叩いていると、その背中にたかがつぶやく。

「いつもあいすみません」

佐久はわざとらしく頬を膨らませて振り返った。

「もう、そういうことは言わないの。いいから、早く元気になってね」

それはできないことだと知りつつも、諦めなどつくはずもなく願ってしまう。

今も、泣きたい気持ちを隠して笑った。

けれど、たかは敏感にそれを察してしまう。体を精一杯傾けて、困ったような顔を佐久に向ける。

「いいんですよ、お嬢さん。あたしは自分の体のことはよくわかってますから」

その言葉に佐久はひどく動揺しつつも、それを出してはいけないと必死だった。

「そんなこと言っちゃ駄目。ちゃんと治るから、おたかもそう信じて」

口に出せばそれが真《まこと》となる。佐久がそう思い込みたかっただけなのかもしれない。

佐久の中で感情がぐちゃぐちゃに混ざり合って、とても整理がつかなかった。

笑っていなくてはと思うのに、こうも容易《たやす》く崩れてしまう。幼くて弱い自分が嫌いだった。

佐久の歪《ゆが》んだ顔に、たかは優しく微笑んだ。それはまるで幼い頃に亡くした母のようにさえ感じられる、慈《いつく》しみ深い目であった。

「お嬢さんは、あたしがいなくなっても笑っていてください」

たかは、穏やかにひどいことを言う。だから佐久はこらえきれずに泣いてしまった。佐久が必死で取り繕った薄い皮を、苦しみが剥《は》いでしまうのだ。

「どうしてそんなことを言うのよ」

佐久はたかの枕元に顔を埋めて、嗚咽《おえつ》交じりに声を漏らした。

「どうしておたかばかりがこんなつらい目に遭《あ》うのっ。不自由なく暮らしているわたしが、そんなおたかのことを知っていて、笑っていられるわけがないじゃない――」

母はいなくとも、優しい奉公人たちに囲まれて何不自由なく過ごしてきた佐久。親に売られ、遊女として苦しみ、病に蝕《むしば》まれていくたか。あまりに違う。たかは苦労知らずの佐久のことを、本心では嫌っていやしないのだろうか。

めそめそと泣く子供のような佐久。たかはそっと手を伸ばして、その肩を撫でた。

「お嬢さんはいつでも仕合《しあわ》せでいてください。それがあたしのためになるんですよ」

それは優しく響く声音だった。佐久は涙に濡れた顔を上げ、たかを見る。たかは微笑んでうなずいた。

「お嬢さんみたいに可愛らしくて優しくて、仕合《しあわ》せなお人がいるんだって、あたしは夢をもらいました。次に生まれてくる時はお嬢さんみたいになりたいんです。だから、お嬢さんはあたしのためにずっと笑って仕合《しあわ》せに過ごしてくださいな」

病床でさえ、たかの心は透き通るように綺麗だ。

佐久はどうしても涙が止められなかった。そんなたかを喪《うしな》って、笑える日など来るのだろうか。

たかの願いはとても難しいことであった。

○

たかは、病床で生にすがる自分が、何故かこれまでの人生で一番好きであった。ふと穏やかに昔を振り返ることさえできる。それは不思議な心の動きだ。

このところ、佐久はずっとたかにつきっきりだったけれど、その日は思いのほか客入りがよかったらしい。夕餉《ゆうげ》の頃には、女手が日出だけではどうにもならなかったようで、藤七と入れ替わりに出ていった。

久々の二人きりである。けれど、たかは気づいてしまった。藤七は感情を表に出さぬように努めている。佐久と同じだ。

心が清らかで正直すぎる二人。もう隠さなくても、たかにはわかっている。そんなに痛々しい顔をしないでほしかった。

藤七はたかのそばにゆっくりと腰を下ろす。

「どうだ、加減は。寒くはないか。ただの風邪でも弱った体には一大事だから気をつけろ」

「ええ、ありがとうございます」

苦しくないわけではないのに、自然と笑みが零《こぼ》れる。病に命を削られながらも、それでも今が仕合《しあわ》せだからだと言ったら、誰が信じてくれるだろう。けれど、たかは間違いなく仕合《しあわ》せを感じている。それは強がりなどではない。

たかは藤七にかすれた声でささやいた。

「いいんですよ、藤七さん。わかっていますから。お嬢さんもわかりやすいお人ですし」

藤七の気を楽にしてあげたいと思ったのに、藤七は余計に傷ついた顔をした。薄い唇が色を失う。

「何を言っているんだか。変に気を回すよりも自分の体の心配をするんだ」

本当に、なんて嘘の下手な人だろう。そうした藤七のことが心から愛しかった。

その心を伝えるように、たかは床《とこ》から手を伸ばす。藤七はとっさにその手を握った。手を繋いでいると、たかは微笑みを絶やさずにいられた。

「藤七さんにだけはちゃんと話しておきます」

「何を――」

たかは一度横を向いて軽く咳をした。その仕草に、藤七がギクリとしたのがわかった。

けれど、多少の無理をしてでも、今語らなければと思うのだ。藤七にだけはすべて話してしまいたい。つばくろ屋のためにも話しておかなければと決意したのだ。

「あたしは盛元の宗右衛門に、つばくろ屋さんの内情を知らせるように言われていました」

「どうして――」

藤七の声にも張りがない。たかが力を振り絞って話していることを感じたのだろう。けれど遮《さえぎ》らずにいてくれたのは、たかの気持ちをわかってくれたからか。

「宗右衛門は、つばくろ屋さんの奉公人は粒ぞろいだから、一人でも多く引き抜けるように動けと言いました。それができないようでも、このお宿につけ入る隙はないか見極めろと。あの亡八《ぼうはち》（遊女屋）ならどんなこともやりかねません」

たかが声を絞り出すと、藤七は愕然《がくぜん》として押し黙った。それでも、たかは命の灯火を燃やすようにして語った。

「つばくろ屋の奉公人を引き抜けた暁《あかつき》には、あたしを医者に診《み》せてやると言いました。そう言えば、宗右衛門はあたしが思い通りに動くと読んだんですよ。でも——見くびってもらっちゃ困ります。あたしは我が身可愛さに人を陥《おとしい》れるようなつもりは少しもなくて——信じておくれになりますか」

もっと早く話せばよかった。けれどそれができない弱い自分がいた。

こんなにも大事な場所になってしまったつばくろ屋の皆に、やはり盛元の回し者だと思われるのが怖くなってしまった。もし信じてくれなかったら、という不安を消しきれなかったのだ。

だから、藤七のひと言にたかは救われた。

「ああ、信じる」

間髪容《かんはつい》れず答えて、藤七はたかの手を強く握った。この優しい人は、嘘だと思いつつも、たかのために信じてくれたのかもしれない。そんなことすら思う。たかはほっとしたせいか、気づけば余計なことまで口走っていた。

「あたしは、ここに死ぬつもりでやってきたんです」

藤七は途端に目を見張った。

「何を言って――」

けれど、一度口をついて出た言葉は止まらない。

「どこにいようと、どこで死のうと一緒で、どうでもいいからここに来たんです。だから、皆さんのことをどうこうしようなんて、これっぽっちも考えていませんでした。なのに――」

そこでたかは、平然としていることができなくなった。精一杯こらえようとしても、涙がじわりと浮いてくる。心が頼りきっている藤七を相手に、強がることができない。

「どうしてここの皆さんはこんなにもあたたかなんでしょう。そうと知っていたら、迷惑をかけるだけだとわかっているあたしは、ここには来なかったのに」

やはり、縁切榎《えんきりえのき》のご利益はあったのかもしれない。たかとつばくろ屋との縁は、たかの命が燃え尽きることで切れるのだから。

藤七は苦しげにかぶりを振った。

「でも、それじゃあお前は、あの亡八《ぼうはち》のところで人の優しさも何も知らないままだったじゃないか。来てよかったんだ。神仏も惨《むご》いばかりじゃあない」

よかったんだと藤七はたかに言い聞かせる。たかは遂に、はらりと涙を零《こぼ》した。

「よかったんですかねぇ。本当に、あたたかで仕合《しあわ》せな気持ちをたくさん頂きました。でも、その代わりに今は死ぬのがこんなにも惜しくて怖いんですよ」

カタカタと震える手と、零《こぼ》れる涙。藤七はたかの手を強く握り締め、食いしばった奥歯の隙間から呻《うめ》くような声を漏らした。

「俺も、お前を喪《うしな》うのが怖い。だから、生きてくれ」

そんな藤七に、たかも胸が締めつけられて上手く声が出なかった。小さなたかの声を、藤七は耳を傾けて拾ってくれた。

「藤七さん、どうかつばくろ屋とお嬢さんを守って」

「わかっている。心配するな。いいから、今日はもう休め」

藤七の声は、たかを安心させてくれる。たかはようやく力を抜いて、まぶたを閉じた。


——その翌朝は頓《とみ》に冷えた。

寒さが増すごとに、たかの弱った体には応《こた》える。気づくと咳が止まらなくなって、体をよじっていつまでも咳《せ》いていた。すると、涙をこらえた佐久が懸命に背中を摩《さす》ってくれる。

「苦しいの、おたか――」

涙声がそう問うてくるけれど、答えることもままならなかった。

ああ、ここまでなのか。

咳を抑え込み、たかは喘鳴《ぜんめい》の中に言葉を交ぜ込むようにして佐久に告げる。ひどく聞き取りにくかっただろうに、佐久は強張《こわば》った表情で聞き漏らさぬように耳を傾けてくれた。

「と、藤、七さん、を――」

「藤七ね。わかったわ」

何故とも訊《き》かず、佐久は素早く立ち上がって廊下を駆けていった。その足音を床《とこ》の中でぼんやりと聞く。遠のく意識と戦っていると、力強い声がたかの目を覚まさせた。

「おたか」

はっきりとよく通る声が名前を呼んでくれる。一時《いっとき》の夢を見せてくれた、優しい人。

けれどもう、その顔は霞《かす》んで見えなかった。痛いとか苦しいとか、そうした感覚もどこか遠く、今はただ必死だった。たかは必死でその名を呼んだ。

「藤七、さん」

「ここにいる」

さまよった手を、ぐっと強く握ってくれた。ああ、今、こうして逝《い》けるのなら少なくとも自分は仕合《しあわ》せだ。けれど、それではいけない。

このまま逝《い》ってはいけない。やり残したことがある。

たかは残されたすべての力で笑みを作ってみせた。隙間風のような荒い息を吐きながらも言の葉を紡ぐ。

「あたし、が、死んだら、誰と、も、添わな、い、なんて、言わない、で、ください、な」

嗄《か》れた声は、ちゃんと藤七に届いているだろうか。藤七からの返答はなく、ただ、たかの手を両手で強く握り締めるばかりである。額にたかの手を擦りつけ、震えているように感じた。

優しい人。

だからこそ、希望を持って前へ進んでほしい。たかが願うのはそれだけだ。

取り乱した様子の佐久が、春謙先生を呼んでと廊下に向かって叫んでいる。その声が、たかの声に被さってしまうけれど、藤七はじっとたかが遺《のこ》す言葉を拾ってくれていた。

「次に、生、まれ、変わっ、たら、藤、七さ、んの、女房、にして、もらい、ま、す、から――だから、誰とも、なん、て、言わな――」

声が、もう出なくなった。命の灯火が消えるその瞬間まで、たかは恐ろしさと戦った。

この世は地獄と思い諦めていた生を、最期の最期で美しく彩《いろど》ってくれた人たち。奉公人のたかを友と呼んでくれた人。遊女の自分と添わないかと言ってくれた人。

たかが死した後にたくさんの迷惑をかけてしまうとわかっていても、それでもこの場所で過ごせた日々は、たかにとってかけがえのない宝であった。

「わかった。その代わり、あまり待たせるなよ。俺はせっかちなんだ」

藤七の抑えた声が、遠くなったたかの耳の奥底に強く残った。だから、たかは穏やかな心地でまぶたを閉じた。

「おたかさんっ」

「おたかっ」

つばくろ屋の皆の声がする。あたたかな場所であたたかな人たちに看取《みと》られて、自分は逝《い》くのだ。

皆と過ごした思い出が、たかを見送ってくれる。


――たか、はこう書くの。さく、はこう。

――少しは頼れ。

――おたかさんがね、妙なことを訊《き》くんですよぅ。

――おたか、お前さんは働き者だねぇ。助かるよ。

――おたかさん、今日の菜はお口に合いますか。

――おたかさんは新入りなんですから、なんだっておいらに訊《たず》ねてくださいっ。

――おたかが来てからお嬢さんが以前にも増して楽しそうだ。来てもらってよかったなぁ。

——お前さん、細っこいんだからとにかく食え。遠慮なんざしなさんな。

ここであったこと、すべてが愛おしい。

苦しくとも、最期にこんな仕合《しあわ》せが待っていたのだから、生きていてよかったのだ。

大切な人がいること、それがどんなに嬉しいことなのかを知った。だからたかは、佐久たちが思うほどに不仕合《ふしあわ》せなどではなかった。

皆のことが大好きだと、その心だけをつばくろ屋の人々に送りたい——

○

「——おたか」

体に力が入らぬのか、佐久はへたり込んだまま弱々しく手を伸ばす。弥多はその背を後ろから見守っていた。

たかの青白い顔は、それでも穏やかに眠っているように見えた。苦しみをどこかに置き忘れて、仕合《しあわ》せに微笑んでいる。

だから佐久は受け入れることができぬのだろう。けれど、その頬に触れた瞬間、指先から感じたようだ。たかはもう二度と戻らぬと。

ゆるくかぶりを振り、佐久はたかの死という変えられぬ出来事を拒んでいた。言葉にもならぬ甲高《かんだか》い叫びが、佐久の喉から発せられる。その叫びは血を吐くように痛々しいものであった。その声を、伊平が佐久を抱き締めて受け止める。

「お佐久、落ち着きなさい、お佐久――」

そう宥《なだ》める伊平の声も悲しみに満ちていて、佐久はただ慟哭《どうこく》するばかりであった。

たかの手を握っていた藤七は、逆に落ち着き払っている。無言のままたかの手をそろえて胸の前で組ませ、ひと言もなくその場に座す。

いや、落ち着き払っているのではない。膝に作った両の拳は爪が食い込むほど強く握られ、大きく震えている。藤七は無言で、自分の内の悲しみと戦っているのだ。

伊平は佐久を宥《なだ》めながら、沈痛な面持《おもも》ちの利助に目配せをした。

「今日は暖簾《のれん》をしまいなさい。おたかのために皆で過ごそう」

このまま平然と客を迎え、もてなすことの難しさを伊平が感じたのだ。この悲しみは、紛れもなく皆の胸にある。

日出も前掛けで目を押さえ、項垂《うなだ》れた文吾もまた年より萎《しお》れて見えた。

「わかりました。留吉、店を閉めてきておくれ」

目を赤くした利助が鼻を啜《すす》りながら言う。留吉は涙と鼻水をお仕着せの袖でなんとかしようとしているが、擦ったせいでひどいことになっている。

「あ、あいっ」

駆け去る留吉の背を、弥多も追った。留吉を手伝った方がいいと、弥多なりに思ったのだ。

気持ちが揺さぶられ、こめかみがズキズキと疼《うず》いてならなかった。あの佐久の悲痛な叫びが、遠ざかってもなお、弥多の背中を追うようにして響く。

「留吉、私が暖簾《のれん》を外すから雨戸を閉めてくれ」

土間に下りて弥多が言うと、留吉は無言でうなずいた。泣いてしゃくり上げ、上手く返事ができぬのだ。そんな留吉を手伝って店を閉める。通りの人々は何事かと不審そうな目を向けていた。

店を閉めると、弥多は板場へ向かった。何をするでもなく、膝を落として座り込む。頭が上手く働かない。ただただ悲しくて、そうして悔しくて、弥多は振り下ろした拳を板敷の上に叩きつけていた。

ガン、と音がすると、すぐさま板場の障子が開いた。そこに立っていたのは文吾である。文吾の皺《しわ》に埋もれた目は、悲しげに瞬《まばた》きを繰り返していた。

「あんなわけぇ娘が惨《むご》いこった。こんな老いぼれはまだ生きてるってのによぅ」

「オヤジさん――」

文吾は疲れた足取りで弥多のそばへ歩み寄ると、その隣に腰を下ろした。そうして、ぽつりと零《こぼ》す。

「おめぇ、毎朝稲荷《いなり》まで行って祈願してただろ」

弥多がハッとすると、文吾は白い眉をしょんぼりと下げて続けた。

「疲れた顔しやがって、そうじゃねぇかと思ってたんだ」

「それくらいしかできることが思いつかなくて――」

するると、文吾がフッと悲しく笑った。

「てめぇの寝る間を惜しんでおたかの床抜《とこぬ》けを祈願して、それでも助けられねぇんだ。そりゃあ悔しいだろうが、おめぇはやれることをやった」

いつも厳《いかめ》しい師が、今は身に染みるほどに優しかった。弥多はその気持ちを受け取りながら、奥歯を強く噛み締める。そんな弟子の背を文吾は軽く叩いた。

「お嬢さんが悲しむところは見たくなかっただろうが、こうなったからには元気づけてやらなけりゃな」

弥多はキュッと目を細めた。膝の上で赤くなった拳が震える。

「もちろんお嬢さんを悲しませたくはなかったですけれど、稲荷《いなり》に参っていたのはそれが理由ではありません。私は、おたかさんに自分を重ねていたのです」

「そうなのか」

文吾は静かにつぶやく。弥多はただうなずいた。

「私もここへ来て、やっと生きる道を見つけることができました。親元を離れてから初めて、このお宿で仕合《しあわ》せをこの身に感じたのです。だから、おたかさんは私と同じで――」

けれど祈りは届かなかった。いつもはお天道様《てんとうさま》のような佐久も、今は雨空のように泣き濡れている。

そんな佐久のために自分ができることは、少しでも佐久の悲しみに寄り添うこと。

弥多はぽとりと涙を零《こぼ》した。それは、八年ぶりのことであったかもしれない。

○

佐久は自分の感情を抑えることができなかった。ただ内側から溢《あふ》れる悲しみが声になって、涙になって零《こぼ》れ落ちるのだ。伊平は佐久の肩を撫で、優しく宥《なだ》めるようにささやいた。

「悲しくても泣いてばかりではいけないよ。おたかのためにお前ができることはなんだい」

この父も、最愛の連れ合いを亡くしたのだ。どんなに悲しかったことだろう。

けれど、まだ幼かった佐久を抱えていたから、嘆いてばかりもいられなかった。遺《のこ》された者のために強くあろうとしてくれたのだ。今この時に、佐久はそれを感じた。

佐久はやっと伊平から体を離すと、懸命に涙をこらえる。伊平はそんな娘にうなずき、宿の主《あるじ》としての顔に戻る。

「利助、早桶屋《はやおけや》を頼んで、その足でお寺の方にも仏が出たことを知らせておくれ。お日出はお佐久と一緒に、おたかに着せる経帷子《きょうかたびら》を縫ってあげなさい」

利助と日出は涙ながらにも、しっかりとうなずいた。

それから伊平はじっと動かずにいる藤七を振り返り、悲しく表情を崩す。

「藤七、お前はそこでおたかについていてあげなさい」

藤七はとっさに返事もできぬのか、膝を丁寧に伊平の方へ向け、額が畳につくほど深く頭を下げた。顔を起こす気配のない藤七に、伊平は心配そうな目を向けつつ立ち上がる。利助も藤七を気遣いながら部屋を出た。

「さあ、お嬢さん」

日出に手を引かれ、佐久もしゃくり上げながら部屋を後にする。

「お嬢さん、白麻《はくま》の布を買いに行かなくちゃいけません。あたしがひとっ走り行ってきますから」

日出はそう言ってくれたけれど、日出を待つ間、佐久は何をしていたらいいのかがわからない。皆の足手まといにしかなれないような気がして、佐久は日出に赤くなった目を向けた。

「わたしも行くわ」

日出はそれを断れなかったのだろう。わかりましたと返してくれた。

悲しみに取り憑《つ》かれたまま戸口を抜け、佐久は日出と目抜き通りに向けて歩いた。太物屋《ふとものや》まではそう遠くない。

その途中、引きずるような重い足取りで、佐久は日出に向けてそっとつぶやいた。

「藤七とおたかは、いつの間にか理無《わりな》い仲になっていたのね」

「それがこんなことになって。でも、恋も知らずに逝《い》っちまったわけじゃあないと思うと、少しだけ救われます。藤七さんはおたかさんを仕合《しあわ》せにしたんですよ」

日出はそう言って、目尻に滲《にじ》む涙を素早く拭った。佐久も零《こぼ》れそうな涙をぐっとこらえる。

「そうだといいわね――」

藤七とたかなら、きっといい夫婦になれただろう。だからこそ余計に悲しくなるけれど、日出は救われたと言う。ならば佐久もそう思いたい。

佐久と日出はすぐに白麻《はくま》を買って店に戻った。母屋《おもや》の居間にはたかと藤七がいるので、宿の一室を使うことにした。

経帷子《きょうかたびら》は死者に着せる装束《しょうぞく》。母と死別したのは記憶もないほど幼い頃だから、佐久が死者を弔《とむら》うのは初めてのことである。糸尻を結ばずに縫うのに慣れず手間取るけれど、日出は根気よく白麻《はくま》を引きながら手伝ってくれた。

縫い始めてまだ間もない時、戸口を乱暴に叩く音が奥まで轟《とどろ》いた。佐久と日出は顔を見合わせる。寺の坊主《ぼうず》にしては乱暴だ。早桶屋《はやおけや》の方だろうかと思いつつ、佐久たちも一度手を止めて土間へと顔を出した。

利助と藤七が奥にいるせいか、戸口で来訪者の相手をしたのは弥多だ。

「あなたは――」

「お邪魔するよ」

弥多の硬い声をにこやかに遮《さえぎ》り、そのまま男衆《おとこしゅ》を連れて中へ入ってきたのは、盛元の宗右衛門であった。何事かと皆が板敷に集まってくる。宗右衛門は上がっていくつもりはないらしく、土間に立った。伊平はその正面に、旅籠《はたご》の客を迎える時のように座った。利助もそれに倣《なら》って腰を下ろす。

「盛元さん、どうなさいましたか」

伊平が神妙にそう問うと、宗右衛門はいかにも大仰に眉を下げてみせた。

「ああ、間に合ってよかったねぇ。つばくろ屋さんに大損をさせてしまうところだったよ」

「大損とは――」

真剣に、伊平はわからぬようであった。もちろん佐久にもわからない。

その伊平の前に、宗右衛門は懐《ふところ》から出した銀二匁《もんめ》をシャラリと置いた。そうして、似非好々爺《えせこうこうや》はその口を開く。

「つばくろ屋さんの番頭が早桶屋《はやおけや》へ行ったそうで。つばくろ屋さんは飯盛女《めしもりおんな》を置いたことがないから、どう扱ってよいのかわからなかったのだろうと、慌てて来たんだよ」

「死んだのがおたかだと、申し上げずともご存じなのですね」

伊平は、銀二匁《もんめ》をどこか冷めた目で見つめながら零《こぼ》した。宗右衛門は少しだけばつが悪そうな顔をする。

やはり、宗右衛門はたかが病んでいたことを知っていて、ここへ送り込んだのだ。佐久はどうしようもなく体が震えた。悲しみよりも強い怒りが胸を焦がす。立っていられなくて、そばの柱に手を添えた。

いつの間にか、藤七もぼんやりと立ち尽くしていた。こちらの声が聞こえてしまったのだろう。

「ええ、まあ、気づいた時には手遅れなんてこともよくあるのでねぇ」

宗右衛門はいけしゃあしゃあと言った。業《ごう》の深い目を伊平に向けるけれど、伊平はただ静かにそれを受け止めた。

「で、気づかずに先の短い飯盛女《めしもりおんな》を送り込んでしまった手前、きっちり後始末をさせてもらわなければと飛んできたのは、こちらとしても誠意を持ってのこと」

佐久は気づくと、柱にギッと爪を立てていた。皆の気持ちを背に、それでも伊平は落ち着いて相対している。

「そうですか。それでこの銀はなんでしょう」

するると、宗右衛門はああ、と事も無げに言う。

「飯盛女《めしもりおんな》の亡骸は筵《むしろ》に包んで二百文をつけて持ち込めば、文殊院《もんじゅいん》が引き取ってくれるって寸法さね。だから、手間をかける分、銭《ぜに》くらいはこちらが持とうかと」

文殊院《もんじゅいん》――つまり、投げ込み寺へたかを捨てればいいと言うのだ。

人が死ねば金が要る。それが二百文で済むと恩着せがましく言いに来たのだろう。

佐久は気の昂《たかぶ》りに、目の前が眩《くら》んだ。日出がとっさに佐久を支えてくれたけれど、日出も怒りに震えていた。藤七の目も憎しみに溢《あふ》れ、刃物のように鋭い。

どうして、仏になってまで辱《はずかし》められなければならないのか。佐久は涙をいっぱいに浮かべて宗右衛門を睨《にら》んでいたけれど、宗右衛門は伊平だけを見据えていた。

一方の伊平は――

「お気遣い痛み入りますが、これはお受け取りできません」

はっきりとした口調でそう答えた。その途端に宗右衛門の双眸《そうぼう》が、それは険しく色を変える。

「ほう――」

けれど、伊平は怯《ひる》まない。まっすぐに宗右衛門を見上げる背中は、揺るがなかった。

「おたかはもう、うちの奉公人です。ですから、うちのやり方で弔《とむら》ってやります。そうでなければ、あたしは主《あるじ》とは言えません。主《あるじ》は奉公人を守るものです。おたかを慕った皆の心をあたしは守ってやりたいんですよ」

たかの死を悼《いた》む皆のため。その心を踏み躙《にじ》るような真似はしないと、伊平は戦ってくれているのだ。病を経て、気弱になったかに思われた父は、それでも立派に宿を守ろうとしている。

その気持ちに佐久は胸が熱くなったけれど、相手は宗右衛門である。嘲《あざけ》るような視線が伊平に降り注いだ。

「つばくろ屋さんは本当にお優しい。けれど、商人《あきんど》が情に溺れて商《あきな》いが滞《とどこお》りなく行《おこな》えるとでも思うのかね」

冷ややかなその声は、恥をかかされたと思っているようだ。敵にすればどれだけ恐ろしい相手か知らしめてやろうと、その目が語る。

だというのに、伊平はフッと穏やかな声を立てて笑った。その途端、場の流れが変わった気がした。

「あたしは商人《あきんど》だからこそ、人との繋がりを大切にしたいんですよ。ここは旅籠《はたご》屋《や》、人あっての商売と心得ております。人の心を踏み躙《にじ》れば己に還《かえ》る――それが得策とは思いません」

いつもとはまた違った、芯のある声音を突き通す。宗右衛門は伊平を侮《あなど》っていたのだろう。不意打ちを食らったような顔をしたけれど、その顔が徐々に朱に染まっていく。

「ほう。わしのやり方がいけないと、つばくろ屋さんはそうお言いなさるわけですな」

その宗右衛門の顔を見て、佐久は血の気が引いた。カッとなりはしたものの、冷静になってみると、盛元を敵に回せば嫌がらせを受けてこの宿は立ち行かなくなるかもしれない。伊平は何ひとつ間違ったことを口にしていないけれど、こうして面と向かって言ってしまえば角《かど》が立ち、恨みを買うのだ。

そんな娘の心配をよそに、伊平は穏やかな声で怒り心頭の宗右衛門に告げる。

「盛元さん、お気をつけください。因業《いんごう》と申すでしょう。無念のうちに弔《とむら》われもせずに死した娘たちの魂は、その矛先をどこへ向けるのでしょう。悪霊には銭《ぜに》の力も効きませんよ」

「な――」

宗右衛門は言葉を失くした。それは身に覚えがありすぎるせいだろう。そこへ追い討ちをかけるようにして伊平は笑った。

「この店にもまだおたかがいます。感じませんか、ほら、盛元さんの――」

最後まで言葉を待たず、青ざめた宗右衛門は男衆《おとこしゅ》を連れてつばくろ屋を後にしたのだった。ただ、銀二匁《もんめ》をしっかり拾った辺りは、さすがの守銭奴《しゅせんど》と言えよう。

慌ただしい足音が遠ざかる中、伊平はくるりと振り向いて、まるで悪戯《いたずら》っ子《こ》のように笑う。どんな時も奉公人を見捨てない父の様子に力強さを感じた。佐久は伊平の背中に身を寄せて、ただひたすらに感謝する。

「旦那さん、ありがとう、ございます――」

藤七もかすれた声でつぶやいた。伊平は穏やかにうなずいている。

「弥多、塩壷持ってきやがれ。外に撒いて――いや、あんなのにゃ塩が勿体《もったい》ねぇな」

よほど胸が空《す》いたのか、文吾がカラリと笑い飛ばす。

「そうですよ。あたしらは忙しいんです。あんなのにかかずらっている場合じゃありゃしません」

日出も足をダン、と踏み鳴らした。佐久も同じ気持ちだ。

もう、できることはそう多くない。たかのために、皆でできることを――

早桶屋《はやおけや》に死者は奉公人だと伝えたら、まるで家人のような扱いに驚かれた。伊平の心尽くしに早桶屋《はやおけや》も感服したそうだ。

まず、たかが向かう先は寺である。文殊院《もんじゅいん》ではなく、佐久の母も眠っている遍照寺《へんしょうじ》へ、戸板に乗せられたたかが向かう。寺の住職は仏が年若い娘であることを物悲しく思ってくれたのか、長く目を伏せて拝んだ。そうしてひと晩を寺で過ごす。

その晩、佐久と日出は早桶が仕上がる前に、経帷子《きょうかたびら》を縫い上げた。ひと針ひと針にたかへの感謝の思いを込め、涙をこらえるため作業に没頭した。

翌朝になり、いよいよ更なる別れの時が訪れる。

佐久と日出で縫った襟のない経帷子《きょうかたびら》。湯灌《ゆかん》で清めた遺体に、左前でそれを着せるのだ。

湯灌《ゆかん》は魂を清める。そうすることで、たかの俗世での不遇が来世まで続かなければいい。佐久は祈りを捧げながら、流れを見守っていた。

湯灌場《ゆかんば》では湯を足した大盥《おおだらい》が待ち受けており、そのほんのりとした湯気がこの世のものとも思えないような場を作り出している。

そこで、坊主《ぼうず》がたかの着物の襟元から折り畳まれた紙を抜き取った。

「おや、こいつはなんでしょう」

そう言って、少しくたびれた紙を開いた。病床にありながら懐《ふところ》に、肌身離さず持っていたもののようだ。坊主《ぼうず》はその紙を翻《ひるがえ》して、文字の書かれた方を佐久に向ける。

「いろは歌ですね」

いろは歌。

それは佐久がたかに書いて渡したものだった。まだ心を開いてくれる兆《きざ》しのなかった時、たかと仲良くなりたいという想いを筆にのせた。

佐久は震える指先でそれを受け取る。かさり、と紙がずれて二枚目があった。お世辞にも上手いとは言えない、筆先の潰れた文字。起き上がることすら苦しかったたかがしたためた、最期の言葉。

――つばくろやのみなさんへ
　ありがとう　たか

いつの間に書いたのだろう。いつもそばについていた佐久が眠った僅《わず》かな隙に、少しずつ書き溜めたのだろうか。そうまでして書き上げ、これを懐《ふところ》にしまってくれていたたかの心に、佐久は今ようやく触れた。たかは本当につばくろ屋を好きでいてくれたのだ。

佐久はその二枚の紙をよれるほど強く抱き締め、ただただ泣き濡れた。声を上げないようこらえるのがやっとだ。日出の柔らかな手が、佐久の背中を優しく摩《さす》ってくれた。

佐久が嘆いている間に、たかの亡骸は湯灌《ゆかん》を済ませていた。病の苦しみから解放され、整えられた亡骸は清らかである。

僧侶の読経の声が、泣きすぎて痛む佐久の頭に響いた。これは現《うつつ》の出来事だとわかっているのに、線香の匂いを嗅ぎながらも、まだどこかで否定したがっている自分がいる。

引導を渡された後、たかの早桶は墓地へと運ばれた。坊主《ぼうず》が掘った穴に、早桶を左に三度回してから頭を北向きに収め、土饅頭《どまんじゅう》を盛る。その間も、佐久は胸が搔《か》き毟《むし》られるように苦しかった。

墓標の墨書には戒名が記された。墓はささやかなものであるけれど、参る場所があることで、藤七もまた救われるだろう。

寒さの厳しい日、細かな雪がちらほらと舞い散る中でのことだった。

旅籠《はたご》には出会いと別れがつきもの。

けれど、こんな悲しい別れはもう嫌だと、佐久はたかの墓に手を合わせ続けた。

5

たかのいない毎日が始まった。

思えば、共に過ごした日々の方が少ないのに、今更いないことが耐えられない。佐久は何をするにもたかを思い出し、気づけば涙を零《こぼ》していた。

藤七も平素は変わりなく見える。それでも心には大きな傷を抱えているのだ。それを出さない人だからこそ、苦しみは本当に根深いことだろう。伊平から白木の位牌を受け取った時の藤七の切ない表情だけが、素直な心の表れに思えた。

あれ以降、宗右衛門からの嫌がらせは意外なほどになかった。藤七がたかから聞いた話によると、宗右衛門はつばくろ屋の奉公人を引き抜くつもりで、たかを送り込んだのだそうだ。けれど、たかの方にその気は微塵《みじん》もなかったという。

そのたかが死に、あんなにも好き勝手に振る舞っていた宗右衛門でも、祟られて死にたくはないと見える。本当に、あれが応《こた》えて、自分の店が抱える飯盛女《めしもりおんな》たちに優しくなるといいのだけれど。

そうして、寒風吹き荒《すさ》ぶ十一月から、更に凍える十二月になった。雪が街道を埋め尽くし、美しかった雪景色も、次第に薄汚れてただ冷たいばかりのものと化す。

そんな年の瀬は誰もが忙しい。利助は掛取《かけとり》（掛売の代金の取立）前だと支払いの帳面の整理に手一杯だ。それに、年の瀬は何かと物入りである。

十二日までには煤払《すすはら》いの篠竹《しのだけ》を煤竹売《すすだけう》りから買い、新年に新しくつけ替える暖簾《のれん》の支度もした。鏡餅、門松《かどまつ》、注連飾《しめかざ》りなどの他に、店先に吊るす弓張提灯《ゆみはりぢょうちん》も出した。

たかは家族同然と思っても、正確には家人ではないから喪中ではない。気持ちは喪に服したいというのに、それを世間はおかしいと言う。

――年の瀬は忙しい方がいい。忙しい方が、心が悲しみを忘れていられる。

師走《しわす》も後半になると街道を行く人もあまりなく、旅籠《はたご》は商売にならない。だからさっさと宿を閉め、大晦日《おおみそか》を皆で過ごす。利助や文吾、日出も家族と過ごすために早めに帰った。

今、晦日蕎麦《みそかそば》を食べているのは、伊平、佐久、藤七、弥多、留吉の五人である。

弥多が打ってくれた蕎麦《そば》だ。美味しくないはずはないのに、皆、言葉が少ない。蕎麦《そば》が好物のはずの藤七も、味がしているのか怪しいような面持《おもも》ちで啜《すす》っている。蕎麦《そば》を啜《すす》る音に、留吉が鼻を啜《すす》る音が交ざる。柔らかな湯気の中、弥多がそうっと問うた。

「お口に合いませんか」

皆がハッとして弥多に顔を向けた。弥多はそばつゆの残った鉢を悲しげに膳の上に置く。

「そんな、とっても美味しいわ」

それは間違いなく本音であった。

けれど、弥多がこうしたことを言うのはとても珍しい。あまりに皆がしめやかに蕎麦《そば》を啜《すす》るから、料理人として自信を失ったのだろうか。

「ああ、美味《うま》かった」

藤七もそうささやいて箸を置いた。その藤七の顔を見て、佐久は気づいてしまった。

以前なら、皆が弥多の蕎麦《そば》を楽しみにしていて、笑顔ではしゃぎながら蕎麦《そば》を啜《すす》っていた。だから弥多なりに、蕎麦《そば》を出せば悲しみに沈む皆が少なからず笑ってくれるのではないかと思ったのかもしれない。

悲しいから、心が痛いから、まだ笑えるようにはならない。

ごめんなさいと弥多に詫びながら、佐久は静かに蕎麦《そば》を啜《すす》った。

それから母屋《おもや》に戻り、ぼんやりとしているうちに寺の梵鐘《ぼんしょう》が鳴った。目を閉じて百八の音を数える。朝になれば正月である。

そうして佐久は十七になった。

無為に過ごす日々は早く、今にたかの年を越してしまうのだろう。

●

気持ちは置き去りに、それでも年は明ける。

「謹《つつし》んで御慶《ぎょけい》申し入れます」

住み込みの奉公人一同が、伊平と佐久に年始の挨拶をしてくれた。利助たち通いの三人は挨拶に顔を出して、それから正月をゆっくりと過ごすべく、各々の家に戻っていった。

その後、主《あるじ》の伊平が井戸から今年初めて汲み上げた若水で、福茶を飲んだ。梅干と塩昆布、好みで粒山椒《つぶざんしょう》を加えて。体がほんのりとあたたまる。

弥多が仕上げてくれた雑煮を食べて、つばくろ屋では三が日を過ごした。皆で商売繁盛を祈願しに、恵方《えほう》の神社へも参った。初湯に浸かりに湯屋にも行った。

去年と同じことを同じ顔ぶれで行《おこな》っているのに、どうしても物足りない。世の中の色が、たかを喪《うしな》ってから一変してしまったのだ。年が明けたというのに、少しも晴れやかな気分になれないままだ。

「年神様《としがみさま》にお供えした食積《くいつみ》のおさがりですが、これは旦那さんとお嬢さんに」

廊下ですれ違った弥多が、かごに盛った蜜柑《みかん》を手渡してくれる。母屋《おもや》まで持ってきてくれるつもりだったのだろう。

伊平と二人で食べるには十分な量だ。蜜柑《みかん》が好きな佐久は、決まってあっという間に食べてしまう。

いつもならば炬燵《こたつ》に入って食べる蜜柑《みかん》に仕合《しあわ》せを感じるけれど、今はそれさえ虚《むな》しく、申し訳ないような気持ちになる。

「ありがとう、弥多」

笑って受け取ろうとしたのに、かえって表情が崩れてしまう。そうした佐久の様子に、弥多の方が悲しそうな目をした。弥多なりに佐久を励まそうとしてくれている。けれど弥多に甘えて素直な心を見せてしまうから、なかなか笑えない。


雪が徐々に溶けてかさが減ったのは、一月も終わりのことである。

佐久は街道に出て呼び込みをしていた。寒いなどとは言っていられない。白い息を吐きながら、綿入りの印半纏《しるしばんてん》を着込んでがんばるのみだ。

「さあさ、いらっしゃいませ。今宵《こよい》のお宿はどうぞこのつばくろ屋へおいでください。美味しい料理に真心尽くしのおもてなし――」

そう声を張り上げていた佐久は、平尾宿方面からやってきた侍に目を向け、思わず口を閉じるのを忘れた。以前とは違い、きっちりと剃《そ》られた月代《さかやき》。装束《しょうぞく》も改められ、天鵝絨《ビロード》の縁布のある鶯色《うぐいすいろ》の野袴《のばかま》、黒縮緬《くろぢりめん》の丸羽織《まるはおり》。大小の刀を腰に佩《は》いて網代笠《あじろがさ》を手に、目尻に皺《しわ》を刻む。どこからどう見ても立派な侍であるが、その変貌振りに佐久は驚いた。

「し、篠崎様でございますか」

「いかにも。久しいな」

無体な客に絡まれていた佐久を、窮地《きゅうち》から救ってくれた恩人である。忘れるはずはないのだが、あの時はどこかよれっとした浪人風だった。もしかすると仕官が叶ったのかもしれないと、佐久はこの邂逅《かいこう》を喜んだ。

「こうしてまたお目にかかれて嬉しゅうございます」

佐久が丁寧に頭を下げると、篠崎はうむ、と柔和に微笑んだ。それから、どういうわけか表情を引き締め直す。

「時に、宿の料理人は変わっておらぬだろうな」

よほどこの宿の料理を気に入ってくれたのだろう。そういえば美味しそうに食べてくれた。

「ええ、変わっておりませんとも」

佐久が答えると、篠崎はひどく安堵した様子で胸を撫で下ろした。

「そうか。それはよかった。では上がらせてもらおう」

「ええ、ありがとうございます」

篠崎が新しい暖簾《のれん》を割って潜《くぐ》ると、利助や藤七も手を止めて目を見張った。

「篠崎様で――ございますね」

利助は少々自信なげに問う。篠崎の方が照れ笑いを浮かべた。

「前はひどい格好で来てしまったのでな、今回は改めて参った。旅が常ともなると、ものぐさな性分が身についてしまっていかんな」

「い、いえ、ようこそおいでくださいました。篠崎様ならば、どのような格好をされていても手前どもの恩人でございますから」

「それはもうよいと言うに」

篠崎はカラリと笑っている。そうしたところにも豪快な人柄が窺《うかが》える。篠崎はそのまま板敷の上に腰を下ろした。まずは足を洗わなければと佐久は振り返る。

「留吉、洗いをお持ちして」

「あい」

留吉は板場まで急いだ。そうして湯の入った桶を、鼻の下を伸ばした面白い顔で零《こぼ》さないように運んでくる。そんな留吉の後ろに、文吾と弥多がついてきた。

留吉に、篠崎が来たと聞いたのだろう。料理の手を止めて挨拶するために顔を見せたのだ。

「ああ、篠崎の旦那、ようこそおいでくだせぇました」

満面の笑みを浮かべる文吾の後ろで、弥多もしっかりと頭を下げた。言葉はなくとも心が伝わる。すると、篠崎は急に板敷から腰を浮かせた。そうして、どこか感極まった様子で何度もうなずいた。

「よかった。本当に、よかった――」

皆が首をかしげていると、そこへ伊平がぎこちない足取りでやってきた。徐々に動きに滑《なめ》らかさが出てきたけれど、冬は寒さが体に応《こた》えるのだ。

「ああ、おとっつぁん」

そこでふと、あの時の騒動を伊平に話していないことに気づいた。もう随分《ずいぶん》経ったことだし、話してもいいだろうか。

「こちらのお客様は篠崎様と仰って、以前困ったお客様に絡まれていたわたしを助けてくだすったの」

それを聞き、伊平は目を瞬《またた》かせると、急いで板敷に座して両手を突いた。

「それはそれは、何も存じ上げずにご無礼致しました。主《あるじ》の伊平と申します。その節《せつ》は娘がお世話になり、ありがとうございます」

「いや、その様子からすると体が思わしくなかったのだろう。気になさるな。それよりも――」

篠崎は一度言葉を切ると、じっと探るような目を伊平に向けた。伊平はそれをよくわからぬままに受け止めている。焦らすつもりではなかっただろうけれど、篠崎はようやくささやいた。

「主殿《あるじどの》、少し話をさせてもらえぬだろうか」

「ええ、もちろん構いませんが」

篠崎の話とはなんだろうか。佐久は手早く篠崎の足を湯で洗い、清潔な手ぬぐいで拭った。

「おお、すまぬな」

「では、こちらへ」

藤七が一階の『鶴《つる》の間』に誘《いざな》う。一番上等な部屋である。佐久は伊平に手を貸しつつ、ついていこうとしたけれど、篠崎の目が佐久を拒んでいた。佐久がいては話しにくいことなのだろうか。

仕方がないので、佐久は『鶴《つる》の間』の入り口で伊平の手を離し、案内役の藤七と共にお辞儀をしてから下がった。

「篠崎様、おとっつぁんになんのお話かしら」

「なんでしょうね。まるで見当がつきません」

藤七は、あれからも仕事はそつなくこなしてくれているけれど、やはりふとした拍子に悲しい目をする。皆に言わせれば、それは佐久も同じであるのだけれど。

○

無頼の輩《やから》から佐久を助けてくれた、篠崎という侍が再びこのつばくろ屋を訪れた。料理人たちはその篠崎のために、板場で腕を振るう。弥多は大根を丁寧に藁《わら》縄《なわ》で洗い始めた。少しでも泥が残っていてはいけない。

文吾は竈《かまど》に大鍋を置く。年末に竈師《かまどし》に塗り直してもらったばかりの竈《かまど》は、黒く艶やかに光っていた。献立は練馬大根やがんもどきを使ったおでん、豆腐、こんにゃく、芋《いも》の田楽《でんがく》。これらに熱燗をつければ、冬はこんなにも嬉しいものはないと文吾が言う。

腕によりをかけ、最高の状態で出す料理を篠崎に味わってほしいと、弥多は気を引き締めた。

そんな中、佐久が板場へやってきた。ただ、どこか釈然としない表情である。たかのことがあってからめっきり笑わなくなった佐久だけれど、それとは違うところで違和感を覚える。すると、佐久は弥多に顔を向けて言った。

「弥多、おとっつぁんが呼んでいるわ」

「え――私を、ですか」

「そうよ」

何故、自分が呼ばれるのか。今、伊平は篠崎と話し込んでいるはず。文吾も怪《け》訝《げん》そうに眉を動かした。

「コイツをですかい。うぅん、よくわかりゃしやせんが、旦那さんがお呼びとありゃあ連れてっておくんなせぇ」

弥多が抜けると飯の支度が遅れてしまう。とはいえ、主《あるじ》である伊平の言いつけならば仕方がない。

「へい、只今」

弥多は濡れた手を前掛けで拭きながら立ち上がった。板場の入り口で佐久とすれ違っても、佐久は弥多の後に続かなかった。そして、少し拗《す》ねたようにつぶやく。

「弥多だけを呼んでいるの。わたしは駄目だって」

「それはまた――」

ますますよくわからない。弥多は一度だけ振り返り、それから『鶴《つる》の間』へ急いだ。

「弥多です。お呼びと伺《うかが》いました。失礼致します」

障子の前で声をかけ、障子を開いてから手を突いて頭を下げた。その時でさえ、自分が呼ばれているのは何かの間違いではないかと思う。緊張して心《しん》の臓《ぞう》が早鐘を打つ。一方、篠崎はほっとした様子で声をかけてきた。

「ささ、どうぞこちらへ」

篠崎のその丁寧な口調に、伊平が口元をぴくりと動かした。まさかという思いと、そんなはずはないという思いとが、弥多の中でせめぎ合う。

弥多がおずおずと中に入り、障子をしっかり閉めると、篠崎は上座の座布団から退いた。

「篠崎様——」

伊平が目を丸くする。篠崎は畳の上で折り目正しく頭《こうべ》を垂れた。武士が、しがない料理人の若造に頭を下げる意味を、伊平が知るはずもない。弥多もとっさに声が出なかった。篠崎は弥多をまっすぐに見据え、そうして言う。

「卒爾《そつじ》（失礼）ながら申し上げます。彦吉朗《ひこきちろう》様にございますな」

否定も肯定もしなかった弥多に、篠崎は言い募る。

「お名前などはいくらでも変えることができましょう。けれど、亡きご母堂《ぼどう》様に生き写しのそのお顔だけは、他の誰かに真似できるものではございませぬ」

亡き——そのひと言に弥多の心は震えた。思わず、口をついて言葉が漏れる。

「亡くなったの、ですか——」

それが、自分が『彦吉朗』であるという肯定に他ならないとしても、知りたかった——母の最期を。

篠崎は静かにうなずいた。

「身共《みども》もこうして旅先で藩内におらず、故に文《ふみ》を通じてしか存じ上げぬのですが、お風邪をこじらせてしまわれたそうで、そのまま——」

二度と目通りは叶わぬだろうと思っていた。この遠く離れた地で、その最期を知れたのは本当にありがたいことである。優しい母であった。

「そう、でしたか」

何を言えばいいかわからず、弥多はそれだけ零《こぼ》した。戸惑うばかりの弥多の目に、篠崎はまっすぐに告げる。

「身共《みども》は消息の途絶えた彦吉朗様をお捜しするという内々の命《めい》を受けて旅を続けておりました。こうして巡り合えるまで、こんなにも時を要《よう》してしまいましたが。旅先で何が起こりましたのか、お話し頂けますか」

ほんの少し、懐かしさにも似た親しみを篠崎に感じたのは、何も佐久を助けてくれた恩人であったからではない。同じ郷里の人間であることを、どこかで感じ取っていたからだろう。

このつばくろ屋に馴染《なじ》み、生涯の場所として定めた今になって、自分を捜していたという篠崎と出会うとは――なんとも皮肉なものだ。

ふぅと嘆息すると、呆然と自分を見ている伊平の視線に気づいた。弥多はとっさに低頭する。

「旦那さんやお宿に申し訳ないようなことは何もしておりません。私はもとには戻れぬものと覚悟を決めて、幼い時分に名を改め、新たな自分として生きると決めたのです」

伊平は弥多の下げた頭に、ためらいがちに声をかけた。

「弥多、お前は何者なんだい。まずはそれを教えておくれ」

今の自分はもう、ただの料理人でしかない。あまりにも遠く離れた過去を思うと、素直に言葉が出てこなかった。畳の目に視線を落としたままの弥多に代わり、篠崎が控えめな声で告げた。

「陸奥国八戸藩《むつのくにはちのへはん》八代藩主、南部信真《なんぶのぶまさ》様のご子息、ご幼名《ようめい》を彦吉朗様と仰います」

「八戸藩のお殿様の――」

伊平の呆然としたような声に、弥多は顔を上げられずにいた。伊平にしてみれば、弥多は口入屋《くちいれや》から受け入れただけの子供に過ぎない。あまりに突拍子もない話だと、弥多も自分のことながらに思うのだった。

「南部家のご家紋は、定紋《じょうもん》も替紋《かえもん》も鶴《つる》でございます。彦吉朗様とこうしてお話ししているこの部屋が『鶴《つる》の間』とは、何かのお導きのような気が致しますな」

などと言って、篠崎は目尻に皺《しわ》を寄せた。篠崎をここへ導いたのは、やはり母だろうか。孝行のひとつもできなかった息子を、それでも見守っていてくれるのか。胸の奥がじわりと熱を持つ。弥多はやっとのことで口を開いた。

「——父には子が多く、男児は私で九人目。弟も生まれておりましたし、私は庶出でございますから、跡目を継ぐこともない身の上でございました」

伊平は黙って続きを待っていた。ただ、その前にと篠崎は言う。

「ご嫡男信経《のぶつね》様、ご次男信一《のぶかず》様がお亡くなりになり、今は薩摩藩主、島津《しまづ》重豪《しげひで》様よりご養子に迎え入れられた信順《のぶゆき》様が、九代目八戸藩主となられました。ご存じでしたでしょうか」

この離れた地では、そこまでのことを知りようもなかった。驚いて首を強く横に振り続ける弥多に、篠崎は悲しげにつぶやく。

「信経様は彦吉朗様が行方知れずとなったその年にお亡くなりになりました。もとより山背《やませ》（冷たい風）が吹き荒《すさ》び、飢饉《けがじ》の起きやすいお国柄ですから、早世されてしまうことが多うございます。それ故に、彦吉朗様をご養子に出されるというお話になったはずなのです。それが、道中掻《か》き消えてしまわれて——」

そうなのだ。自分が八戸を出ることになったのは、生きてほしいと願う親心からであった。だからこそ、心細さを隠して郷里を後にしたのだ。

八戸を出て、それから自分の身に起こったこと。それを誰かに語ることになるとは、夢にも思わなかった。けれど、先に言わねばならぬことがある。

それは不孝に他ならない。わかっていても、どうしても譲れぬことなのだ。

「篠崎様」

「様だなどと——」

恐縮する篠崎に、それでも弥多は心を曲げることなく願いを口にする。

「これからも私は、このつばくろ屋の料理人として生きていくつもりです。それ故、言葉を改めることは致しません」

すると、伊平は少しの戸惑いを見せた。弥多は何よりもその様子に怯《おび》えた。

「それは許されぬことでしょうか。私は、いつまでもここが私の居場所であってほしいのです」

すがるように目を向けると、伊平は困惑して顎《あご》を摩《さす》りながらつぶやいた。

「今後、どう扱ってよいものやら困ってしまいますな」

「今まで通りでよいのです。どうかお願い致します」

再び弥多が頭《こうべ》を垂れると、伊平はちらりと篠崎を見た。篠崎はそんな弥多の姿に落胆しただろうか。

「とうとう彦吉朗様をお捜しすることも叶わぬまま、先代信真様は一昨年《おととし》ご隠居なさいました。その時、彦吉朗様はもう生きてはおらぬだろうと、身共《みども》に旅から戻れと便りをくださりました。けれど、手がかりすらつかめぬとは、あまりに不甲斐なく、もう一年ばかりはと旅を続けておりました」

「それは——あいすみません」

弥多はぽつり、ぽつり、と自分の身に降りかかったことを整理しながら篠崎と伊平に語った。

歳月が、あの出来事をまるで作り話めいて感じさせる。けれど語りゆくうちに、当時の子供に戻ったような気分になり、弥多は身震いした。

その話を愕然《がくぜん》と聞きつつ、篠崎はいつの間にか肩を落としていた。

「——それはおつらい目にお遭《あ》いになりましたな。我ら臣が不甲斐ないばかりに、申し訳ございませぬ」

弥多はかぶりを振った。身勝手にも今が仕合《しあわ》せだから、謝られてもこちらの方が苦しくなる。

「お子が次々とお亡くなりになり、信真様は恐ろしくなられたのでしょう。この流れを止めるため、よそから血を迎え入れたのだと、口さがない連中が噂しておりました。彦吉朗様がご無事で生きておられることは、信真様にとってどれだけの慰《なぐさ》めとなるでしょう。一度くらいはお顔をお見せになって頂きたいものです」

いつかは父に会えるだろうか。弥多はそっとうなずいた。

篠崎は伊平に向かって手をつくと、それは真摯《しんし》な眼差しを向けた。

「彦吉朗様がもし生きていらしたら、本人の望むように生きてくれればいいと信真様は申されました。離れていても、お子のことでございます。何かお感じになられたのでしょう。――この先は主殿《あるじどの》にお願いするしかございませぬ。身共《みども》も彦吉朗様がここにいてくださいましたら、こうしてまたお目にかかりに訪れることができます。どうか、お頼み申し上げます」

伊平は目を回しそうなほど疲れた顔になった。武士に頭を下げられることなど、そうはないはずである。深々と嘆息すると、伊平は腹をくくったのか口を開いた。

その後に続いた言葉は、弥多にとって青天《せいてん》の霹靂《へきれき》であった。

○

その日、伊平と篠崎の話は長く続き、そこに何故か巻き込まれた弥多もなかなか戻らなかった。

佐久が帳場のそばでそわそわしていると、話を終えた弥多が戻ってきた。どんな話をしたのかが気になって、佐久は目で訴えかける。そうしたら、弥多は即座に頭を下げて通り過ぎた。帳場格子の中にいた利助も小首をかしげる。

「弥多は一体どうしたんでしょうねぇ。妙に顔が強張《こわば》っておりましたが」

「ええ、どうしたのかしら」

文吾に怒られると思い、慌てて戻りたかったのかもしれない。佐久はそう思うことにした。

弥多がいないという時でさえ、夕餉《ゆうげ》によく煮えたおでんが出来上がっていたのは、文吾の意地だ。その晩、篠崎はおでんに舌鼓《したつづみ》を打ち、大変喜んでくれた。

翌朝、他の客たちは早々に出立《しゅったつ》し、最後の客となった篠崎を皆が総出で見送る。つばくろ屋の面々を眺めつつ、篠崎はにこやかに言う。

「旅籠《はたご》に居続けできぬのは、残念でならぬな。しかし、何かの折にはまた来よう。達者でな」

「篠崎様がおいでくださる日を、一同心待ちにしておりますとも」

伊平も朗《ほが》らかにそう言った。佐久がなんとなく弥多を見遣ると、弥多は無言で篠崎に目を向けていた。それは以前のような恩人に向けるものとは少し違う、なんとも複雑な思いのこもる眼差しに見える。篠崎もまた、弥多に向けて苦笑し、何度か小さくうなずいてみせた。

「ではな」

網代笠《あじろがさ》を高らかに上げて手を振る篠崎が、平尾宿方面へ遠ざかる。なかなかの健脚は瞬《また》く間に小さくなって人混みに紛れた。冷たい孟春《もうしゅん》の風が、見送る皆の着物の裾をなびかせた。

そうして、睦月《むつき》が過ぎていく。

篠崎が再び訪れてから、つばくろ屋では小さな変化が起こっていた。それは、弥多のことである。

弥多の様子は、佐久から見てもおかしかった。よそよそしく、今までにも増して口数が減った。佐久と目を合わせることもなく、すれ違っても会釈のみ。こんなことは初めてで、佐久は不安になり、文吾に相談してしまった。何か弥多を怒らせるようなことをしてしまったのかもしれない、と。

すると、文吾はああ、と苦《にが》りきった笑みを佐久に向ける。

「あいつは不器用なんで、もうちょっとだけ待ってやっておくんなせぇ」

文吾は弥多の様子がおかしい理由を知っているようだ。けれど、それを佐久に教えてくれる気はないらしい。

「お嬢さんはなんにも悪くねぇですから、どんと構えていてくだすりゃいいんですよ」

カカカ、と笑い飛ばす文吾。文吾がそう言うなら、佐久もあまり気にしたくはない。けれど、どうしても気になってしまう。もし、ずっとこのままであったら――

そんなふうに考えると、たかを喪《うしな》った悲しさとは違う苦しみが生まれる。こうした気持ちを寂しさというのだろうか。

心が晴れないまま宿の仕事に勤《いそ》しむ佐久に、ある日、伊平が夕餉《ゆうげ》の席でこう切り出した。

「お佐久や、もうすぐ初午《はつうま》だ。今年の初午詣《はつうまもうで》にはお前が行っておくれ」

「構わないけれど、どうしたの」

ほくほくの風呂吹き大根に箸を入れながら、思わず佐久は問い返した。

稲荷《いなり》は商売人の信仰の的だ。初午《はつうま》の日には今までもずっと詣《もう》でてきた。元気なうちは伊平が行き、昨年は利助が代わった。今年も利助が行くものとばかり思っていたのだ。

「まあ、そろそろかと思ってね。もちろん、一人で行けとは言わないよ」

初午《はつうま》の日の王子稲荷《おうじいなり》は大層な賑《にぎ》わいだと聞く。そこへ行ってみたい気持ちは佐久にもあった。

「そうなの。皆で行けるといいのにね」

口に入れた大根がほろりと崩れる。味噌に振りかけた柚子《ゆず》の皮が程よく香った。伊平は大根を箸でぐずぐずとつつく。最近では箸遣いも滑《なめ》らかになり、零《こぼ》すことも少なくなったのに、大根のどこがつかみにくいのだろう。

「いや、その――皆は駄目だ。宿は開けるからね。弥多だけ連れていきなさい」

「弥多と――」

最近あまり口を利いてくれない弥多。けれど、これを機に以前のように話してくれるようになるかもしれない。佐久はそう思うことにした。

「ええ、わかったわ」

あっさりと返事をした娘は、父の親心など知りもしないのであった。

そうして、如月《きさらぎ》の初午《はつうま》の日。佐久は黒繻子《くろじゅす》の昼夜帯《ちゅうやおび》を手馴れた仕草で路考結《ろこうむす》びにした。麻の葉の柄《がら》が控えめに覗く。着物の方は一片染《いっこんぞめ》の縞紬《しまつむぎ》を選んだ。髪にびらびら簪《かんざし》を挿し、磨いてもらったばかりの鏡台の前で、髪に乱れがないかを確かめる。

「うん、大丈夫」

明け六つ半（午前七時）、いつもならば客を送り出した後の店で慌ただしく働いている時刻だ。今日は店に出なくていいと伊平に言われ、朝からゆっくりさせてもらっている。

身支度を整えた佐久が母屋《おもや》から現れると、日出がすかさず飛んできた。

「まあまあまあ、お嬢さん、おめかしして、とってもお美しいですねぇ」

「あら、ありがとう」

何気なくその賛辞を受け取った佐久を、日出はにこやかに客室へと連れ込む。そうしてぴしゃりと障子を閉め、急に佐久の後ろに回った。

「いいんですけれどね、お嬢さん、せっかくですからもっと帯は娘さんらしく華やかにいきましょうか」

「へ――」

シュルシュル、と手早く帯を解《ほど》かれ、帯の柄がよく見えるだらり結びに直された。垂れた帯が邪魔になると思ったけれど、よく考えたら今日は仕事ではない。

日出はじぃっと佐久を上から下まで見回し、やがて大きくうなずく。

「はい、いいですよ。大事な日ですからね、ちゃんとしなくちゃ」

初午《はつうま》の祭は大切な日といえばそうなのだが、日出までがそんなことを口にするとは思わなかった。

「商売繁盛、ちゃんと祈願してくるわね」

「あらやだ、何を仰ってるんだか」

何故かそう笑われてしまう。佐久はとりあえず弥多を待たせてはいけないかと思って土間に出た。

土間に立って佐久を待っていた弥多は、いつものようなお仕着せ姿ではなかった。

萌黄色《もえぎいろ》をした縮木綿縞《ちぢみもめんじま》の着流し。小紋《こもん》の袷羽織《あわせばおり》。品よく佇《たたず》む姿は、奉公人というよりも若旦那のようである。

そうした弥多の格好を見慣れず少し驚いた佐久に、弥多は照れくさいのか頭を下げてごまかした。

「お待たせ、弥多。そういう格好もよく似合うわ」

正直にそう言うと、弥多もぼそりと答える。

「お嬢さんも――」

そんな二人を宿の皆が見守っているのに気づき、弥多は妙に慌てた。

「で、では、行って参ります」

伊平はにこにこと微笑みながら、何か言いたげに弥多を見つめてうなずいた。

「ああ、お佐久のことをよろしく頼むよ」

「へい」

佐久は自分たちだけが祭に行くことが少し後ろめたかった。特に子供の留吉は、祭と聞いたら行きたいはずだ。

「ごめんなさいね、わたしたちだけ」

表まで見送りに出てくれた皆に向けて、つぶやく。すると、留吉が眉をギュッと寄せて唇を尖らせ、ひょっとこのような顔になった。

「おいらも本当はすごぉく行ってみたかったですけれど、今日は我慢します」

「あら、我慢しなくても留吉一人くらい――」

すると、藤七がすかさず留吉の首根っこを捕まえて後ろに下げた。あまりの勢いに、留吉の下駄だけが置き去りになったほどだ。

「いいえ、留を甘やかさないでください。どうぞお気になさらず」

藤七がそう言うなら仕方がない。皆は手を振って送り出してくれた。ただ、その時の皆の顔は、なんとも言えず心配そうであった。佐久はいつまでも手を振り続ける皆を、何度か振り返りながら弥多と街道を歩いた。

弥多の口数は少ないものの、常に佐久を気遣いつつ歩いてくれているのがわかった。年が明けてひとつ年をとったせいか、頼もしさが増したようにも思える。道行く人馬《じんば》から佐久を庇《かば》う、何気ない仕草のせいだろうか。

そんなことを考えながら歩いていた佐久だったけれど、平尾宿に差しかかった頃に我に返った。王子稲荷《いなり》へ行くには、平尾宿を抜ける。平尾宿にはあの盛元があるのだ。宗右衛門と出くわしたりしないだろうか。そう考えたら不安になった。

隣を行く弥多は、そんな佐久の心を敏感に察してくれたようだ。するり、と佐久の強張《こわば》った手を、水仕事に荒れた手でするりと包み込んでくれる。佐久は驚いて弥多を見上げた。弥多の目には照れやためらいよりもはっきりとした意志があった。

「お嬢さん、私がおそばにおります」

まっすぐな言葉だった。いつもの優しげな様子とは違うから、佐久の方が戸惑ってしまう。それでも弥多は手を離さず、そのまま歩き続ける。それに引っ張られるようにして、佐久は盛元の前を通るのだった。

立派な普請《ふしん》の楼閣《ろうかく》。屋根雪はほとんど残っておらず、そこから滴《したた》る雫《しずく》が煌《きら》めいている。

白塗りの飯盛女《めしもりおんな》が宿先に腰かけていて、弥多にチラチラと視線を送った。と、その時、盛元の暖簾《のれん》を割って男が出てくる。佐久はびくりと身を震わせた。弥多の手がぐっと佐久の手を握り、佐久もまた弥多の手に指を絡める。

けれど、出てきたのは宗右衛門ではなく、松太郎だった。遠目に、おっ、と口の形が動いた後、二人が繋いだ手に目を向ける。それから怯《おび》えた佐久の表情を認め、松太郎は肩を下げた。

「お佐久」

雪溶けの道を踏み、松太郎は二人の前に歩み寄る。けれどそこに尊大な様子はなかった。いつになくしょんぼりとしている。

「店の男衆《おとこしゅ》に詳しく聞いた。ごめんな」

　松太郎がそんなふうに謝ったことが、今までにあっただろうか。松太郎のついたため息が僅《わず》かに白くなり、すぐに消えた。

「親父を止められなくて、情けねぇんだ、俺は」

「松太郎さん――」

「おたかは不思議なヤツで、いつも淡々としてたから、病抜けしたんだって疑ってもなかった。だが今にして思えば、あいつは死に場所を求めていたのかもな。お前には嫌な思いをさせて悪かった」

　それは松太郎の本音なのだろう。心から悪いと思ってくれている。

「うちの親父はな、お前の親父とつばくろ屋がでぇっ嫌《きれ》ぇなんだ。俺もちいせぇ頃からそれは知ってた。だから俺もつばくろ屋のことは莫迦《ばか》にしてて、最初は親父が嫌う宿がどんなにしょうもねぇところか見に行ってたんだ。でも、お前と出会ってからは、親父の言うことばっかりが正しいわけじゃねぇって考えるようになって――」

　思えば、松太郎と出会ったのはいつだっただろうか。本来ならあまり顔を合わせることもないような互いの立場である。それを松太郎の方が、何かとつばくろ屋の辺りへ出向いてくれていたのだ。

佐久は返答に困り、ただ松太郎が語る言葉に耳を傾けた。

「気位《きぐらい》のたけぇ親父だから、もちろん俺にもこんな話はしなかったけどな。おふくろがこっそり教えてくれた話だと、昔、うちがただの平旅籠《ひらはたご》だった頃、宿講への加盟を断られたのが因縁の元なんだ」

「え――」

「うちは客も多かったし、断られる理由《わけ》がわからなくてな、親父はお偉方に詰め寄ったんだとさ。そしたら、お前は儲けばかりを見ていて、もてなしに心がない、つばくろ屋の伊平を見習えって突っぱねられたんだと。そっからつばくろ屋を目の敵《かたき》にするようになって。まあ、逆恨みだな」

「そうだったの――」

たかは宗右衛門の恨みに巻き込まれ、翻弄《ほんろう》された。なんとも割りきれない気持ちを抱えた佐久に、松太郎は苦しげにつぶやく。

「でも、おたかは思い通りに動かねぇどころか、親父に逆らってつばくろ屋を守った。俺にもあんなこと、できやしねぇよ。――親父もやり込められて懲《こ》りたんだと思うぜ。あれから少し大人しいし、俺ももうつばくろ屋へ迷惑をかけねぇように気をつけておくから」

そこでふと、佐久は何かが抜け落ちたような不思議な感覚がした。それに思い当たった瞬間、ふわりと心が軽くなる。

「松太郎さん、でもね、うちにおたかを寄越してくれたことをわたしは感謝したいわ。おたかと共に過ごさせてくれてありがとう」

そうなのだ。宗右衛門にどんな思惑があったとしても、たかをつばくろ屋へ寄越してくれた人なのだ。そう思ったら、憎しみは薄れ、ほんの少しの感謝が湧いた。たかに出会わせてくれてありがとう、と。

別れはつらかったけれど、それはたかが好きだったからだ。喪《うしな》った今も、出会えたことを喜びたい。

松太郎は、そうか、と小さく零《こぼ》して苦笑した。

平尾宿の一里塚《いちりづか》を越え、いよいよ板橋宿を抜ける。旅人たちが踏み締めた街道では薄く残っていた雪も消え、湿ってはいるものの歩くには困らない。街道脇に植わった木から雀《すずめ》が飛び立ち、水飛沫《みずしぶき》がキラリと陽に光る。

佐久はその光景を眺めつつ、繋いだままの手をどうすべきか考えた。もう離してもいい頃合いだと思う。もしかすると弥多も離しそびれて、気まずく思っているのかもしれない。

そんなことを考えていると、唐突に弥多が口を開いた。

「お嬢さん、昔話を聴いて頂けますか」

「え――」

「私の幼い頃の話です」

弥多は今まで、自分の身の上をほとんど語ろうとしなかった。幼い頃からずっとだ。だから佐久なりに訊《き》いてはいけないものと思って接してきた。それを今になって語るという。

それは今、その必要があると思っているからに違いない。佐久はこれを受け止めねばと感じた。

「――いいわ。話して」

佐久の返事に、弥多は心底ほっとしたような表情を見せてうなずいた。その後は佐久を見るのではなく、正面を見据えたままで語り出す。

「私は武士の子でした。兄弟が大勢おりましたので、もちろん跡継ぎではございませんが」

「弥多が、お侍の――」

優しげな物腰の弥多と二本差しの物々しさは、どうにも結びつかない。けれど、弥多が語るのならそれが真実なのだろう。佐久は足を止めずにその先を待った。

「ええ。ただし、私の父が治める領地は北の、それは寒い地方であったのです。冷たい山風から凶作が続くことも珍しくはなく、失火《しっか》も多い過酷な土地柄でした――」

○

――この地は不毛の、厳しい土地柄なのだと、誰とも知れずよく口にした。

弥多は佐久の柔《やわ》い手を引きながら語り、昔を徐々に思い起こす。

城で誰よりも美しかった母。その母がいつになく厳しい目をして、幼い頃の弥多――彦吉朗を呼び出し、座敷に座らせた。首をすくめて母の言葉を待つと、母はふと表情を和らげた。慎ましやかな打掛《うちかけ》も、母が羽織ると華やいで見える。

「彦吉朗、よくお聞きなさい。そなたを讃岐国高松藩《さぬきのくにたかまつはん》、松平家へ養子に出すことにあいなりました」

まだ十《とお》を迎えたばかりの彦吉朗には、母の言葉に込められた意味がまるでわからなかった。その真意を探ろうとしても、幼い頭《つむり》は空回るばかりである。

「色々なお方のお口添えあってのこと。ありがたくお思いなさい」

母は優しくも毅然《きぜん》とした声で告げる。彦吉朗は膝の上で震える拳を解《ほど》き、畳に手を突いた。

「母上、私は遠くへやられるのでございますか」

「そなたはこの厳しい土地では生きられぬのです。出立《しゅったつ》は十日後。心構えをしっかりなさいませ。よいですね、彦吉朗」

「わ、私は――」

「幼くとも武家の子であるのです。潔《いさぎよ》くなさいませ」

あまりのことに、彦吉朗は涙を浮かべた。故郷を離れてまで生きる理由が、幼い彦吉朗には見つけられなかったのだ。袖で涙を拭い、震える声で返事をひとつして、その場から逃げるように去った。

そうして、残りの日々を燻《くすぶ》って過ごす彦吉朗を、多忙な父が呼びつけた。立派な父なのだ。あまり多く言葉を交わした覚えもなく、彦吉朗はひれ伏したまま顔を上げられなかった。そんな息子に、父は言う。

「幼いそなたにはまだわからぬだろう。けれどな、親はいつも子を守りたいと願うのだ――それがどんな形であれ。だからそなたは懸命に生きろ」

生きろ。

そう、父は言った。それは父と、そして母の願いでもあるのだと。

彦吉朗は胸が詰まって返事もできず、ただその言葉を胸に深々と頭《こうべ》を垂れた。

出立《しゅったつ》の日、五人の供侍《ともざむらい》と駕籠《かご》かきの陸尺《ろくしゃく》、中間《ちゅうげん》（最下級の武士）、すべて合わせると供は十人であった。

駕籠《かご》に乗り込む彦吉朗を、母は唇を引き結んで見守っていた。

「母上、どうかお健やかにお過ごしくださりませ」

八戸の城と初春の青い空。それから涙をこらえる麗《うるわ》しい母の姿を目に焼きつけ、彦吉朗は生まれ故郷を後にするのであった。

揺れる駕籠《かご》の中、武士の子として情けなくも、めそめそと涙を流した。

長い道中、休み休み旅をする。

旅の供に徒士組《かちぐみ》の野村弥多郎《のむらやたろう》という男がいた。一番上の兄と同じくらいの年頃で、折り目正しく、心優しさが面《おもて》に表れているような男だった。人見知りな彦吉朗も、彼には打ち解けて話すことができた。

「彦吉朗様、お体が優れない時などはすぐに身共《みども》にお申しつけくださりませ」

「う、うむ」

たどたどしくそう言う彦吉朗に、野村は笑顔だけを向けてくれた。彦吉朗の心細さを慮《おもんぱか》ってくれてのことだろう。ただ——

どうしようもなく苦手な足軽が一人いた。目つきは獣のごとく鋭く、羽織に空《から》脛《ずね》の立ち姿。彦吉朗と視線がぶつかっても、笑むどころか浅く頭を下げるのみ。

そうした彼の不敬を野村が代わって詫びるのだった。

「あれは剣術《やっとう》の腕が立ちますので伴って参りましたが、城を出た途端にあの調子で困ったものです。後できつく申しておきますので、ご容赦くださりませ」

彦吉朗には野村が悪いとは思われなかった。あの足軽――池田《いけだ》がそういった行動に出るのは、彦吉朗が侮《あなど》られる子供であるせいなのだ。


旅は半月ほど続いた。供の食事は粗末なもので、途中で立ちくらみをするものもいた。加えて、悪天候ともなれば体力は削られる。

春雨とはいえ、菅笠《すげがさ》に桐油合羽《とうゆがっぱ》。濡れそぼれば、体も冷える。

彦吉朗だけは駕籠《かご》の中で、多少の雨漏りはあれど、ずぶ濡れにはならない。

江戸へ抜ける最後の関所を越えたある時、雨音に交ざって悲鳴ともつかない声が駕籠《かご》の中にまで響いた。それは野村の声であったように思えたが、確かめる間もなく、陸尺《ろくしゃく》にも何かが起こったのか、駕籠《かご》が傾いた。

「っ――」

駕籠《かご》から体が投げ出され、生ぬるい泥水の中に転《まろ》び出た。痛みに顔をしかめて振り向くと、そこで繰り広げられていたのは、斬り合いなどではない。一方的な惨殺であった。

最後の一人、供侍《ともざむらい》の腹を突いた刀がずぶりと抜き取られる。そして狼の眼《まなこ》が彦吉朗に向いた。水溜まりに伏した供たちの体は、泥水に朱を差し、雨に打たれつつも起き上がることはない。あの優しかった野村も、虚《うつ》ろな目を見開いて果てていた。

「あ、あ——」

足が震え、動けもしない。泥水が袴《はかま》に染みていく。

血を洗い流すように雨が降り、刀に鈍《にぶ》い輝きが戻る。けれど、池田は彦吉朗に刀の切っ先を向けることをしなかった。脂《あぶら》に塗《まみ》れた刀を投げると、野村の遺骸から大刀を奪い、それを我が物とする。別の供侍《ともざむらい》の懐《ふところ》からは、旅に入用な銭《ぜに》を掠めた。命を奪ったばかりか盗人《ぬすっと》とは、武士とも思えぬ所業である。

愕然《がくぜん》とした彦吉朗に、池田の目が再び向いた。逃げることもできない子供を嘲《あざ》笑《わら》う目であった。

「彦吉朗様、貴方様のことも最初はここで始末するつもりでございました」

血に汚れた手で、彦吉朗の顎《あご》をぐいっと持ち上げた。血と泥の臭いが強くなる。池田の手は冷たく、あまりの不快さに肌が粟立《あわだ》った。

「けれど、やはり生かして差し上げましょうぞ」

池田が何を言っているのか、彦吉朗には解《げ》せない。けれど、引きずられて歩き始めるしかなかった。

返り血を浴びた池田の桐油合羽《とうゆがっぱ》は、雨に清められる。彦吉朗はその間、笠さえ被せてもらえずにただ歩かされた。

そして、彦吉朗は高熱を出した。それは雨に濡れたせいばかりではなかっただろう。幼心に消えぬ傷が刻まれ、人を恨むことなどなかった彦吉朗が初めて人を憎んだ。しかし、恨みつつもされるがままである。熱に浮かされる彦吉朗を看病してくれるはずもなく、池田は木の陰で横たわった彦吉朗の着物を剥《は》ぎ取り始めた。

「死んでいた農民の子の着物が手に入ったので、これに着替えて頂きましょう。身なりがあまりによいと疑われます故」

嫌だという声も出ず、抵抗とも呼べぬほどに手を振り上げたのみである。涙を流す彦吉朗に、池田は嫌な笑みを浮かべるだけだった。

「某《それがし》を一向に取り立てぬ殿の下で過ごすのは、もうまっぴらなのでございますよ。恨むのなら、お父上をお恨みくださりますよう」

己の不遇を他人のせいとする、さもしい男だ。こんな男に野村のような出来物《できぶつ》が斬られたことが彦吉朗には許せなかった。けれど今となっては、小汚い身なりをした彦吉朗が藩主の子であるなどと誰が信じてくれるだろう。藩主の子でない彦吉朗にはなんの力もない。

熱も下がらぬ彦吉朗を引きずり、池田は江戸へと向かった。江戸の町は人が有り余っている。これだけの人がごった返していれば、後ろ暗い男が一人くらい紛れたところで、わかりはしないだろう。むしろ、彦吉朗が見る限りでも怪しげな人々は多くいた。

池田は彦吉朗を伴って安宿に泊まった。ひと晩床《とこ》で休んで少し具合がましになると、池田はさっそく彦吉朗を連れて宿を発《た》つ。

「やはり江戸市中で売ると顔を覚えられるやもしれぬな。ここは欲張らずにおくか」

などと池田は独りごちる。ここでようやく、彦吉朗は自分が生かされたわけを知った。池田の路銀となるべく生かされたのだ。

「今の貴方様には身の証を立てる手立てもございますまい。諦めて、別の人間として生きてくださりませ」

池田は彦吉朗を惨《みじ》めな身の上に落とすことで、父に復讐したつもりになっているのだろう。

生きる。池田になんぞ言われなくとも生きる。

彦吉朗は、この時になってようやく精気を取り戻した。そう、どんな時でも自分は生きねばならぬのだ。それこそが父母の願いであるのだから。それを今になって強く思った。

子供の足だからか、随分《ずいぶん》歩かされたように感じた。江戸の華やかさが薄れ、一《いち》里塚《りづか》の榎《えのき》が聳《そび》えるところに辿り着く。甲高《かんだか》い女の呼び込みや、駕籠《かご》かきの声が威勢よく響き、妙な慌ただしさを感じる土地だった。

人斬りのくせに、盗人《ぬすっと》のくせに、池田は堂々と道を行く。誰かこの男を咎《とが》めてほしいと心から願うのに、誰もが見向きもしない。たまに声がかかっても、茶屋の女くらいで、池田は鬱陶《うっとう》しそうにそれを振り払う。

賑《にぎ》わっている道の只中、池田は正面を向いたまま、ぽつりと彦吉朗に告げた。

「ここで貴方様とはお別れにござります」

それは彦吉朗にとっても願ってやまないことである。安堵から表情をゆるめた彦吉朗を見て、池田は薄気味悪く嘲笑《あざわら》う。

「ですが——貴方様がご自身のご身分や某《それがし》のことを話そうものなら、それが某《それがし》の耳に届いた時、どこにいても戻って参りましょう。それがお嫌でしたら口を噤《つぐ》んでいて頂きとうござりますな」

それはまるで呪いのようだった。この男なら本当にそれをする。彦吉朗は疑いなく信じ、うなずいた。それを満足げに見下ろすと、池田は人に口入屋《くちいれや》の場所を訊《たず》ね、そこへ足を向けた。

口入屋《くちいれや》の主《あるじ》は、壮年の男だった。どこにでもいそうな、取りたてて特徴のない男だ。

「この子供を頼まれて連れてきた。いかほどで買うか」

ぬけぬけと、池田は言う。口入屋《くちいれや》の主《あるじ》は一度目を見張り、それから彦吉朗をじっと見据えた。

「おやおや、汚れてはいるけれど、綺麗なぼうやですな。お武家様が何故《なにゆえ》に――」

「頼まれたと申しただろうに。買うのか、買わぬのか」

苛立《いらだ》った声に、主《あるじ》はギクリとして頭を下げた。

「へい、買わせて頂きます」

そうして、彦吉朗にわからぬところで銭《ぜに》のやり取りをした。どれほどの値で自分が売られたのかも、彦吉朗は知らない。池田はそのまま振り返りもせずに去った。その足音が遠のくほどに、彦吉朗は腹の奥底から息をつけたのだった。あの面相を二度と拝みたくない。野垂れ死ねばいいとさえ思う。

けれど、池田が去ったからといって喜んでばかりはいられない。これから自分は一人で生きていかねばならぬのだ。先のことがまるで見えない、そんな彦吉朗に、口入屋《くちいれや》の主《あるじ》が言った。

「お前さん、あのお人に攫《さら》われてきたんじゃないだろうね」

彦吉朗はぶんぶんとかぶりを振った。そんな彦吉朗を、口入屋《くちいれや》の主《あるじ》はどう思ったのだろう。

「お前さんの名前はなんだい」

彦吉朗と答えようとしたが、それさえ恐ろしくてできなかった。もう自分は郷里には戻れないのだから、いっそ違う名を名乗ろうと心に決める。

「――弥多」

それならば、親切にしてくれた野村の名を借りて生きようと思った。そうすることで、どこか守られているような気分になった。あるいは命を散らせた心苦しさが、そうさせたのかもしれない。

そこでずっと気が張り詰めていた彦吉朗――弥多は板敷の上に倒れ込んでしまった。下がりかけた熱がぶり返したのだ。

せっかく買い入れた子供が死んでしまっては意味がない――いや、そんな意味で粥《かゆ》を食わせ、看病をしてくれたわけではなかったように思う。口入屋《くちいれや》の主《あるじ》は小さな弥多のことを憐《あわ》れんでいたのだと、後になって思った。

三日ほどして快癒《かいゆ》した後、弥多のあんまりな格好を主夫婦《あるじ》が見られるように整えてくれた。薄汚れた浴衣を洗い、沸かした湯で髪や体を洗ってくれたのだ。自分で髪を結えない弥多に、主《あるじ》の女房がきちんと結ってくれた。

支度が整うと、主《あるじ》がにこりと微笑みを向ける。

「弥多。それじゃあ、おいで」

返事をしなければと思うけれど、上手く話せない。うなずいてばかりの弥多に、主《あるじ》は強く言わないでいてくれた。

主《あるじ》は下男にちょいと出てくると告げると、弥多を連れて外へ出た。もう、池田は近くにはいないだろう。そう思ったら気分が晴れた。

見慣れぬ店や旅人の風体を楽しむ心も、少しだけあった。ここが板橋宿という場所なのだと聞いたけれど、それが江戸のどの辺りなのかはよくわからない。道で飛び交う江戸言葉の乱暴さには、驚かされるばかりだ。

しばらく歩いた。床抜《とこぬ》けしたばかりの足は疲れやすい。主《あるじ》はどこへ向かっているのだろうと訝《いぶか》り始めた頃、着いたよと穏やかな声がかかった。

「お前さんの年なら、そろそろ丁稚《でっち》になる頃だ。奉公はつらいからね。逃げ出す子供も多いけれど、弥多に戻る家がないのなら、きばらなくちゃいけないよ」

奉公、つまり働くということだ。生きるためにはどんなことにも耐えなければならない。弥多は小さな拳に力を込めた。

「それでね、この『つばくろ屋』さんで料理人に育てられる子供がほしいと言われているんだ」

見上げた先は、紺地に白で染め抜いた暖簾《のれん》のかかった、二階建ての宿。正面の街道は塵《ちり》ひとつなく清められていた。

ここの料理人となる。

料理という作業は聞き知っているだけで、どうすればいいのかまるでわからない。弥多が不安な目をしたせいか、口入屋《くちいれや》の主《あるじ》は小さく笑った。

「今はわからなくていいんだよ。わからないことは、正直にわからないと言って教わるんだ。大丈夫、ここの旦那さんは『仏《ほとけ》の伊平』って呼ばれるくらい優しいお人だから。けれど、その優しさに甘えるだけじゃいけないからね。返事は『へい』だ。それだけでも言えるようになりなさい」

弥多の心構えができる前に、口入屋《くちいれや》の主《あるじ》は声を上げた。

「ごめんください、口入屋《くちいれや》の半兵衛《はんべえ》でございます」

すると、すぐそこで土間を掃《は》いていた丁稚《でっち》が振り返った。

「お世話様にございます。すぐに主《あるじ》を呼んで参りますので、しばしお待ちくださりませ」

言葉に隙がなく、姿勢も正しい。けれど愛想はまるでなく、目つきが異常に鋭かった。

弥多よりも三つ四つ年上だろう。

やがて、奥から羽織姿の主《あるじ》がやってきた。穏やかで、徳のありそうな顔立ちをしている。働き盛りで年の割に肌の色艶もよく、笑顔に親しみやすさがあった。

「伊平さん、この前仰っていた料理人に育てる子供、この子ではいかがでしょうか」

口入屋《くちいれや》は弥多の背を軽く押した。ほほう、と伊平は声を上げる。

「男の子にしては綺麗な顔だねぇ。裏方にするには勿体《もったい》ないくらいだ」

「いえ、ね。この子、弥多は少々口が上手く利けないんですよ。性分は素直なので、嫌な目に遭《あ》ったが故のことかと。けれど、伊平さんになら安心してこの子を託せると、そう思ったんですが――」

ちゃんと口も利けない、働き方も知らない。そんな子供を受け取りたい店などない。さすがに伊平も困った顔をしていた。そうして振り返ると、顔の濃い若い番頭に告げる。

「すまないが、文吾を呼んでおくれ」

「へい」

程なくしてやってきたのは、前掛けと襷《たすき》をした五十路ほどの料理人だった。口をへの字に曲げていて、気難しいことはすぐに見て取れる。

「こんな細っこいの、すぐに音を上げますぜ」

そう吐き捨てると、腕を組んでそっぽを向かれた。弥多はただ、がっくりと肩を落とす。

と、その時、廊下を走る小さな足音があった。

「これ、お佐久、廊下を走っちゃいけないと言っただろうに」

伊平が窘《たしな》めるも、その足音は止まらなかった。

「ごめんなさい、おとっつぁん」

最後まで駆け抜けて、それからようやく謝る。けれど、伊平の目元はゆるみ、まるで叱っているふうには受け取れない。それもそのはず、現れたのは七つの帯解きを過ぎた頃合いの、大層可愛らしい女の子だった。

肩口で揺れる切髪は艶やかに光り、赤い麻の葉の四つ身がいっそう華やかに見せている。人形のように愛らしい子であった。その目が弥多に向く。弥多は縫い止められたように動けなくなった。

「あら、初めて見る顔ね。誰かしら」

そう訊《たず》ねてきて、微笑む。人懐っこい女の子だ。

皆に愛され、可愛がられているのだとすぐにわかる。文吾でさえ目尻を下げていた。

「お嬢さん、すいませんねぇ。この弥多は上手く話せないんですよ。それでよろしければ、このお宿にと――」

半兵衛が言うと、女の子はそうなの、と大声を上げた。

「うちに来てくれるの。ああ、文吾のお手伝いね。よかったわね、おとっつぁん」

口がよく回る。ただ、その高い声も不思議と不快ではない。

「え、あ、そうだねぇ」

伊平の視線が泳いで文吾に向かった。文吾はむぅっと唸《うな》る。そんな様子にはまるで気づかず、女の子は足袋《たび》のまま土間に下りて弥多の手を握り締めた。

「わたしは佐久よ。よろしくね、弥多」

あまりの朗《ほが》らかさに皆が押されたような、そんな印象だった。弥多もまた、女の子——佐久の勢いに呑まれていた。

「へ、へい」

それだけぽつりと返事をすると、皆がいっせいに安堵する。

「なんだ、喋れるじゃねぇか。そんならとっとと来なっ」

文吾はそう言って顎《あご》をしゃくった。


こうして、弥多はつばくろ屋へ受け入れられることとなったのだ。文吾は厳しいけれど、その厳しさは自らに対しても同じであり、料理に一切の手抜きを許さない。そうした姿を目の当《ま》た《あ》りにし、弥多は素直に尊敬することができたから、叱られても苦にはならなかった。

目つきの悪い丁稚《でっち》、藤吉《とうきち》——後《のち》の藤七は、見た目に反して世話焼きだった。あれこれ気を回してくれる兄貴分で、弥多はすぐにこの藤吉が好きになった。手代となり、その折に名前を藤七と改めてからも性根は変わらずに優しいままである。

主《あるじ》の伊平はもちろん、番頭の利助もいい人だ。不安に怯《おび》えていた心は見事に拍子抜けした。城にいた時よりも人と人との距離が近く、あたたかで充実した日々が過ぎていく。

中でもお嬢さん――佐久は食べることが大好きで明るい、本当に可愛らしい娘だ。顔立ちの愛らしさを少しも鼻にかけず、誰に対しても優しく接する。口数の少ない弥多にも、嫌な顔をせずに笑いかけてくれる。

――いつからだろうか。

可愛らしいという言葉だけでは言い表せない、娘らしい美しさも滲《にじ》ませるようになった佐久。本当に、そばにいるだけで心が満たされる。

あんな目に遭《あ》ったというのに、生に仕合《しあわ》せを感じている自分に驚いた。

それは間違いなく、佐久との出会いがあったからなのだ――

○

弥多の昔語りが終わると、佐久は幼かった頃の弥多の心に思いを馳せ、居たたまれぬ心持ちになった。繋いでいる手をギュッと握る。そんなことで弥多の傷が癒えると思ったわけではないけれど――

「たくさんつらい目に遭《あ》って、それでもつばくろ屋に来てくれてありがとう」

弥多が作る料理や言葉に、佐久はいつも支えられてきた。どんな時も――

弥多は佐久に目を向け、そうして笑った。年頃の娘ならばうっとりするような甘い微笑は、艶めいて見えた。余計なことは言わない弥多だけれど、その目が語っているようで佐久の方が目をそらしてしまった。急にどきりと胸が鳴ったのだ。

たった数日よそよそしくされただけでも悲しかった。微笑に胸が高鳴るのは、そのよそよそしさがあったせいだと思う。

佐久と弥多は、繋いだ手はそのままに、鶯《うぐいす》の声を聞きながら道を行く。

目的地である王子稲荷《いなり》は、江戸の民より絶大な人気を誇る神社である。初午《はつうま》の日ともなれば、初午詣《はつうまもうで》の人々でごった返すというのも予想していた。けれど、その佐久の予想を大きく上回る人混みだった。

参道の両脇に夥《おびただ》しい数の地口行灯《じぐちあんどん》（語呂合わせの洒落《しゃれ》や戯画が描かれた行灯《あんどん》）が立ち並び、滑稽《こっけい》な絵が笑いを誘う。

太鼓の音が鳴り響き、前も見えない人混みに、空までもが祭の熱気に染まるようだった。その中に紛れるのは、なかなかに勇気が要る。

弥多もこんな人混みは初めてだろう。少し緊張しているように思えた。佐久は繋いだ手を確かめるように指を動かす。

「手を繋いでいれば、はぐれる心配はないかしら」

「そ、そうですね」

いちいち照れてしまうところは、いつもの弥多らしい。

ここで尻込みしていては、日が暮れるまでに板橋宿まで帰れないだろう。二人は顔を見合わせて参道を行く。

弥多は佐久が押し潰されないよう常に気を張ってくれた。

参道の階段をやっとの思いで上がると、正一位《しょういちい》王子稲荷大明神《いなりだいみょうじん》の幟《のぼり》がはためく境内《けいだい》に、祭文語《さいもんかた》りに辻講釈の張りのある声が飛び交った。

少しずつ前に進み、なんとか参拝が叶う。二人は繋ぎっ放しだった手を離し、賽銭《さいせん》を投げ入れて商売繁盛、家内安全を祈願した。ただ、横目でちらりと弥多を見遣ると、それはそれは真剣に随分《ずいぶん》長く祈っていた。後ろがつかえているので早く譲らなければならないところだ。

ようやく弥多の祈願が済み、二人して振り返ると、あっ、という声が人混みから聞こえた。一人の女はその場でぴょん、と飛び跳ねて手を振る。

「お嬢さん、つばくろ屋さんのお嬢さんじゃありませんか」

その声には聞き覚えがあった。はて、と佐久が思うと、その女のそばにいた亭主らしき男が目に入った。男は、頭を剃《そ》られた幼子を肩車している。季節の変わり目に風邪をひかぬようにというのか、赤い袖なしの亀《かめ》の甲半纏《こはんてん》を着せられている幼子。その子供を見て、佐久もああっと声を上げた。

「おすえちゃんっ」

「うー」

返事ともつかない声を上げた幼子は、佐久が一度は育てようとさえ考えたすえである。夏の初めに別れたすえは、養父の頭を無邪気にぺちぺちと叩いている。

佐久たちがさっさとどかないせいだろう、周囲の目が厳しい。佐久と弥多は横にそれて親子を待った。やがて参拝を終えた親子——特に文吾の娘の里は満面の笑みで駆け寄って、佐久の手を握り締める。

「お嬢さん、ご無沙汰してすみませんねぇ。冬にはおすえがよく熱を出したりで慌ただしくて」

「いいえ、でもこうして皆さんの元気なお顔が見られて嬉しいです」

たかの死に沈んでいた心がほんの少し浮き上がるような、そんな嬉しい再会だった。すると、里はうふふ、と笑う。

「後ろから、お嬢さんの隣は誰だろうって見ていたんですよ。すっきりした後ろ姿はどこぞの若旦那で、お嬢さんとは近いうちに祝言《しゅうげん》を挙げるんじゃないかって。そうしたら、弥多さんじゃあないですか」

「あ、いや、まあ——」

里の勢いに呑まれたのか、弥多はしどろもどろである。すえは嬉しそうに養父の安吉の頭を叩き続けていた。しばらく見ないうちに大きくなったすえに、佐久は手を伸ばしてみる。

「おすえちゃん、わたしのこと覚えてるかしら」

すえはそんな佐久を安吉の肩の上からじぃっと見下ろし、そっぽを向いた。佐久が少し傷ついていると、里が慌てて手を振って弁解する。

「おすえはおとっつぁんの肩の上が大好きなんですよ。一度乗せるとなかなか下りようとしないんですって」

「まあ」

コロコロと佐久は笑う。どこからどう見ても、仲睦まじい親子でしかない。すえを嫁に出す時、安吉はきっと泣いてしまうだろう。そんな光景が目に浮かんで可笑《おか》しくなってしまう。

そんなふうに笑う佐久を、弥多が眩《まぶ》しそうに眺めていた。

と、その時、里は少しだけためらいがちに告げる。

「実は、あたしのおっかさんから文《ふみ》が来て、おみねさんっていうおすえのおっかさんのことが書かれていました」

「え――」

　里の母とは、文吾の女房である。佐久は早鐘を打つ胸を押さえながら、里の言葉を待った。

「勝手な真似をするなっておとっつぁんに怒られるから内緒だって言うんですけど――おすえがあたしたちの養女になった以上、おみねさんとうちとは赤の他人ってわけじゃあないからって、おっかさんは全部正直に文《ふみ》を書いて、おみねさんに送ったそうなんです」

　ただもらい受けるだけでなく、筋《すじ》を通そうとしたのだろう。里はなんとも複雑な面持《おもも》ちで語り続ける。

「そうしたら、おみねさんはすぐおっかさんに会いに長屋へ来たんです。それで、地面に頭を擦りつけながら、泣いていたそうです。おっかさんもどうしていいかわからなくて、一緒に泣いたって。おみねさん、お嬢さんにもとても感謝してたそうですよ。もう合わせる顔はないけれど、あの時、自分を止めてくれてありがとうって。あたしたちにも、おすえをよろしくお願いしますって」

「そんなことが――」

やはりみねは、子の仕合《しあわ》せを願っていた。いつでも、どんな時でも。それを知れただけで、言いようのない嬉しさが込み上げてくる。いつか佐久も母親になるのなら、みねの苦しみを本当の意味でわかることができるだろうか。

「じゃあ、お嬢さん、弥多さん、またおとっつぁん宛てに文《ふみ》を書きますから、一緒に読んでやってくださいまし。もう少しおすえが大きくなったら、遊びにも行きますから」

「ええ、ありがとうございます」

佐久は手を振りながら親子を見送った。すえが一度だけ振り返ったけれど、すぐにまた安吉の首にしがみつく。三人の背中が視界から消えるまで、佐久は手を振り続けた。そうしていると、ふと弥多がつぶやいた。

「おすえちゃん、すごく大切に育ててもらっていると感じます」

「本当に。おみねさん、喜んでくれているわよね」

「ええ、きっと。おみねさんも母親ですから」

ほしい言葉をくれる。そんな弥多に、佐久はそっと笑って返した。

「――じゃあ、わたしたちもそろそろ帰りましょうか」

あまり遅くなると皆が心配するだろう。土産《みやげ》を買いつつ戻ろうと、何気なく言った。

するとか弥多が佐久に向き直る。弥多の目を見た瞬間、何故か祭の喧騒がひどく遠く感じられた。境内《けいだい》の片隅で、二人だけが切り取られたかのように、違う場所にいる気がする。

いつになく真剣な弥多の顔に、佐久の方が戸惑ってしまう。

「お嬢さん——」

呼びかける声も、いつもとはどこか違う。

「おたかさんが亡くなって、どうしたらお嬢さんが以前のように笑ってくださるのかと、ずっとそればかりを考えていました」

「——心配をかけてごめんなさい。おたかにも笑っていてほしいって言ってもらったのに、なかなかそういうふうにはなれなくて」

悲しい時には笑えない。たかの死が悲しすぎて、自然と笑顔も零《こぼ》れなくなった。そんな自分ではいけないと、佐久自身が思う。皆にこうして心配をかけるだけなのだ。

しょんぼりとした佐久に、弥多はそっと息をついた。

「いえ、そうじゃないんです。笑っていてほしいけれど、無理をしてほしくはありません。いつも笑っていてほしいなどとは、私の心得違いでした」

「弥多――」

「嬉しい時には笑って、悲しい時には涙して、どんなお嬢さんも私にとってはかけがえのないお人ですから。いつの時も、そんなお嬢さんに寄り添える自分でありたいのです」

それは弥多の心からの言葉であったのだろう。目をそらさず、まっすぐに、ただ心を伝えようと懸命であることが、佐久にもよくわかった。誠実なその人柄を今更疑うはずもない。

心に柔らかな火がほわり、と灯るような――例えるなら、そうしたものであった。祭ではしゃぐ子供たちが振り撒いたしゃぼんの玉。虹色に輝くたくさんの玉が、二人の周りを過ぎていく。

「お嬢さん、私は出会って間もない頃から、お嬢さんをお慕いして参りました。どうか、私と夫婦《めおと》になってはくださいませんか」

はっきりと、弥多はそう告げた。少《すこ》うしその眉根に力が入る。

佐久はというと、弥多の想いに気づいていたとは言いがたい。いつも優しく見守っていてくれたとは思うけれど、それが慕情からであったとは――

かあっと頬が熱くなるのを感じた。思わずその頬を両手で包み込み、うつむきながら弥多につぶやく。

「出会って間もない頃って、ろくに口も利いてもらえなかったし、そんなふうに想われているなんて気づかないわ」

すると、今度は弥多の方も照れたように頬を染めて、目をそらした。その仕草が妙に色っぽい。

「それは、その、国訛《くになま》りが恥ずかしくて、上手く喋れなかったんです」

「え――」

口を開こうとしなかったのは、そんな理由だったのか。佐久が唖然《あぜん》としていると、弥多はしょんぼりと零《こぼ》した。

「本当はもっとお話ししたかったんですけれど――」

その様子に、佐久はクスリと笑った。そういう弥多がとても好ましく思えた。

トクトクと胸が騒ぐ、こうした気持ちを愛しさと言うのか——たかがいたら教えてほしかった。たかは藤七といると、こういう気持ちになれたのだろうか。

「お嬢さん、お返事を頂けますか」

お嬢さんはいつでも仕合《しあわ》せでいてください、とたかが言った。佐久の仕合《しあわ》せは弥多の隣にあるだろうか。

それを訊《たず》ねずとも、きっとそこに仕合《しあわ》せが待つと佐久には思えた。不器用ながら、そばにいてくれる弥多とならば——

「わかったわ。一緒に宿を守《も》り立ててくれるのなら。だけれど、それでもいいのかしら」

佐久がためらいながらもそう返すと、弥多は少し呆けていた。佐久の言葉を噛み締めているのだろうか。やがて弥多は、ハッとしてかぶりを振った。

「よ、よかった。——私はずっとつばくろ屋で奉公していたいと願ったのです。けれど、旦那さんが、私の出自を知った以上、ただの奉公人としてでは心苦しいから、婿としてならいてくれて構わない、そうじゃないなら無理だと仰られて。ここにいたかったら、お嬢さんから夫婦になる約束を取りつけてくれなどと。それを告げられてから生きた心地がしませんでした」

「まあ――。おとっつぁんはどうしてそんなことを言ったのかしら」

どんな出自であろうと弥多は弥多だ。つばくろ屋は、すでに弥多がいなければ立ちいかないというのに。

もしかすると、伊平にはこの結末が読めていたのではないだろうか。佐久は弥多に向け、自然と微笑んだ。そうして、そっと手を差し出す。

「帰りも手を繋いで帰りましょうか」

弥多は両手で壊れ物を扱うように佐久の手を包み込むと、まるで大輪の牡丹《ぼたん》のような艶やかな笑みを見せてうなずいた。

「へい。これからもよろしくお頼み申し上げます」

夫婦にしては硬い挨拶だ。まずはお嬢さんと呼ぶことからやめてもらわねば、と佐久は思う。

カラコロとぽっくりを鳴らして、佐久は弥多に寄り添いながら帰路につく。

その時、不意に誰かに呼ばれたような気がして空を見上げた。そこには、初春の晴れた青い空が広がるばかりである。けれど、どうしてだか佐久を呼んだのはたかであったと思った。

お嬢さん、よかったですね――と優しくささやいてくれた、そんな気がしたのだ。

佐久は涙でぼやけた眼《まなこ》で空を仰ぎつつ、わたしは仕合《しあわ》せだから心配しないでね、とたかに語りかけた。

春の空はどこまでも澄み渡り、美しく佐久の門出を寿《ことほ》いでくれた。

●

雪がようやく消えたばかりの、肌寒さの残る晴れの日。

明日は佐久と弥多の祝言《しゅうげん》が挙げられる。天保の世は、一五年の師走で終わりを告げる。弘化《こうか》元年の一月十八日、二人は祝言《しゅうげん》を挙げ、めでたく夫婦になるのだ。

本当は、二人の気持ちが固まったのならすぐにでもよかった。それを佐久が、たかの喪が明けてからにしたいと頼んだのである。

伊平も弥多も、そんな佐久の心を酌《く》んでくれて、佐久の気の済むようにと言ってくれた。

藤七だけは、たかのためと思うならさっさと祝言《しゅうげん》を挙げてやってください、と言った。たかは申し訳なさで小さくなってしまっていると。けれど同時に佐久の気持ちもわかるから強くは言えない、と切なくつぶやいた。

佐久はその大事な日を明日に控え、母の喜久とたかの墓に報告をするべく、弥多と一緒に寺へやってきた。二人そろって喜久への報告を終え、次はたかの墓に手を合わせる。

優しく、誰よりも佐久を想ってくれる弥多との祝言《しゅうげん》。

仕合《しあわ》せな、仕合《しあわ》せな時。

今までの佐久であったなら、ああ仕合《しあわ》せだと思っただけであっただろう。けれど、今はそれだけではない。

「寒くはありませんか」

ためらいがちに、佐久の横顔に声をかける弥多。あまりに佐久が長く手を合わせ続けるから、風邪をひかないか心配してくれたのだろう。佐久は顔を上げると、そんな弥多にふと微笑んだ。

「ええ、平気よ」

「おたかさんに報告は終えられましたか」

その言葉にうなずく佐久。弥多はほっとしたようだった。

「おたかやおみねさん――たくさんの人たちと出会って、苦労知らずだったわたしは色んなことを教えてもらったの。弥多といるこの仕合《しあわ》せは当たり前のことじゃないって、今のわたしは知っているわ。だからわたしは全力でこの仕合《しあわ》せを噛み締めて、そうして守っていくの」

どんなに願っても、願いが叶わないこともある世の中。嘆きながら諦めた人もいる。

そんな中、佐久が好ましい相手と仕合《しあわ》せに生きられるのだとしたら、それを天に感謝したい。そうしてこの身に受けた仕合《しあわ》せを、自分に関わる人々に分け与えていけるような、そんな存在になりたいと思う。

「弥多――ううん、違うわね。ねえ、おまえさん」

「えっ、そ――」

「なぁに、明日から夫婦になるんだから。そんなに驚かなくったって」

コロコロと笑う佐久に、弥多も艶やかに微笑むと、少し冷えた手で佐久の手に触れた。

「――お佐久」

ドキリ、と胸が高鳴る。これは仕返しだろうか。けれど、嬉しさがじわりと滲《にじ》む。

「あい」

この先も、二人でならばどんなことでも乗り越えられる。佐久は疑うことなくそう思えた。

そうして、大切な宿を守《も》り立てていこう。

つばくろ屋は、美味しい料理と心尽くしのもてなしの宿。

去った客がそう謳《うた》う宿であらんことを――

● 参考文献

善養寺ススム 文・絵、江戸人文研究会 編『絵でみる江戸の女子図鑑』（廣済堂出版）
善養寺ススム 文・絵、江戸人文研究会 編『絵でみる江戸の町とくらし図鑑』（廣済堂出版）
善養寺ススム 文・絵、江戸人文研究会 編『イラスト・図説でよくわかる江戸の用語辞典』（廣済堂出版）
杉浦日向子『一日江戸人』（新潮社）
杉浦日向子『杉浦日向子の江戸塾』（PHP研究所）
水原明人『大江戸「伝馬町」ヒストリー』（三五館）
大久保洋子『江戸のファーストフード　町人の食卓、将軍の食卓』（講談社）
平野雅章『江戸美味い物帖』（広済堂出版）
菊地ひと美 著・画『江戸衣装図鑑』（東京堂出版）
笹間良彦 著・画『大江戸復元図鑑　庶民編』（遊子館）
喜多村筠庭 著、長谷川強ほか校訂『嬉遊笑覧　4』（岩波書店）
ホームページ『江戸ガイド』（https://edo-g.com/blog/）
ホームページ『中山道蕨宿公式サイト』（http://www.warabijuku.com/history/）
ホームページ『八戸市博物館』（http://www.hachinohe.ed.jp/haku/）

●付記

本編中、旅籠にて鰻を食するシーンがあります。天保期、鰻は値上がりしていたため、当時の旅籠で提供するのは難しい状況でしたが、ストーリーを展開させるにあたり、あえてこの描写にいたしました。

上記に加え、フィクションという性質上、脚色している部分があります。

座卓と草鞋と桜の枝と

会川いち

◉定価：600円＋税　◉ISBN 978-4-434-22983-1　◉illustration：しわすだ

◉定価：本体1200＋税

◉ISBN 978-4-434-23631-0

アルファポリス文庫

中山道板橋宿《なかせんどういたばししゅく》つばくろ屋《や》

五十鈴りく（いすず りく）

2018年　4月　5日初版発行

編集－宮田可南子
編集長－塙 綾子
発行者－梶本雄介
発行所－株式会社アルファポリス
〒150-6005 東京都渋谷区恵比寿4-20-3 恵比寿ｶﾞｰﾃﾞﾝﾌﾟﾚｲｽﾀﾜｰ5F
TEL 03-6277-1601（営業）　03-6277-1602（編集）
URL http://www.alphapolis.co.jp/
発売元－株式会社星雲社
〒112-0005 東京都文京区水道1-3-30
TEL 03-3868-3275
装丁イラスト－ゆうこ
装丁デザイン－AFTERGROW
印刷－中央精版印刷株式会社

価格はカバーに表示されてあります。
落丁乱丁の場合はアルファポリスまでご連絡ください。
送料は小社負担でお取り替えします。

ISBN978-4-434-24347-9 C0193